龚静染 著

边城新纪

四川文艺出版社

图书在版编目（CIP）数据

边城新纪 / 龚静染著. -- 成都：四川文艺出版社，
2023.1（2023.12重印）

ISBN 978-7-5411-6524-5

Ⅰ.①边… Ⅱ.①龚… Ⅲ.①纪实文学－中国－当代
Ⅳ.①I25

中国版本图书馆CIP数据核字（2022）第223311号

BIANCHENG XIN JI

边城新纪

龚静染　著

出 品 人	谭清洁
责任编辑	邓艾黎
封面设计	魏晓舸
封面摄影	高路川
内文设计	史小燕
责任校对	蓝　海
责任印制	崔　娜

出版发行　四川文艺出版社（成都市锦江区三色路238号）
网　　址　www.scwys.com
电　　话　028-86361802（发行部）　　028-86361781（编辑部）

邮购地址　成都市锦江区三色路238号四川文艺出版社邮购部　610023
排　　版　四川胜翔数码印务设计有限公司
印　　刷　成都东江印务有限公司
成品尺寸　143mm×210mm　　开　本　32开
印　　张　10.25　　　　　　　字　数　240千
版　　次　2023年1月第一版　　印　次　2023年12月第二次印刷
书　　号　ISBN 978-7-5411-6524-5
定　　价　54.00元

目　录

引
子

重
访
边
城

　　没有人比潘德荣老人更熟悉老马边县城了。当年，他每天骑着辆绿色自行车，挨家挨户去送信送报，每一条巷子，巷子里每一户人家，人家旁的每一棵树，树下的每一个门牌号他都记得清清楚楚。

　　"每天都要转一大圈，闭着眼睛都找得到，太熟悉了！"潘师傅说。

　　当时马边县城里只有两个邮递员，他是其中之一，一个送城内，一个送城外。潘师傅就送城内，这份工作他一直干到1997年退休。

　　"小城里的人都面熟，天天一碰到，叫不出名字，但也要打招呼。"

　　潘师傅对他的这份工作有种自豪感。穿着绿色的邮电服，每天去送信的时候，人们都喜欢他那个绿包包，总觉得自己可能会遇到意外的惊喜。潘师傅有张圆脸，弯弯的眼角，遇到这样的人会觉得世界就是一团和气。

　　"最主要是送报刊、信件，还有汇款单，大家最喜欢这个。"

　　潘师傅的家在农村，年轻时当过工程兵，修过成昆铁路，转业后在1970年底到邮电单位工作。"本来人家想招能歌善舞的，我肯定不行，但人家看我当过工程兵，能吃苦，能爬电杆，就招进去了。"他说。

刚开始,潘师傅被分到大院子区工作,给乡上送信。每天背着邮包跑,如果邮件多,只有挑担子。在潘师傅的记忆中,马边正式通邮车是1982年,之前的书信全是人去沐川挑回来,那叫"邮政担子"。挑的人一走就是几十里,长年累月,都走成了"山夫脚",大脚板。1976年,潘师傅回到了城里,骑上了邮政自行车,在城里穿梭,也就不用再过唐僧西天取经似的生活了。

那时候,潘师傅每天送得最多的是《人民日报》《四川日报》,党报党刊,每个单位都要订。潘师傅对《红旗》杂志的印象最深,每次一来,自行车后座就要码上高高的一摞,绑在后座上,蹬起来很沉。20世纪80年代后,马边城里私人订阅也渐渐多了,订得最多的是《参考消息》《文摘周报》《四川广播电视报》,后来也有人订《深圳青年报》《南方周末》《中华工商时报》。阅读趣味慢慢在变,外面的世界好像就在那几张报纸上。

"那时候邮政快件很少,每天只有二三十件;现在就不一样了,五花八门,单邮政都有两三千件,还不说其他民营快件公司揽的货。"

说起当年送信,潘师傅就滔滔不绝。这个小城有很多爱写信的人,但最爱写的都是些小姑娘,写不完的信。也有爱投稿的文学青年——小城里有一群人做着文学梦,不断给报刊投稿,收到稿费单像中了彩票一样。潘师傅还记得有个"眼镜",文质彬彬的,每天站在路边等他,他的车子只要停下来,那人就失落得很。其实潘师傅也失落呀,"觉得欠了人家什么似的"。

因为写信,就有了不少故事。20世纪80年代,有个派出所的民警在报纸上登了一则征婚启事,每天要收到上百封信,雪花一样飘来，持续了好几个月。老潘就纳闷：怎么会有那么多的求婚信？咋个不分青红皂白就来求婚呢？关键是那么多的信，这个人到底看完了没有？有一次他就真的去问了对方，人家只是嘿嘿笑。又过了两年，就听说这个年轻人结婚了，老潘好奇此人到底是娶了何方仙女，结果一打听，原来找的还是本地姑娘。

"后来在马路上碰到过那两口子。女的嘛，长得也不咋样。"潘师傅说。

这是三四十年前的事情了。

这一天，我同潘师傅一起走在马边老城区，他已不再是一个邮递员，退休快30年了。但我最想听的，就是他讲马边的老故事，就像翻出那些过去的集邮册来看一样。那天，我们从北门桥出发，过去到马边，主要就是从这里进城。

"过去要进马边城就要在这里等船。隔着一条河，要等好久。"潘师傅指着对岸。

说这话时，我们正站在北门桥的桥头上，只用了一分钟就过了桥，桥上有几个彝族老人在那里聊天。当年这里是个关口，称为北门关，是进出马边城的必经之处。过去送人，就要送到这里，河这头望着河那头，如果按照诗人们的说法，那可能就是乡愁的距离。

过了北门桥，就进入了潘师傅记忆中的老县城。极目望去，街道窄窄的，街上行人也不多，一片低矮的房屋。顺着左手边当头的是朱家旅馆，再下来是一家小食店，卖油条、包子、馒头。中间有卖棉絮和棉被的门市，都是在低矮的房屋里。

"当年，马边城里全是清一色的木头青瓦老房子，预制板房子是后来才修的。"

我们慢慢地走着，走进了一段旧时光里。

小城沿山而建，路是从北向南走的。马边城依山傍水，其布局历来就是沿着马边河的南北走向，东临马边河，西靠真武山，对岸是莲花山。

老城很小，很快就走到了西街口，那是一个小丁字路口。西街一带过去是马边最热闹的地方，1949年前就办有彝汉交易所，卖洋广杂货，也卖本地特产。马边中学也在西街上，这个学校的故事我在《昨日的边城》中写过，那是一段传奇。马边中学的校长李伏伽过去在街口有祖屋，他母亲就在那里卖血旺，进城赶场的人会在那里吃一碗血旺，啃块玉米粑，那就是当年的马边风味。

这是一条长长的小街，沿路的房子都是木头青瓦盖的，各有各的样式，但聚在一起，就有种特别的韵味。这样的街道要是遇上雨天，撑把油纸伞，一个人孤单地走在上面，基本就把你的前世走了一遍。那天，我走在西街上，感受它曾经的热闹和繁华，但眼前却是冷冷清清。房子破旧，有些都快倾圮了，唯独一些小物件还留着过去的样子：一扇花窗、一把铜锁、一个踏得光光生生的门槛。门槛外有块认不出是什么的石头，但我相信它应该是小狗变的，守着曾经的人家，那人家早就散了，而它还不愿离去。

街上零零碎碎的东西多，你得悠着点。一个修鞋的摊、一间补胎的铺子、一张破破烂烂的台球桌也够你瞧一阵，再说那沿街的茶馆，则可以让你坐下来歇脚，要上一碗盖碗茶，听里面的人天南海北地摆龙门阵，或者看几个人在那里打"贰柒拾"，半天的光阴就打发过去了。

再往前走，又到了一个丁字路口，往东可以通往大东门码头。途中有小城当年最繁华的百货公司，那是一幢比较别致的建筑，中式两层屋顶，歇山式。当然，这座房子就是小城的万花筒，是看世界的窗口，手表、花露水、篮球、尼龙雨伞、搪瓷盅、红头绳、卡其布、回力鞋、自行车……新奇的物品总是会最早出现在里面。马边是少数民族聚居区，物品贸易上还有很多民族特色，毡衫、杂色棉布、木碗、银首饰、珠子、钢质锅壶、毛毯等，这都是彝族人生活中的必需品。每一样物品都是一种象征，如手表是奢侈品的象征，花露水是女性美的象征，回力鞋是青春的象征，自行车是自由的象征……这些象征是时代的，也是个人的；是公开的，也是隐秘的。它们交织在一起，汇聚出了一种涌动的"物欲"。

不远处是国营照相馆，橱窗里放着几帧照片，走到这里的人都要停下来望两眼。当然，那镜框里的人也正意味深长地望着你。照相的师傅姓钟、姓卢，老潘至今记得他们的名字，大概要想英俊漂亮一点，就得靠他们的手艺。那时候，照相师傅就像是变魔术的，从照相机后面伸出头来，让坐在灯光下的人们"背要立起""抬头""轻松一点""笑一笑"，这些几乎可以当作那个时代的关键词，而所有的底片就定格在一个你看不到的"时代感"里。我小的时候，最喜欢的一件事就是跑到照相馆去看师傅洗照片，看那些泡在化学液体中的胶片如何把人变出来，变成眼睛、眉毛、鼻子和带笑的嘴角。

小城最热闹的地方是电影院，那时叫人民礼堂，是1957年修建的。前面有灯光球场，旁边是文化馆和民建镇小学。我听一些老人讲过，20世纪50年代初的时候，那些机关里的干部们有不少是外地来的，爱在那里打篮球，晚上跳交谊舞，点着煤油灯，放的是留声机。20世纪80年代后兴起的歌舞厅和夜总会也集中在那一段，年轻男女流行穿牛仔裤，烫爆炸头，蹦迪斯科，老人们就看不惯了，嗤之以鼻。而醉醺醺的马路青年在夜总会门前徘徊，邓丽君的歌声像初春时的柳絮，软绵绵的，弥漫到了小城里的大街小巷。到了晚上，街上就会灯光闪烁，把小城的夜晚晃得躁动不安，那是一个兴奋和激情的年代。

"过去进城的农民，住不起旅馆，就去看电影，看完电影就坐在屋檐下摆一晚上。"

电影院门口就是个江湖，小城里最漂亮的裙子、最帅气的军帽、最新潮的牛仔裤、最坚硬的砖头、最飘忽的扒手、最荒唐的打架斗殴都会出现在那里。一角钱一张的票，人们要排着长队去买，最火的是《天仙配》，看了整晚都睡不着觉，人生始知悱恻缠绵。当然，人们知道刘晓庆、周润发、成龙、高仓健、山口百惠、阿兰·德隆等中外明星也在那个时候，他们的大幅照片贴在电影院门口，并迅速成为万千人的偶像。

"现在电影院不放电影了，空在那里很多年。还好，这两年疫情来了，正好用来打疫苗、做核酸，经常看到人排在那里。"潘师傅说。

过去，小城最繁华的地段大概不足500米，对于一个只有几千人的县城，全部的物质和精神生活都浓缩在了这里。走过这里的时候，潘师傅突然告诉我，20世纪80年代他在这一带掉过一件值钱的东西，是件真丝衣服，值900多。"当时绳子没有捆紧，东西在路上跑掉了，但人家是保了价的，只好赔。"关键是，那时潘师傅的工资才几十元，最后赔了500元，捶了好久的心口。

其实，他至今还耿耿于怀：为何会偏偏掉在这里？

潘师傅掉东西的附近过去有一座"灯楼子"，是小城最热闹的地方，过年过节就要挂灯笼，也要点灯猜谜，老百姓害病许愿都要到那里点灯，据说应验得很。"灯楼子"附近有戏台，可以唱戏，外地戏班来马边，总要在那里咿咿呀呀几天。附近还有一家卖醪糟的，主人姓康，人称"康醪糟"。当年在马边中学的穷学生，出来搞勤工俭学，周末就到粮站去背粮食，一天下来能挣好几角钱，吃一碗"康醪糟"才8分钱，那是真解馋。

再往南走，就到了粮站，那是过去的文庙旧址。在乾隆五十六年（1791）的记载中，文庙有"大成殿、崇圣祠、东西两庑及礼门、棂星门等"，"庙貌巍峨，壮厥观瞻"（《马边厅志略》），但后来都消失了。不过，在中国古代，一个城市最重要的地方就是文庙，每年春节后的望日，县衙的大小官员都要恭恭敬敬去朝拜。后来虽然大成殿变成了米仓，但事关百姓的温饱，也不太算是有辱圣贤。

如今，粮站也不在了，又变为了一所幼儿园，房子是重修的，每天一大群孩子在里面蹦蹦跳跳。看《马边厅志略》上的厅城图，文庙在靠南的位置上。那天我顺便去幼儿园看了一眼，里面正在唱歌，童声袅袅，显然比读"四书""五经"好听多了。

我观察过很多城市，在一般情况下，尽管历代都兴修了大量的寺庙，但最后保留下来的一定有文庙，这是因为在我们的文化传统中，尊孔是最重要的内容。其实马边在建城之际修了很多寺庙，如文昌宫、城隍庙、火神庙、西岳庙、禹王宫、万寿宫、龙王庙等，不下三四十座，但都逐渐荒废，最后消失了。而马边文庙一直到30年前都还在，只是后来城市改造，儒家尊严在挖掘机面前那是不堪一击，被拆了个干干净净。

继续往前走，房屋逐渐稀落，就看到了江边的几棵大黄葛树，树龄少则几百年，有的比马边城还老，它们是这个小城活的见证者。再往前走就到了南门口，也就是南郊，贺昌群当年回马边就住这一带，曾发出过"楼阁郡城非昔比"的感叹。从这里一出城就是关外，红崖口以外人烟稀少，是出"棒老二"的地方，而江的对岸是无边无际的群峦和荒野。据说过去杀人行刑一般就在南门外。小孩子爱看热闹，但看了晚上要"惊抓抓地叫"。李伏伽曾经在《旧话》一书中回忆过："首级用绳子络好，挂在树枝上，顽童们就用石头掷它作游戏，看谁打得最准。当它被石子击中时，便卜地一响，轻轻地摇晃一下。"

潘师傅告诉我，当年送信出南门，只有小路，荒凉得很。每次走到这里他都要推着自行车过去。如果遇到下雨，路就烂得不行，车都推不动，链条会被泥浆给塞住。但这又是几十年前的事情了。那天我同他走到了这里，也就从北到南大致把老马边城走了一遍。突然间，我感到自己仿佛从短短的历史场景中穿越回来，又回到了喧闹的生活中。人不能两次踏进同一条河流，一切皆为当下，却瞬间就分出了历史与现实。

"当年的马边就这么大。"潘师傅摊了摊手。

但这就是当年他那辆绿色自行车的整个世界。

这天，我们慢慢地走到对岸，那是马边的新城区，高楼林立，一望无际。但路上没人认识潘师傅，他就是一个普通得不能再普通的老人，当年那个讨人喜爱的邮递员已经被人忘记了。他说，新城这边的发展太快了，30年前这些街道都还没有，更不消说那些新生的街名和编号了。

"老了，老了！"他说。

是的，他会越来越老，老得像一张记忆的底片。

从河的左岸往右岸望去，马边是个被河流环绕的小城，就像个襁褓中的婴儿一样。但我觉得它更像片树叶，落在莲花山和真武山之间。这片树叶，被历史的大风吹过，叶片正朝向光亮的一面。

第一章

风吹小凉山

1950 年，马边这座明朝末年诞生的边城又一次经历了沧桑的历史巨变，但在小城的旁边，山还是那座郁郁葱葱的真武山，河还是那条蜿蜒流过的马边河。

1950：真武山下，马边河畔

1949年初，国内形势已是天翻地覆，旧政权崩溃在即。中原大局虽然已定，但西南局面仍然复杂多变、波诡云谲。

这年6月，年仅15岁的马边少年喻学翰成了一个活跃人物，他在马边中学里加入了"中国民主青年同盟"，这是川东地下党的一个秘密外围组织。

同时参加这个组织的还有他的女同学陈金英，而推荐人是他们的老师肖文郁。肖文郁并非马边人，他是躲避到马边的。1948年，川东地下党遭到了破坏，危急之中，川西地下党负责人找到校长李伏伽，然后这年秋天肖文郁秘密到了马边中学任教，担任12班的班主任。喻学翰、陈金英正好就在这个班。

肖文郁到了马边中学后，继续从事隐蔽战线工作，组织学生办壁报，教学生唱革命歌曲。"他向我们讲授俄国十月革命，传播马克思列宁主义。同时还宣传当时解放战争的进展情况，特别是淮海战役，告诉我们蒋家王朝即将覆灭。"喻学翰说。

事隔七十几年，在乐山城郊的一个养老院里，我见到了身体尚健朗、已满88岁的喻学翰老先生。在摆谈的过程中，他又唱起了当年肖文郁教他们唱的一首插秧曲：

> 山那边哟好地方，
> 一片稻田黄又黄。
> 你要吃饭得耕地哟，
> 没人为你当牛羊。

> 山那边哟好地方，
> 穷人富人都一样。
> 大鲤鱼，满池塘；
> 织青布，做衣裳；
> 大家快乐喜洋洋。

　　喻学翰出身于贫苦家庭，其母朱焕云带着三个姐姐劳动，就供养他一个读书郎，因为家境困难，"一遇到饥荒缺粮，还要靠向大地主周海清家借粮度日"。他的同学陈金英也出身穷苦人家，后来过继到了马边城里姨孃刘祖珍家，家里是"卖清油的"，还算殷实。她小的时候，养父陈方义曾在成都读过书，参加过学生运动，这对她有一定影响。

　　后来，肖文郁在马边中学的活动引起了当局的注意，很快就遭到了追查，当局派人荷枪实弹去缉拿他。1949年6月，校长李伏伽掩护肖文郁撤离马边，并安全回到了成都。临走时，肖文郁给喻学翰留下了联络地址：成都程记书屋。

　　1950年1月，解放军来到了马边。马边中学校长李伏伽借小说《曲折的道路》中的故事，讲述了这段历史，其实他塑造的校长"邝自莘"就是他自己。在小说中，"邝自莘"是最早带着学生去迎接解放军的人。李伏伽在书中这样写道：

> 部队刚到那天，简直是倾城出动。邝自莘也带着学生到河边去迎接。船刚一靠岸，从船头上跳下一个高大的士兵来，张开双臂，像飞蛾一样扑向他，拉着他的一双手直摇，又是笑，又是问好，弄得他手足无措。这个先头部队就是第三连，后来连部就住在中学，而且那个像飞蛾一样扑向他的人，就是三连靳连长。

喻学翰当时非常崇拜这位开明的校长。他回忆说："李伏伽在马边的威望很高，治校很严谨，有口皆碑，培养了很多人。我当时是他喜欢的学生。他反对包办婚姻。那时候我家里让我回去结婚，我坚决不干，家里就要断绝供给。但李校长支持我，让我勤工俭学，给学校扛米，然后在伙食团吃饭。"

虽然肖文郁老师在学校待的时间比较短，但在马边留下了"火种"。1950年后，喻学翰、陈金英都参加到新政府的工作中去，喻学翰很快就去了玛瑙乡（今属马边民主镇）武工队，成了革命的"一把尖刀"。而当时他最早接到的一个任务就是要去平叛暴乱，消灭"大刀会"。

过去，玛瑙乡是马边最为复杂的地区，地处马边、屏山、雷波三县交会之地，商贾云集，但也是大烟和土匪的老窝。

刚刚翻过年，天气仍然寒冷。1950年1月20日，解放军的第十军三十师九十团二营就浩浩荡荡开进马边，宣告"马边解放"。这也是李伏伽小说《曲折的道路》的写作背景，而书中那个"三连靳连长",其实就是这个营先头连的连长。

2月15日,第一任县委书记兼县长张绍先到任,两天后就在城区召开了群众大会,宣布马边县人民政府成立,马边历史由此掀开了新的一页。

但就在这个时候,暴乱出现了,马边城岌岌可危。带动暴乱的主要是抗建垦社,它一直是支不容忽视的武装力量,靠种鸦片牟取暴利,年产大烟的货殖达30万两之多。它依靠小凉山的偏远称霸一方,俨然是个独立王国。此时,抗建垦社总经理吕镇华纠集了4000余人,准备攻打马边县城,形势迫人,一时间乌云密布。

解放军迫于形势,决定主动撤离,以诱敌深入。吕镇华旋即进入马边城,但仅仅在两三个月之后就被解放军围剿,5月下旬便逃到了石角营(今屏山县新市镇),伺机卷土重来。7月,吕镇华的主力部队再次被击溃后,他在逃往屏山县大红岩的过程中被生擒。是年8月,张绍先重返马边城,而这一次才意味着马边真正掌握在了新政权的手中。

值得一说的是,这段历史,李伏伽先生几乎是完整地反映到了他的小说《曲折的道路》中。李伏伽是名进步人士,在1949年就与王昌泉等人组织了"新民主主义解放社",积极参与了马边的和平解放工作;但当时的形势错综复杂,在解放军战略转移,叛匪占据马边城后,他只好躲进大山里,然后又努力寻找解放军,而这就是《曲折的道路》中的主要故事。但在"文革"中,这部小说成了"大毒草",被当成四川文化界的黑典型来批判,其荒唐让人匪夷所思。正如小说标题所揭示的意义,定义那个时代的唯有"曲折"二字,但李伏伽在当时是满腔热忱的,是极其真诚的，他渴望着迎接一个新的世界的来临。

但叛乱势力并未全部歼灭，"大刀会"就是其中之一。

过去，"大刀会"是一个民间秘密结社团体，以练武聚义，号称刀枪不入。加入"大刀会"，即可获得护佑，有自卫身家的目的。但"大刀会"常常为地痞恶霸把持，迷信色彩严重。就在解放军进入马边时，"大刀会"还四处放言他们是金刚之身，"打不进，杀不进"，猖獗一时。

就在喻学翰去玛瑙乡之前，发生了一件惊人血案，"大刀会"把屏山县中都区区长杀掉了。

这件事迅速在边区传开，同时被杀的还有区上的几名工作人员。此时的玛瑙乡上早已是人心惶惶，笼罩着一层恐怖的气氛。

"那是秋天，山里雾气蒙蒙。这天，我同队长和承俊一行八人组成的武工队开始进入玛瑙乡，沿途小心翼翼，拉开距离行军，随时准备战斗。我们都是全副武装。我特别喜欢枪，背的是两百发子弹的串带，手提一杆捷克枪，好精神！"喻学翰说。

到了玛瑙乡后，武工队与三十师八十八团二营五连的解放军会师，对"大刀会"进行了围剿，收缴枪支两百多支。10月9日，即召开了千人群众大会，将抓获的"大刀会"总头子周顺清执行枪决。

刑场上还镇压了一批土匪恶霸，喻学翰也亲自上了场。

"我拿着枪走上去，'砰'的一枪，那个人就倒下去了。我当时很好奇，不是说刀枪不入吗？"

他枪毙的是"一贯道"点传师任绍仙，她的丈夫是玛瑙乡的舵把子。把大大小小的匪首枪毙后，"大刀会"就土崩瓦解了。那些跟着跑的人全部进行自新登记，收缴大刀三百多把，玛瑙乡剿匪行动圆满完成。

　　后来，张绍先觉得喻学翰工作积极，就调他当自己的机要秘书。从那时起，喻学翰就跟着他干，所有机要文件都要通过他的登记之后才转给领导。张绍先虽然是马边的第一任县长，实际上当时也才24岁，非常年轻。

　　"他是河北清河人，个子高高大大，参加过淮海战役、渡江战役。进军大西南的时候，在三十师八十八团当供给处处长，1949年冬任马边第一任县长。我18岁那年当他的机要秘书，为他收发存中央、西南局等的机密文件，并传达他的指示。"

　　在当机要秘书的时候，喻学翰还要跟着领导到处跑。当时马边没有公路，到外地要翻山越岭，县里养有几匹马，平时的交通工具就是马。那时，领导开会外出都是骑马，通讯员和秘书就跟在马屁股后跑。

　　"那时候人年轻，浑身是劲。有一次我到乐山去学习打字，一天走了180里山路，连走带跑，当天就赶到了沐川利店。"喻学翰说。

　　实际上，由于刚刚解放，加之道路险阻，马边仍然是个非常闭塞的地方，而且路上还有游匪出没，让人提心吊胆。那几年还发生过不幸的事，当时马边的茶叶技术员赵启智是个年轻女同志，外出去学习，为了赶路，她选择走近路，结果在黑荡子遇到了土匪，不幸被抢劫杀害。

　　天下甫定，百废待兴，土地改革运动、镇压反革命运动接踵而来，让每一个人都身陷大变革的风云翻滚之中。一个刚刚从学校走进社会的年轻人，面临的是一个扑面而来的大时代。

　　"马边城里突然就来了很多人，到处可以看到新面孔。开始

马边旧城一角（高路川　摄）

是南下干部，他们来担任区一级干部，后来才陆续一批一批分来其他的工作干部。"

这些刚到马边的新干部的生活，在刘正兴先生《回顾在马边生活的点点滴滴》一文中有真实的反映："干部都是供给制，穿灰军装，吃饭不缴费，每月每人发二万零七百块钱（旧币，相当于后来的二元零七分）。我每月需邮费四到五角，另外就是用于买肥皂、香皂、牙膏等用品。有时晚上饿了需要加餐，就去公园门口买两个玉米粑，一分钱一个。很长一段时间，机关多无正规食堂，桌子摆在屋坎边，八人一桌，没有凳子，都站着吃饭。遇到开大一点的会议，由于人多，桌子不够用，就把碗放在地上，或站或蹲，围成一圈就餐，大家从无怨言。"

通过这段话可以看出当时的真实生活，但这些年轻干部的工作热情是非常高的，他们怀着一腔热情，每天工作常常在12个小时以上，是"革命加拼命，拼命干革命"。

一切都在纷乱中重建，但人心并未稳定。马边地处凉山彝族聚居区，过去一直实行的是"娃子"（奴隶）制度。一听到解放，一些当年被捉去的"娃子"就逃跑了，去投奔共产党军队。但为了有利团结和保证生产，新政府并不鼓励"娃子"逃跑，而是采取说服、调解、赎回的办法，逐步解决，妥善地处理一些民族间长期存在的复杂问题。但毕竟社会已经变了，新政府明确规定不允许再蓄奴，也不得再抓"娃子"。

整风运动在持续，"反动派"纷纷被清查了出来。1952年5月，马边县公安局的案头上就出现了一份通缉令：

　　逃犯杨映松，别名杨霖，年五十二岁，男，富顺人。现职业盐摊贩，住泸州市小市镇，曾任伪军团、旅长反动职务，"五反"运动中拒不坦白，于本月十三日逃跑。该犯身穿蓝布衫，青布裤子，脚穿草鞋，身长五尺，体肥，光头。请各地转饬所属，严密注意，缉拿归案法办。①

过去，马边城里也有"四大家族"——董、王、陶、蒲，他们是马边的大户人家，房田连片、家财万贯。但在改天换地的暴风骤雨前，所有的旧秩序都被打碎了，他们面临的是狼奔豕突的命运，而其中以王瑞儒最为典型。王瑞儒曾是马边县副参议长，在当地是有权有势的人物，解放军进入马边前他参加了叛乱活动，当上了川滇康反共游击队副师长，想继续抵抗新生政权进入马边。后来，他在马边城后的真武山一带负隅顽抗，其人马最后是被消灭在了"城西南大炮台附近"②。

中华人民共和国成立之初，新生政权面临着两大任务：一是清剿国民党残余势力，以稳定天下；二是要恢复正常的生产秩序，开启新的社会生活。而后者在马边的历史进入1952年时，特别是经过了土地改革以后，似乎更为重要。

值得一说的是，由于是彝汉杂居之地，马边的彝族一直以强大的家支制度统治着田土和人丁，并以绝对的阶层治理来划疆为域，牢牢地控制着小凉山地区，所以土地改革要在这一地区推行有其艰巨性。当时政府考虑到这一特殊性，决定在马边划分地界，循序渐进地实施土地改革。具体来说就是以马边河为界，先

① 1952年5月9日，乐山公安处治安0578号文件通缉逃犯杨映松，原件存马边彝族自治县档案馆。
② 王传猷《对川西南军区游击总队活动的点滴回忆》。

在东岸汉族聚居区的九乡一镇开展，而马边河西岸的社会环境相对复杂，大部分属于彝族聚居区，则采取灵活措施，延后到1954年才推行。

太平乡（后改为镇江庙乡，撤乡后并入马边下溪镇管辖）就属于延后开展土地改革的地方。

1952年5月，马边太平乡召开了第一次农民代表大会，有六百多人参加，场面颇为热闹。这个乡位于县境北部，是1951年才建立和命名的一个乡，也就是人们常说的"翻身乡"。

在这一次农代会上，工作组提出要搞一个"千户百组十村丰产竞赛"活动的计划，"以劳模为核心，互助组为基础"，其目的是"提高生产产量，支援消灭帝国主义"。"多产一粒粮，就会多消灭一颗敌人的野心。"[1]

会上，每个村评出了丰产户的典型，全乡共找出红苕丰产户四户，苞谷丰产户八户。但是，一些丰产户颇为不安，不想成为典型，因为他们存在不少顾虑，认为丰产后不仅要多缴农税，而且可能"提高（阶级）成分"。于是，工作组的人就耐心给他们做思想工作，说丰产是指每亩地上多产了粮食，是精耕细作的结果，并没有增加土地的面积，所以也就不存在因为粮食多了而被划为富农、地主的情况。问题搞清后，人们的心里好像亮堂了许多，"六十多个代表都大笑了起来，决定把丰产竞赛精神传达给农民兄弟"[2]。

在这次农民代表大会上，"为了把敌人消灭完"，经过大胆

---

① 1952年5月21日马边县太平乡《一九五二年第一届乡农民代表大会总结报告》，原件存马边彝族自治县档案馆。
② 同上。

的检举，揭发出了"地主恶霸五人，恶霸匪中队长十二人，匪分队长九人，舵把子、伪保长、村长二十人，匪首六人，惯匪三十四人，共八十六个敌人"①。

也是在这一年的5月27日，马边县人民政府公安局开展了"清点、追查、罚没反革命财物"并归公入库的行动，彻底扫荡了"剥削阶级"②。

土地改革如火如荼，几年之后，马边河东岸"人口为26693人，其中农业人口26261人。共有土地40023亩，人均分地1.524亩"；马边河西岸"受益农民共40572人，共分土地107326亩，人均2.64亩"③。

1954年初，张绍先调到了凉山工作，结束了他在马边四年的工作生涯。就在他走之前的1953年12月，喻学翰、陈金英这两个一起走向新社会的年轻人，通过自由恋爱结婚了，而证婚人就是张绍先。

那天在养老院里，喻老先生给我看了一张老照片，是他们夫妻俩与张绍先夫妇的一张合影，时间大概是在20世纪80年代。他们之间一直保持着良好的关系。喻学翰、陈金英这对老夫妇一直工作在马边城里，在马边生活了一辈子，可以说他们就是1950年后马边70多年历史的见证者之一。

在喻学翰的印象中，过去的马边城就是沿河的一条独街，从北门到南门不过里许，一旦洪水漫上了岸，水就从南门灌到了北

① 1952年5月21日马边县太平乡《一九五二年第一届乡农民代表大会总结报告》，原件存马边彝族自治县档案馆。
② 1952年5月27日马边县人民政府公安局《关于清点、追查、罚没反革命财物造册上报的通知》，原件存马边彝族自治县档案馆。
③ 《马边彝族自治县志》，成都：成都科技大学出版社，1994年。

门。但就在这个小城中，一个新的时代来临了，而那个当年的少年就恰逢其时地走进了其中。

1950年，马边这座明朝末年诞生的边城又一次经历了沧桑的历史巨变，但在小城的旁边，山还是那座郁郁葱葱的真武山，河还是那条蜿蜒流过的马边河。

小城里有了供销社

我县为了适应广大劳动人民的要求和上级政府的指示，业于一九五一年十二月四日，召集各机关团体负责同志，正式成立马边县合作社联合社筹备委员会。[①]

1951年12月，马边县宣布启动成立"合作社联合社筹备委员会"的工作。这是在1950年成立马边县人民政府一年后，正式成立的第一家国营商业机构，主任委员由时任县长张荣壮兼任，副主任委员由县贸易公司经理钱广大兼任。

成立合作社联合社非马边独创，而是新政权的统一步骤。1949年11月，中央成立了中央合作事业管理局，主管全国合作事业。1950年7月，中央合作事业管理局召开了中华全国合作社工作者第一届代表会议，通过了《中华人民共和国合作社法（草案）》《中华全国合作社联合总社章程（草案）》，成立了中华全国合作社联合总社，统一领导和管理全国的供销、消费、信

[①] 1951年12月10日，马边县致川南行署合作事业指导处、乐山市专署合作科函，原件存马边彝族自治县档案馆。

用、生产、渔业和手工业合作社。所以，马边县在这年12月成立
筹备会是紧跟大形势，与中央政策和路线保持一致。

在此之前，马边城镇上的商铺、商号、商栈全部是私营商
业，街上流动的小商小贩也是私营个体。据1994年版《马边彝族
自治县志》记载："马边解放前夕，县城商业户计20个行业，
183户，从业500多人；下溪场从商12户，134人；靛兰坝场从商
36户，85人；荣丁从商111户，256人。"县城、下溪、靛兰坝、
荣丁，这四个地方过去是马边商贸最繁盛的场镇，但从这份数据
可以看出马边的经济还非常薄弱，与周边两百公里内的岷江大码
头乐山、盐镇五通桥、纸乡夹江、佛土峨眉等都相差甚远。

但马边的边地商贸其实也颇具活力，同时也并不影响其有豪
商巨贾的出现。如石瑾卿的"裕川元号"，倒百货、开酒坊、种
茶园、办铁矿，生意做得风生水起，民族聚居地区的特产和贸易
需求给他提供了绝佳的经营空间。当年马边城区有名的还有茶商
吴宗富、绸商吴光辉等。过去，盐是边地最需之物，马边在宋代
就是茶盐互市之地，零星的商贸活动最初就是以茶盐为主，所以
西街口的"利边盐号"是马边重要的商家之一，它把犍乐盐场的
盐贩到马边，实施专销，保证民食，但也获利甚丰。

这里不得不说的是垦社，抗战时期它们纷纷涌入马边，开启
了马边的近代商贸。垦社现象是特殊时期的产物，大多有军阀和
财团的背景，表面是一种聚生产、种植、交易于一体的商贸行
为，但背后大多是做鸦片买卖。如曾在早年追随过孙中山、受训
于庐山军官训练团的吕镇华，就利用抗建垦社大肆种植鸦片。

但客观讲，从1941年兴起的各大垦社确实搅动了小凉山区的
一潭静水，它们是马边近代商业上的一股强劲力量。受此带动，

马边兴起并形成了多个彝汉交易所，也就是早期的边区商场，主营食盐、布匹和百货，也交易牛羊皮、中草药、茶叶、竹笋等马边特产。这种商业模式的输入，比传统的小商小贩显然又前进了一步，垦社现象在马边的近代商业发展中是一个绕不过的话题。

但在1950年之后，社会形势发生了巨大的变化，私营商业逐步退出已成时代大潮。就在马边县经过了清匪、反霸、减租退押等运动以后，农村的经济状况变化很大，如何占领市场、稳定社会生活就成了一个新的政治问题。"一般奸商，投机倒把，从中高利剥削，影响市场的稳定，妨害物价的平衡，涉及国家金融政策不能顺利实施，农民翻身运动不能彻底执行。""为了避免中间剥削，结合散漫无组织的个体经济，组织合作社，开设小生产者与消费者自己私人的商店，实在是目前刻不容缓的第一要图。"①

据1953年的统计，马边全县的总人口是86589人，其中汉族48942人，彝族37647人。而人口主要集中在农村，马边城区的人口只有4270人。当时的马边县城是政府所在地，机关和学校的工作人员总共才两百人左右。

过去，马边几乎没有现代工业，只有一点私营手工业，手工业作坊全部加起来勉强有17家，屈指可数：1家小煤窑，工人仅7人；1家木器竹藤加工店，工人6人；1家印刷厂，工人5人；3家缝纫铺，全部人数16人；3家食品加工店，其中一家是磨粉的、一家是磨油的、一家是制烟的，全部人数才10人；棉纺作坊有8

---

① 1951年12月，《马边县合作筹备委员会五一年度工作总结》，原件存马边彝族自治县档案馆。

家，全部人数34人，平均每家不到5个人。① 这几乎就是马边工业的全部家底。缺乏本土工业支撑，商业自然乏善可陈。

由于经济基础薄弱，在大变革时代中更显风雨飘摇。就在1950年这一年，马边城区在解放军与叛匪的交战中，几易其手，百姓惶惶不安，社会极为动荡，而马边有很多商家均是处于关门状态。虽然在1950年8月解放军进入马边城，消灭了叛匪，并紧急以20万斤粮食救济灾民，但恢复城区的正常生活，仍然花了将近一年的时间。

此时的马边是什么样的情形呢？"个体经济全部破产，购买力量极感虚弱。"②

也就在这样的状况下，马边开始着手筹备"马边县合作社联合社"，并尽快把各项筹备工作搞起来。但开办之初，居然遇到了一个棘手的小问题：无地办公。原因是马边正处在一个"房荒"的时期。由于新政权巩固之初，各路人马、各大机构纷纷拥入马边，城区房屋需求旺盛，一房难求。为此，川南行署合作事业指导处同意给马边县核配开办费1000万元（旧币），但按当时的情况，就是购买旧房屋稍加培修，也要2000万元左右，经费远远不够。

但事情不能坐等，"马边县合作社联合社筹备委员会"采取借用县贸易公司地址的方式，挤桌子开会，还是把工作如火如荼地推动了起来。最先是成立了城区消费社，其目的是为马边的机

---

① 《马边县人民政府1954年个体手工业基本情况》表格，原件存马边彝族自治县档案馆。
② 1951年12月，《马边县合作筹备委员会五一年度工作总结》，原件存马边彝族自治县档案馆。

关、学校工作人员提供稳定、实惠的生活服务，同时保证政府机构能够正常运转。消费社成立后，在1952年元月前积极组织马边城区经营油、米、盐的商家尽快开门。

不仅如此，在"马边县合作社联合社筹备委员会"下最重要的组织——供销合作社的建设也开始启动了。1952年初，马边县要求马上抽调干部，编为两组，赴各区乡进行调查研究和宣传工作，重点试办供销社。当时马边县下属6个区[①]，由于二区较为集中，集镇也较繁盛，于是就决定从那里开始试办。

一张供销商业网络开始逐渐形成，在县供销社之下设立了3个区中心分销社，6个乡分社，有营业门市15个。供销社是国家新的购销体系中最为重要的组织，自然会享受国家的优惠政策，比如免征一年所得税，营业税降低0.5%，代购代销农副产品的资金由国家拨给等。

供销社的出现顺应了时代的要求。1952年，"我县在伟大的'三五'反运动胜利的基础上，由于党委正确领导，使人民经济生活顺利地完全恢复"[②]。这是一个特殊的时代背景，反叛势力已基本被剿灭，固有的社会阶层被打破，而经济秩序需要重建，供销社也就担当了经济领域的重要角色。

由于当时有一些专业的国营贸易公司同时在市场中并存，为了在商品购销的种类、价格等方面进行统一协调，就有了业务范畴的划分。如国营贸易公司主要经营大宗物资，"蜡、麝香、虫

---

① 1950年后，马边县划分的6个行政区域，其中包括一区（城区民建镇一带）、二区（荍坝、玛瑙一带）、三区（三河口一带）、四区（走马坪、沙腔一带）、五区（雪口山、大竹堡一带）、大院子区，后已重新规划。

② 1952年11月6日，马边县人民政府《为保证完成五二年增产节约计划及第四季度购销任务的指令》，原件存马边彝族自治县档案馆。

草和大区的调拨物资——如大烟、毛烟、川芎、麦冬、附片、贝母、硫磺、榨菜、木耳、黄连、白芍、木香、半夏、羌活、巴豆等要先满足国营"。而供销社主要经营小宗物资，"土棉、土纱及用土纱织的土布，原则上交合作社经营；肥料、油枯全部交给合作社经营，钢铁农具亦归合作社经营"。[①]

供销社的主要任务是面向农村，为广大农村服务。供销社的业务中有一项主要工作是要对重要农业生产资料、农副产品经营进行组织、协调和管理，这在马边还要考虑彝族聚居区的具体情况，工作还有一定的特殊性。1954年，马边县供销社在布置加工任务时，就对彝族农具的数量有专门要求，如"五区分店新加工彝族挖锄一千五百把，彝族铲锄一千五百把，每把重量以两斤四两为标准，上下不出二两为原则。彝族弯刀一千把，每把重一斤二两，上下不出一两为原则"[②]。这不仅要考虑到彝族聚居区农业生产工具的特点，还要防止铁炉手工作坊从中"投机倒把"。因为在他们看来，那些放任自流的小手工业者还没有完成"社会主义改造"。

实际上，1953年后，公私合营已成大势之趋，资本主义工商业将全部进行社会主义改造。马边在公私合营的过程中，归口于供销社的私营企业有145户，大鱼小虾都归流到了公有制的水塘之中。

恒昌木器店就是其中的一家。当时这家店的临时工人彭中贵、杨启宾已经干了一年多，想转为正式工人；另外由于漆工

---

① 马边县人民政府《关于国营贸易与合作社在业务关系上的几个规定》，原件存马边彝族自治县档案馆。
② 1954年10月20日，马边县供销合作社筹备委员会《为布置加工彝胞农具，以为政府对少数民族贷放工作好准备的通知》，原件存马边彝族自治县档案馆。

业务繁忙，该店还想招收一个叫吴明杰的人当学徒。此等芝麻小事，要是在过去，只需要老板一句话就定了，但现在不行，需要供销社同意，还要报县委税改办公室和商业局备案。

自从有了供销社后，服务方向也发生了改变，自负盈亏虽然重要，但保障供应才是根本。当时马边城街上有个叫岳东帆的个体户，开了个小食摊，卖点包子、馒头、面条之类的小食。公私合营后，小食摊也归口到了供销社，但由于生意不好，岳东帆就开始叫苦，说是每月定的营业额太高，交了税就不能维持生活，请求免税。这件事不能任由一方之辞，于是供销社就专门调查了岳东帆的小食摊几个月来的营业情况，结果发现确实是缴了税就要亏本。所以他们就让县税务局免除两个月的营业税，但要求岳东帆要继续经营，不能关门歇业，因为他每天的小食供应，可以解决部分城区居民正常的吃饭需求。

供销社成立后，对重要商品实施统购统销，基本控制了流通环节，对市场的介入和管理作用非常明显，但也有意外的事情发生。1956年5月，马边县供销社下的土产经理部购进了1000斤"洋挂面"（即精加工挂面），每斤二角八。而本地市场上的"土挂面"每斤才卖一角七，价格相差很大，人皆争而购之，导致"洋挂面"销售不畅。正逢天热之时，久放容易腐坏霉变，如不及时处理可能会造成更大的损失。怎么办呢？当时购买挂面需要米票，供销社就采用不收米票的方式推销，优势立现。

在公私合营推进得如火如荼的情况下，在一个市场的缝隙中，国有经济同私营经济居然出现了一次小小的竞争，尽管最后还是"洋挂面"扭转了局面，因为米票是掌握在政府手里的。不仅如此，1958年马边县供销社又出了一份通知，要求小商小贩"遵守国家政策法令，服从市场管理，改善经营态度"①。所以，"土挂面"的身份就变得很可疑，尤其是在后来，很可能成为"投机倒把"的代名词。

从客观来讲，供销社的出现是符合当时的时代和政治需要的。新旧交替之际，社会主义公有制要在国民经济中占据主导地位，就必然选择一种有利的商品管控体系，供销社自然就承担了这样的职责。特别是在农业和手工业上，供销社可谓大显身手，它在流通领域取代了过去的旧商业体系。如果说在枪林弹雨结束以后，还有一个看不见的战场，那就是商业社会的改造。而供销社正是其中一支大踏步向前的劲旅。

在马边县，供销社不仅掌握了全县农产品的购销，也对全县的外贸经济有着举足轻重的作用。也正因为此，1955年春节，就发生了这样一件因为协调不力差点造成巨大损失的事。

马边的腊肉素来有名，一到春节前夕，需求非常旺盛。这一年，乐山供销社就去函马边县供销社，准备大量采购腊肉。马边方面为了满足上级社的外调要求，昼夜起运。但一过完春节，腊肉就出现滞销，而货物已经源源不断地运到了犍为清溪站。乐山方面声称需求已经饱和，无法再外运，结果是大批腊肉积压在那里，达8万斤之多。大家这时才发现工作中出现了一个大纰漏——当时仅仅是口头协商，并没有签订合同。由于供应与采购双方没有文字依据，各执一词，对需求量和价格都没有详细的安排，导致供应盲目，采购计划不明确。最后虽然通过协商，问题以折价方式得到了解决，但时间已经到了6月。这说明一个问

---

① 1958年1月15日，马边县供销社《关于农村小商贩今后营改意见》，原件存马边彝族自治县档案馆。

题：在大规模的计划中，必须要有精细的数据调查和分析，只靠拍脑袋，没有真正的市场引导，必然效率低下、漏洞百出。

但总的来说，自从有了供销社以后，马边县的物资供应就有了大的流通平台，而社会的转型也是基于这样的经济形态来协作和运转。

1957年，是国家完成第一个五年计划的一年；由于"反右"运动的开展，也是中国当代历史上最不寻常的一年。而接下来的1958年，则是"大跃进"轰轰烈烈上演的一年。对马边县供销社而言，那些年的工作颇为曲折，但它对农村工作的支援是按"计划"走的，如在农具的供应上，就能看到供销社所发挥的作用，统一规划，统一购进，统一销售。在1957年，马边县供销社供应农民各类生产资料134758元，其中农具类：锄头67104件，铧口3286件，晒垫1417床，粪桶557担，背篼747斤；肥料类：硫酸亚铁21814斤，磷矿粉84049斤，油枯950638斤；农药类：共计4225斤；机械类：共计22部，其中有玉米机2部；还调剂了耕牛9675头……①

从上面的数据就可以看到，当时没有任何一家私营企业可以承担这样的工作，而要具备这样大的规模和能力，也只有国家的力量在背后支撑才能完成。实际上，这就是当时我国实施国家资本主义，又再改造为社会主义的路径。但在市场机制逐渐弱化的过程中，社会的发展和人民的生活究竟如何？是不是变得更好了呢？事实早已经给出了答案，而供销社的出现是应时而生，只是时代大潮中的一个缩影而已。

---

① 1958年3月11日《马边县供销社一九五七年年终总结》，原件存马边彝族自治县档案馆。

在曾经开满罂粟花的土地上

"我小的时候周围到处都在种大烟。罂粟果子长熟后，摘下来在皮上划三刀，白色的汁液就流进了瓷缸里。三天后它会自然变黑，然后在锅里慢慢熬，熬干后看起来像牛粪一样，那个东西就是大烟。"

王银洲说的是马边三河口的往事，他祖上曾经就是帮人种大烟的人家。过去，三河口是彝族聚居区，王银洲一家是为数不多的汉族，这在当地是极其罕见的情况。

"我祖父那代就到了三河口，靠租地种大烟为生，卖了大烟可以换粮食、买盐。"

在他的记忆中，种烟在当地是很平常的事情，随处可见。在1949年以前，一个小元宝（中锭银子，约十两重）买三两鸦片，而雪口山最好的烟土只能买一两，可见货殖之昂。但后来政府就不准种了，只要被发现了，禁烟的人就用竹竿去扫，把花骨朵全部打落，打得遍地都是，那个印象在他的记忆里特别深。

马边自清朝以来就开始种大烟，到了抗战前后垦社大量进入马边后，种植更为猖獗，这主要是利用了马边封闭、险要的地理条件。马边成了一个种植鸦片的"自由王国"。民国以降，国人对吸食鸦片深恶痛绝，国民政府对禁烟的态度也是严厉的，将之视为摆脱东亚病夫的一项重任来抓，但禁烟之难也超乎人们的想象，这在马边一地就可以看到。

1936年，马边县作为鸦片种植最为泛滥的地区之一，请求四川省政府下大力来做支持铲烟这件事情。他们的想法是两个：一是"派飞机数架巡绕大小凉山，侦察烟苗广大地带，抛掷炸弹，同时散发夷人传单、标语，施以恐怖，勒令铲除"；二是"派重兵来马，分别进入各路夷地铲烟，敢有抗拒，立予格杀"。①

这些想法相当有气魄，但要实施起来却困难重重，呈文上去，如石沉大海。看到省政府没有动静，县长余洪先曾经当过军人，做事雷厉风行，便在这年12月召开了全县"清毒大会"，并发布了告民众书，决心铲除鸦片流毒，于是就发生了下面的事情。

1937年3月下旬，马边县政府分兵两路入山铲烟，余洪先亲自带领一队"壮丁"去往回龙乡。正行进间，就接到飞速来报，告以前方有异动情况。

> 职前往警戒，遥见对面山谷间，隐约发现多数夷人，各持枪支，气甚激昂。并云："我们几支（家支），打牛吃血，硬要抗铲到底。不要像前次软弱下去，将来我们受了重大损失，更有不可收拾之势。"职以事关威信，恐其冒险进前，一旦酿出意外，难辞其咎。②

---

① 《马边纪实》，余洪先编著，马边县政府发行，1937年。
② 同上。

　　余洪先完全没有想到对方如此强硬，不禁惴惴不安起来。"登高峰瞭望，见对岸夷人，形如蚁集，均恃险实弹以待。"这一望，吓了一大跳，对方的武力和士气如此之盛，他只好暂令停止前进。而这一停，马边在近十年之间再无大的动静，铲烟行动也自然就偃旗息鼓了。

　　1939年，贺昌群受乡老之邀，回到了家乡，但鸦片横行的马边早已是满目疮痍，所见所闻均让他感到震撼。他的好友叶圣陶先生在日记中写道："昌群来，前日方自马边归。谓二十余年，家乡已非旧观，昔固甚殷富，今衰落矣。夷人种鸦片出售。散兵流氓以贩卖鸦片为生。贩卖之外，复持枪劫烟，遂成盗匪横行之世界。昌群之来回，由乡人三四十持枪护送，且通知在匪中可以说话之人，乃得成行。途中亲见三尸倒卧于地，皆被枪杀者也。所见种种，非他处人所能预想。"①

　　表面上的禁烟还是在进行，但越禁越多，越禁越猖獗，而社会的腐烂已经深入骨髓。

　　1945年6月15日，马边城里突然全城戒严，只见兵警荷枪实弹，封锁街道，搜查行人。这到底是为何事呢？原来有人通风说县城里发现了大量的烟土交易，兵警得信后如临大敌。最后是在广和旅馆第五号客房中搜获烟土大小11包，共重9公斤多。人赃俱获后，此事也就告一段落，但未料不久就曝出这些赃物居然不翼而飞了。三个月后，马边县一帮愤怒的士绅将县长贺德府告到了四川省第五区行政督察专员兼保安司令刘仁庵那里，指证他私自侵吞了鸦片；刘仁庵感到事情重大，又涉及政府要员，便将此

① 叶圣陶著，叶至善整理：《叶圣陶日记》，"1939年11月18日"，北京：商务印书馆，2018年。

案交到省上，但得到的回复仅仅是"派员查明"。贺德府是省长张群的舅子，后来自然是不了了之，烟消云散了。①

1946年初，刘仁庵亲自派重兵到马边铲烟，他当时面临的情况更为复杂，"垦、夷武力，日益趋雄厚，毒氛日炽，不可遏止"②。

刘仁庵这次调动了大部队，不达目的誓不罢休，所以铲烟行动表面看还是富有成效的，单在三河口就铲烟一万亩。当时他在铲烟行动前大造宣传舆论，宣称"勿使一茎烟苗存在"，但实际情况呢？他其实根本无法撼动那块流金淌银的土地，这一季把烟铲了，下一季烟苗又长出来了，罂粟花照样开得灿烂夺目。

1950年后，禁烟工作摆在了新政府的面前。这一年10月，马边成立了县、区、村、组多级的禁烟委员会，把戒烟与否与是否爱国等同起来。当时朝鲜战场已经硝烟弥漫，禁烟的高度与抗美援朝等同，可见重视程度，"鸦片是帝国主义杀害中国人民的毒品，戒掉鸦片就是抗美援朝实际行动"③。

禁烟委员会除了要求"藏有烟毒烟具的即日缴出，逾期查获实行严处"，从1951年1月起，还对城区和三河口的烟馆进行了扫荡，156家烟馆从此消失。8月又举行了公审大会，大毒贩余福山被判处死刑，另有56名毒贩被判重刑，这一举措震动了马边，禁烟行动才真正开始深入人心。

---

① 1945年9月26日《马边县农会为检举县长贺德府贪赃枉法，以肃官箴而张法纪由》，原件存乐山市档案馆。
② 1946年2月，《四川省第五区行政督察专员兼保安司令刘仁庵查铲雷马屏峨沐各县烟苗工作报告》，原件存乐山市档案馆。
③ 1951年8月11日，马边县禁烟委员会第三次会议议案，原件存马边彝族自治县档案馆。

在禁烟中，招数频出，最厉害的一招是"瘾民一律佩带木牌，非经村（街）级人民大会一体认为确系脱瘾，不得自动除去"。而且，如果期满仍然没有戒掉烟瘾，还要被挂黑牌，甚至送去坐牢。①

不仅如此，宣传攻势也在轮番进行，下面就是当年为了宣传戒烟的标语，可见当时铲烟的严厉和迫切：

> 要搞好生产建设必须彻底肃清烟毒，必须坚决禁！
> 鸦片是损害身体削弱国家的毒物，必须坚决禁绝才能彻底翻身！
> 肃清烟毒是全国人民的应有的责任！
> 政府对于罪大恶极的烟民实行镇压！②

经过1951、1952两年的禁烟运动，马边全县登记瘾民22584人，查缴鸦片43700两，由此可看出当时吸食大烟的人之多、之普遍，几乎占了马边总人口的五分之一多，同时也说明这场禁烟运动的成效之大。轮番扫荡之后，马边汉族聚居区的烟毒已基本肃清，但彝族聚居区还比较顽固，仍有少量种植。1954年9月，马边县召开彝族委员扩大会议，通过了在彝族聚居区禁烟的决议，这才在政策和法律上亮出了最后的底牌。③

有人可能会问，为什么当时彝族聚居区禁烟那么难？这是因

---

①②1951年8月11日，马边县禁烟委员会第三次会议议案，原件存马边彝族自治县档案馆。
③ 《马边彝族自治县志》"政事纪要"篇，成都：成都科技大学出版社，1994年。

为那里一直是个独立的社会，历代王朝都无法撼动其内部的稳定和团结，为大小凉山的鸦片种植提供了封闭的环境。实际上在1950年后，人们对这点的认识是清楚的，所以对彝族聚居区采取了特殊的政策，采用了谨慎稳进方针，即由限制到逐步禁绝。如马边在1951年到1952年之间还准许年老的黑彝进城可以带八两烟土，而白彝则不允许，以示区别对待。这个过程为逐步做通彝族上层的思想工作留出时间。当时在该地区很有影响力的水普老毛、恩扎文冠等人就公开表示不种鸦片、不抽大烟，起到了带动作用。

其实，真正要达到彻底禁烟，只需做到两点：一是要消灭鸦片买卖的渠道，二是要控制好土地，也就是从生产和消费两个方面双管齐下。1956年，当地开始搞"民改"，土地全部重新分配，实行人民公社制度，这是彻底禁烟的根本。没有了私有土地，就不可能有鸦片种植的空间。1957年后，彝族聚居区的鸦片种植彻底禁绝，这应该是中国过去近百年都没有做到的事。但它的背后其实远远不是一个单纯的"铲除"的结果，而是整个社会的彻底改头换面。

过去，有很多学者认为中国近代史和古代史的分水岭是鸦片战争，鸦片是中国大历史分界的一个重要标志。其实，鸦片出现在马边同样是一件非同寻常的事情，因为种植鸦片并非当地人的选择，它是外面的"市场需求"输入而来的。因为它的到来，让这个千年来封闭的群山突然被打开，但方式是野蛮和血腥的。鸦片作为一种精神麻醉剂与现实的土壤结合在了一起，长出了那些看起来是如此绚烂的花朵，但它并没有给这片土地上的人们带来真正的财富，相反是加重了灾难。但我们也不得不惊叹一百年后鸦片在这片土地上的迅速消失，这一切可以说是新中国土地制度改革的功劳。鸦片被连根拔起，没有了藏身之地。所以，从某种意义上讲，真正近代意义的马边，是在鸦片从出现到消失这一过程中才向我们走来。

罂粟花消失后，土地上种起了庄稼，人们更多关注的是粮食增产问题。1957年6月，在马边雪口山、大竹堡一带，正是初夏季节，苞谷刚种下去，小春地正在下种，人们就发现地里有"不速之客"，于是在十天内就捕杀了三头"野猪儿"和一二十头"招狼子"。这说明人们要作斗争的对象已经改变了，不再是鸦片，而是那些破坏庄稼的莽撞野物。

1952年后，马边的农业有了很大的改观，从缺粮县变为了余粮县，其实这就是鸦片被铲除后的变化，罂粟地变为了庄稼地。在这个过程中，由于土地关系的改变，彝汉之间的关系也在改变，再也没有了为土地和人口而发生的争斗，历史痼疾逐渐得以治愈。

王银洲从小就跟彝人在一起，讲得一口纯正的彝语。他同彝人讲话，没有人相信他是汉人，只会问他是哪个家支的，他会顺口说："乌抛家的。"

当年，乌抛家是当地的望族，乌抛苏格是当地最大的黑彝，也是鸦片种植大户。那时，三河口一半的土地都是乌抛家的，要不是乌抛家出面作保，汉人根本不可能在那里生活下去。王银洲一家幸运地生活在彝族聚居区，从小就过着与彝族孩子完全一样的生活，而他也认为自己就是一个小"阿黑"①。

----

① 阿黑，彝语中对男孩的称呼。

王银洲给我讲了一个当年的真实故事。那时，有个汉族孤儿被卖给了乌抛家当"娃子"，他当时10岁左右，卖了七十两银子，人们就叫他"七十两"。

"我就同'七十两'，还有乌抛苏格的儿子一起骑着马到处耍，在罂粟地里跑。那时候我们喜欢吃烟果子里的籽，剥出来像红心米一样，香得很！我们都是小孩，天天在一起玩，没有隔阂。但在大人眼里，'七十两'就是'娃子'，他可以随时被买卖。"王银洲说。

1956年后，经过民改，黑彝的土地被没收，"七十两"也就获得了自由身。他不再是奴隶，而是成了人民公社的社员，分了土地。王银洲告诉我，"七十两"一直在三河口彝族聚居区生活，参加集体劳动，学会了农业的耕作技术。后来，王银洲去了学校读书，长大参加了工作，由于丰富的彝族聚居区生活工作经验，曾当过马边县民委主任。

"'七十两'后来死在三河口农村里，大概是20年前的事了。他生前是一个人生活，没有后人，到死也不知道他的真实名字。"王银洲说。

1957年7月，马边的土改工作基本完成，一共花了5年半时间，马边90%的农户加入了高级社（集体农庄），生产关系已经发生了根本的变化，人们都在期待着一个社会主义新农村的出现。这一年，为了提高粮食产量，马边开始兴修水利，增加了灌溉水田8300亩，灌溉旱地8100亩，改土为田2000亩。[①]

但是，从1958年起到1961年，在极"左"路线的影响下，

---

① 《1957年马边县农业生产计划草案的编制计划》，原件存马边彝族自治县档案馆。

浮夸风盛行，导致农村严重缺粮，人人都在饿肚子，过"粮食关"，留下了一段惨痛的教训。到1962年初，中央召开七千人大会纠正错误，全国的情况才逐渐好转，马边也开始倡导机关干部和农民在垄间地边搞增种，结果人均增收粮食250斤，全县增种粮食1000万斤以上。自由生长的种子需要松动的土地，而这才是真正充满希望的田野。

1963年，马边除了传统农业的发展以外，工业也在慢慢地起步，"楼上楼下，电灯电话"的梦想也在逐渐地实现。这一年9月，马边县计划委员会编撰了一册《马边概况》的小册子，在序言中对1950年后的马边有一段充满激情的描述：

　　……发电机的轰鸣，打破了边城夜空的静寂，电灯的光亮，照遍了小凉山。袁家溪、巴子房等地的铁水洪流，照亮了寂静的山谷；梅子坝、老鸦山的铜水洪流，敲醒了千年酣睡的马边河；汗哆哆的铅水洪流，响遍了大、小凉山；万担坪的银矿正在召唤我们，县第一大磷矿绵延在县的西南角，等待着为祖国农业生产效劳；马边河上来往着船只，马沐路上驰骋着汽车；邮电事业的发展——不见人可以谈话，不见面可以交换着各自的劳动热情。

　　国营纸厂生产的纸的质量揭开了新的一页；草坡的陶瓷厂的各种陶瓷，已畅销马、沐、屏等县；国营印刷厂的机器声在东门破天荒地轰鸣着；北门外的机械厂马达声，响彻了边城。人们不禁要自豪地说，解放前的消费城市，现在变成了生产城市。解放前烟、匪集散地，现在变成了人民的乐园……

不难看出，作者无限自豪地把马边的工业发展尽情地抒发了一番。其中的"铁水洪流""铜水洪流""铅水洪流"这三个词特别醒目，这是那个时代特有的词汇，不用"滚滚洪流""浩浩荡荡"这样的大词不足以表达非凡的气势。但这确实就是当时人们精神面貌的体现，那是一个激越的岁月，一轮又一轮的政治运动如火如荼，因为人们相信他们已经告别了一个"恶"的社会，正在走向一个"美"的社会。

客观来看，马边工业的真正起步还真是在那十几年时间中开始的。之前的马边几乎没有工业，虽然用现在的眼光看当时的工业水平还非常落后，但相比1950年时的马边，确实又有了一些进步。那时的人们是纯善的，怀着满腔热情，哪怕是小小的一点进步，都相信"这些建设成就是空前未有的"，因为他们是在建设"社会主义和共产主义的新马边"。

怎样去描述一条河流？

马边河对这个小城和小城中的每一个人，都是一种特别的赋予，它仿佛给生命注入了那流动的灵光，而我们热爱马边河的理由，也许只需要这一条就足够了。

清澈记忆

马边河过去叫婆笼江，也叫婆笼川，这个名字在隋唐以前就有了，有学者认为"婆笼"可能是唐代黎属羁縻州中一个部落名称的读音。依此推断，马边河流域在更久远的时代中曾是獠人占据地。隋大业十一年（615），嘉州设立了一个绥山县（在今峨眉山市境内），由于人口不足，还专门招募婆笼川的生獠去填充，以添人丁。

河流往往是天然的道路，如果要再往前面考证，马边河可能是汉通西南夷时期的一条沟通之路。人类的迁徙常常是沿江进行的，马边河正是远古人类生存的寄居地之一。马边河是岷江的第三大支流，仅次于大渡河和青衣江。

宋以前的马边河区域其实是一个非常封闭的地方，部落之间、边夷与汉人之间一直在进行着争夺与杀戮。《宋会要辑稿》曾记载："利店旧寨在婆笼江之南，今春董蛮、夷都两族犯边，合力攻破焚荡。"当时的利店和赖因都是马边河上的重要营寨，驻扎了一些民间武装，赖因寨后来变成了马边城，是明代以后王朝边疆治理的结果。

马边河到明朝时称为新镇河，《清史稿·地理志》中说："新镇河，源出凉山蛮界，径厅南，折北转东，过沐川司入犍为。"但人们还是习惯于称它马边河，这是因为它纵贯了马边县全境，是马边人的母亲河。

关于马边河，从水文地质的角度有几个数据需要读者了解：

马边河主要发源于峨边、美姑交界的依子垭口南侧，经美姑县挖黑区向东，至大湾处进入马边县境，流经县境长度为118千米。马边河年均径流量为24.56亿立方米。最低水位2.89米。每年6到9月为汛期，11月到次年4月是枯季，1、2月份是最枯季节，河床底质以沙、卵石为主，终年无冰冻，境内水面9995亩。马边河主要支流有挖黑河、三河口河、大院子河、袁家溪、永乐溪、雪口山河等17条。

上面的文字主要辑合自1994年版的《马边彝族自治县志》，在对马边河的描述中，书中有一段极富文学色彩的文字："河水或为素湍，或为绿潭，两岸青山夹峙，美如画屏。"

这让我想起了民国摄影家孙明经在1938年第一次见到马边河的感受，他认为这是一条"美丽极了、有趣极了的河流"。后来，他的儿子孙健三先生在整理其父当年的照片时写道："它清澈到了让人难以相信的程度。从孙明经当年拍摄的照片看，由于河水太过清澈，本来行驶在水面上的船只，在照片中会让观者产生船是飘浮在空中的感觉。"[1]

---

[1]　《孙明经纪实摄影研究——1938：雷马屏峨》，杭州：浙江摄影出版社，2018年。

其实，在半个世纪以前，能够进入马边河的人不多，像孙明经这样的外来者绝对是少数。作为岷江的支流，在百里之外曾经有过无数的文人雅士沿江上下，但少有人将舟折入这里来，为马边的山水留下文字记录，这说起来多少都是一件憾事。

从马边走出来的大学者贺昌群离乡很早，对家乡着墨也并不多，但就在他不多的诗文中还是有一首关于马边河的诗，叫《还乡宿黄丹客馆初见马边河》。那是在1938年初期。贺昌群少小离家，因为躲避战争而回到家乡，在途中他对故乡充满了思念，但家国沦陷于烽烟之中，他的诗里别有一种悲愁：

> 情怀不忍上高楼，寒菊年年照眼秋。
> 万叠故山云总隔，两行乡泪血和流。
> 黄茅莽莽连边野，红叶纷纷下客舟。
> 归计未成人渐老，山花羞对雪霜头。

这是秋天写下的诗篇，萧瑟之感扑面而至。但就在这样的季节里，马边河仍然是那样的美："黄茅莽莽连边野，红叶纷纷下客舟。"更何况这是他多年未见、让人老泪纵横的故乡河。

其实，孙明经与贺昌群见到马边河是在同一年，都是1938年。但他们的感受却迥异，一个如发现了新奇的世外桃源，一个是回到了悲伤的乡梓故园。其实，那就是同一条河。

教育家、作家李伏伽生于斯、长于斯，对马边河也有很深的感情，他在《旧话》一书的开篇中就写道：

> 马边河除去夏季发洪水以外，一年中的大部分时间都是

澄澈晶莹的。所以在历史上它叫清水河，尤其是在北门外那一段，因为水深而静，格外显得绿。绿得像什么呢？像碧玉？可没有它的深沉；像一面巨大的绿色明镜？可又没有它的妩媚。

到马边，首先进入我们眼帘的就是马边河，它何尝不是一泓深情的明眸？李伏伽的这段文字让人感同身受。我是在岷江边长大的人，对河有一种独特的情结。每次到马边，马上就被那一江水给融化了——它有一种宁静，让你瞬间静下来，感受到一种极为纯粹的存在；而马边河仿佛就静静地流淌在天地之间，带着一种悠远的生命气息。

乾隆时期，马边厅通判徐宗仁写过一首《北关晚渡》："南客争归北，北人渡向南。熙熙与攘攘，两两复三三。"这是暮色中的渡口景象。地点在哪里呢？就在现在的北门桥附近。天一黑，船家就要收渡，行人得赶紧过河。但诗人的笔马上一转："夕照横修竹，山城没晚岚。篙师行倦役，牵缆入寒潭。"篙师也就是撑船的人。他送走最后一船人，就要收工回家，绳子拴在岸边，人去船空，只留一江寒水。这完全是一幅中国山水画中的意境，喧嚣的人世变为空明的禅境，一条江如隔两界。

马边河是一条文学的河，流淌着诗情画意。但也是一条纯自然的河流，潺潺泪泪，时疾时缓，白湍素流，春夏易色；而沿岸人烟稀少，舟楫阒然，山野之朴，江水之清冽，与我到过的四川大大小小的几十条河流相较，马边河实有独特之处。

在江河密布的岷江水系中，马边河并不起眼。它不长，只流过了一个城市，甚至你可以认为它就是为一个城市而存在。明朝万历年间，汪京是马湖府负责"安边"事务的官员，"见赖因为山川全胜，地脉自峨眉正西迤逦盘旋而至，环山面面皆拱秀，江水绕城下，如围带然"（尹廷俊《建新乡镇记》），他一看就发现马边城位置的设置颇具匠心。汪京是马边城的缔造者，其实他更是个"堪舆家"，懂风水，会望地脉，所以当年他一走到这里就大呼："兹非天造地设，以待王公设险也欤！"在汪京那个时代，军事防御是放在第一的，所以马边是临江设城的结果，城因江而生，江因城而名。汪京的这句话讲明了一座城与一条江的关系：天造地设。马边河就是马边城一条长长的脐带，江水孕育了马边城。

所以，在历史的岁月中，一座城与一条河是如何相遇的，马边与马边河给了我们很好的启示。马边河也是一条历史之河，它永远都承载和流淌着历史。但是，回到日常的生活中，在百姓的眼里，马边河又是什么样的呢？

伍仕勤已经退休六七年了。他在水电单位工作过很多年，因为工作原因，同马边河打了很多年的交道，是个熟悉马边河的人。

3月的一天，我同老伍走在马边河畔，他一路在给我讲述他记忆中的马边河。

当年的马边河没有堤岸，马边人的生活更接近河水，下河游泳是小城生活的一部分。人们最喜欢游泳的地方是大东门，天气一热，河边就聚集了很多游泳的人。那时候，孩子们穿着用两条三角巾缝的游泳裤在河里"扳澡"。游到对岸，那是一片菜地和水田，跑进农地里掰一根苞谷后又游回来；若是有人大呼小叫，要逮"偷贼"，就"咚"的一声跳进河里，逃之夭夭。

在马边河里凫水，最刺激的地方是在爆花滩，那里的水流湍急，顺水漂流，其乐无穷。要是套在一个汽车轮胎里放滩，那就更舒服了，在水里摇摇晃晃，鱼儿在旁边舔你的脚板，伸手一抓，说不定就能抓到鱼的尾巴。

马边河清澈见底，有些地方的人称它"亮底河"，沿河的居民都是到河边挑水吃。淘菜、洗衣服也在河里。冬天一出太阳，就把桶、盆、搓衣板搬到河边，把床单和铺盖洗得干干净净，河水里洗出的衣服都带着甜味。水是山里流下来的，我到上游去看过，都是山涧里的泉水，从溪沟里哗哗流下来，烧壶里不会生垢。过去河上没有电站，特别是没有永乐溪和芭蕉溪这一头一尾的两个电站，河水缓缓悠悠地流，河底看得见鹅卵石，光光生生，五彩斑斓，泛着亮光。

沿着城门而下，老百姓在岸边搭了一条道，把鹅卵石装在竹笼里面，然后伸进河中间。也有用木板搭建的，搭在北门桥附近的岸边，女人们排着在那里浣衣洗菜，这是小城一景。岸边也有砌了石坎子的，在水巷子下面，要走一条长长的梯石路才能下到河边，而这一切都是如此恬静、悠然。

马边河里多鱼。徐宗仁曾写到过马边河边一个叫观音阁的地方，那是明末马边风光最佳之地，因为楼阁修在北门关的渡口边上，内供观音，老百姓就将之称为"观音看鱼"。那里是个渔湾，他写道："智光临水阁，甘露漉渔汀。莘尾浮波谷，金鳞入窅冥。"（《观音看鱼》）300多年前的场景仿佛历历在目。

其实，徐宗仁也喜欢钓鱼："一丝挥白日，片石出红尘。艇泛闲中趣，波浮物外身。"（《鱼渊垂钓》）他写钓鱼的诗堪称高妙。徐宗仁对马边河的鱼是情有独钟的，他还写过另外一首诗，叫《石里金鱼》。那其实是个神奇的故事，说的是有五个人去凿开河中的大石头，因为石缝里长着金色的鱼。但要抓住它们却不易，打鱼的人眼看着着急，却一点办法都没有。

诗是这样写的：

五丁劈巨石，石腹孕金鱼。

荇藻浮沉里，波纹隐见余。

水精能肖物，山气默吹嘘。

网钓皆难得，渔翁望已虚。

你看这官当得多清闲，不把精力用在写公务报告上，却喜欢干着临渊羡鱼的事情。当然，这个人有闲情野趣，他把当时马边河里的渔业生态记录了下来，也是功劳一件。

过去马边河中有很多青波和细鳞鱼。青波的学名叫中华倒刺鲃，背鳍部长了一根倒刺。青波和细鳞鱼都是冷水鱼，肉嫩味美。一到汛期，站在桥上都看得到鱼儿在跳，又到吃鱼时节。

马边最出名的是娃娃鱼，也就是大鲵。20世纪70年代，只要河里一涨水，到处可见娃娃鱼，据说屋檐下的阴沟里都可能捉到娃娃鱼。

"其实，那时的人并不怎么吃鱼，没有调料呀！压不住腥，又费油，一般人吃不起。很多年以前，河里打起来一条娃娃鱼，28斤重，一斤只卖一两角钱。"老伍说。

不可思议。如果是现在，人工养殖的也要值不少钱，何况28斤的野生大娃娃鱼！30年前，马边河里还能打起一斤半以上的细鳞鱼，而这些现在是很难看到了。

在1998年以前，马边河上还有专业打鱼的集体，叫渔业组。

打鱼的人要持证上岗，归水务部门管，平时还要搞培训，管理机构也会给他们平价供应打鱼的化学线，专门用来织网补网。一到夏天，打鱼船就在河上忙碌，满河都是鱼。渔业组把鱼打起来卖给蔬菜公司，五角钱一斤，都是八两到一斤二两大小的鱼，特别受人欢迎。当年，马边的细鳞鱼远近闻名，还参加过农博会，做成展板，观者如云。那些照片都是老伍拍的。但树大招风，后来乐山的渔业组听说马边河的鱼多，就闻风而至。他们的打鱼设备齐全，又是长期在大河里练着的，船上站着鱼老鸹，两眼放绿光，"把鱼吓得开跳"。

那天，我在河边遇到一个钓鱼的人，便跟他聊了起来。那些钓鱼的人瘾都大，一天蹲在河边，两颗眼睛珠子转都不转一下。据那人讲，他钓了几十年的鱼，渔竿都不知被渔业管理部门的人折断了好多根。"但看到河里的鱼就手痒，但现在管得严，一人一竿一钓，不敢乱来。"他说。

确实，入春后就到了禁渔期，到处都贴有禁渔告示。在禁渔区内钓鱼就是违法，这是为了保护渔业资源，也是保护生态。但那个人回忆起钓鱼的日子，心头爽着呢，他好像真的没有白活一样。那时马边河里的鱼真多，河中有块大石包，鱼爱在下面产卵，他就喜欢到那里去"扯鱼"，一扯一大盆。

在县志中，对马边河中的鱼类介绍是："主要种类有木钻子、白甲、细鳞、青波、黄辣丁、泉水鱼、桃花鱼、江鲤、杆呵鳅等。河水清澈，污染很小，鱼体静雅，肉质细嫩。"其中"鱼体静雅"一词说得真好，大概是指当地鱼的气质有点超凡脱俗、不染风尘。想想也是，那可都是一河清澈的江水养出来的。

其实，在马边以往的记述中，还有一种"马边墨鱼"，"与乐山之墨鲤相似，产量尚多，惟其肉不及外河之细嫩也"（《马边纪实》）。大概是比较稀罕的鱼种，如今已少有听说。所以我把它放在这里，也给读者留下一点记忆。

但我有个疑问，随着城市的扩大，沿岸工业和生活用水的影响，马边河还能保持过去的清澈吗？

2015年12月，有关部门在马边河布设了两处监测断面，对河流水质包括pH值、硫酸根、氯离子、溶解氧、水温、硬度等21项指标进行了监测，完成了水资源调查评价报告，得出的结果是马边河的水质优良，达到了二类水质标准，也就是说马边河仍然是一条清澈的河流。这确是马边河之幸，也是马边人之幸。

在马边人的心目中，马边河就是一条清清亮亮的河，过去在民间叫清水溪（也称清水河）。周洵在《蜀海丛谈》中说："（马边）厅城在清水溪上游。"入岷江口的清溪镇就因此而得名。李白曾经写过一首《峨眉山月歌》，其中有脍炙人口的名句"夜发清溪向三峡，思君不见下渝州"，有人说诗中的清溪就是指的这一带。如果此说是真的，那么这首诗就是从马边河流出来的。我相信，只有那清澈见底的江水才能触发灵感，才入得了那千古流淌的诗韵。

消失的木船社

"马边河里过去有不少船和筏子，现在都没有了！"

李廷传跟马边河打了一辈子交道，什么都干过，拉纤、驾船、修航道，说起马边河是如数家珍。他生于1937年，正是全面抗战爆发那年，如今已85岁，但身体还好。他说："当年干航运，同我一起的人前前后后不下百人，现在只剩几个了。"

他是长寿者，在漫长的船运生涯中，身体是风吹雨打练出来的。李廷传没有上过一天学，因为家里穷，稍大一点就到了双溪运输社当搬运工，当地人叫"背二哥"，"十几岁就要背100多斤，从马边到犍为要走4天，中途累了只能打个杵，跟在一两百人的队伍后面走，偷不了一点力，这一背就是好多年"。

1960年马边成立运输公司，水陆一分家，他被分到了木船社，从此就开始了他水上的生活。

马边河分为上河和下河，上河是从马边城到苏坝，下河是从马边城到犍为河口。马边的航运是从1956年开始的，过去都是私人的零散运输，单船独舟。自从马边有了自己的木船社后，李廷传便成了最早的一批员工。当时马边木船社有16条船，上下河各

1956 年 5 月，马边成立木船社。图为船只在马边河畔举行顺利通航纪念活动。

2个船队，每个船队4条船。

过去马边的交通非常困难，陆路就是翻山越岭，全靠步行，马边河是唯一通往外面的水运通道，所以船就显得很重要。那时河上常见的是木船，10来米长，4米宽，下面是船舱，一人多高，货物都装在里面；上面是"锁腹"（木盖板），150斤一包的苞谷，要装几吨。粮食、牛羊皮运出去，百货运进来，航运成了马边物资的主要运力。

"1964年，第一批知青到马边，走路进来，包裹行李就是我们的船载进来的。"李廷传说。

木船社的每条船都是同样大小的，船工也是固定的，每船10个人，不多不少。前后2个驾长，1个煮饭的伙夫，7个纤夫。煮饭、睡觉都在船上，每天早上起来把铺盖叠整齐放好，晚上找地方停好船，便开始烧锅煮饭，天一黑就睡觉。秋冬时节，外面静悄悄的，山里的鸟儿也不叫，万籁俱寂；春夏一来，涛声四起，船变成了摇篮。在船舱里，透过木盖板的缝隙可以看见星星，天气好的时候，一颗一颗都数得清楚。

船上的各种活路，李廷传都干过。他拉过纤，拖过船，夏天都是赤裸上身，在河边爬，喊号子。"不喊不行，喊了浑身长力气。"他说。

拉纤虽苦，但也有拉纤的快乐，一到滩口，就要加把劲，在北门滩、皮匠坳、小尖子这些险滩前，"硬是要把船扯来立起！好大的阵仗！"

李廷传讲到这里，脸上突然洋溢着一种快乐，想来那是一幕惊心动魄的场景。

后来我从1984年收集整理的《乐山民歌集》中看到了一首叫

《腾耳》的马边本土号子，参与伴唱的人中就有李廷传。号子是
这样的：

　　（领）哎——稳喽——江呃，陡陡起稳——江呃

　　（伴）江呃——稳喽——江呃

　　（领）陡陡起——江呃，陡陡起——江呃

　　（伴）稳喽——江呃，稳喽——江呃

　　（领）扯陡子——江呃，扯陡子——江呃——江呃

　　（伴）稳喽——江呃，稳喽——江呃——江呃，扯陡子稳
喽——江呃江呃

　　（合）走嗨——走喂——走嗨——走喂——走嗨

　　"腾"的原意是马弓起背部发力，这就跟拉纤的姿势相似；
至于"腾耳"，因为记谱的人也说明"仅为近似音符"，我觉得
"腾呃"更准确一些，"呃"是当地方言中的习惯性尾音。关键
是，喊词里面的"扯陡子——江呃"，就是李廷传说的"把船扯
来立起"，试想，号子一起，一声一声，高亢而有力，在马边河
畔久久回荡，无论是谁都会被号子中的气势震撼住。这样的号
子，未必不是一首命运交响曲！

　　天天都在与水周旋，不能不识水性。船在水中走，最怕遇到
回水沱，有经验的驾长就知道"踩"着水走，也就是绕在漩涡的
边上走，不然就会"打张"（船打旋）。船要顺着水势，不能强
来。一竿下去，如果吃不透水，舵就不能乱扳，一扳就可能船倾
人覆。这个道理也可以比作人世，人生大概也如此。

　　"驾船是门技术活。走上船，后驾掌舵，前驾撑竿；行下

水，前驾掌舵，后驾撑竿。驾长都是青壮年，浑身的蛮力。但必须要懂水，要有绣花的细心，因为过滩时稍不小心，人就要被摺来摆起！"

马边河中乱石多，一涨洪水，纤道就冲没了。李廷传还记得，1959年在簑衣石，打烂过好几只船，所以每年一到秋冬枯水期就要修河。纤道要修1米到1.5米宽，航漕要保持3米到7米深，最枯时也要达到半米以上的高度；装载码头要修拴船石桩、石鼻眼和石步。修航道和纤道的活，人要分为两组，一个叫炸礁组，一个叫横爬组（掏浅滩），从苏坝修到利店，年年如此。

修河之时一般是冬春季，河水是山里刚融化的雪水，冰冷刺骨。最费功夫的是清理河中的乱石、暗礁，危险性极大。炸药装在避孕套里，用苞谷须包紧，然后放进竹竿中，再用钢钎打炮眼，竹竿伸进岩缝，"轰隆"一声，飞石四起。

往往在一股浑水之后，河面上是一片白花花的鱼。

"河里的鱼太多了，那时候不知道为什么有那么多鱼，遍河都是！江鲤、白甲、青波……一米长的都有，有的重达五六十斤，捡起来吃，天天吃、顿顿吃，打屁都是鱼腥味！"

那时候还没有专门的河道管理机构，疏浚河道是木船社的工作之一。垮岩、冲石一般都会发生在洪水季节，船运最好的季节是阴历二、四、八这几个月，水不大不小，又避开了汛期，而且是马边河水最清亮的时候。七月半前后，水最大，洪水翻涌，江上的人有句俗话："七月半，打城镇！"就是说洪水可能会危及沿岸的民居和庄稼。

天天在河上跑，也就成了老江湖。李廷传对很多事情很通透，认为干上了航运这一行，就要"上山知鸟音，下水知鱼性"。要知到什么程度呢?马边河有一百多个大大小小的滩,李廷传与比他还大三岁的胡坤艮一起碰了一下,就把上下河的滩名全部整理出来了。那天,我问李老先生能否把马边河的滩名回忆一下,他爽快答应了。当时我确实感到很惊讶,因为之前他说自己老了,很多事情记不得了,看来还不能低估了他的记忆力。值得一说的是,在我看来这真的是件奇事,因为那些快被岁月冲走的小地名经过这次谈话,居然在无意间又复活了。

在他们的回忆中,从头到尾分两段:

上段是双河口至马边航段,长20多公里,主要的大滩有:门坎滩、三朵花、扁担腰、石板滩、草包石、车行滩、小尖子、石灰濠、余家滩、爽蹬石、油石滩、金鸡咀、大滩、周家滩、皮匠坳、黄桷滩,东门滩已到马边城脚下。

下段是马边至利店航段,长40多公里,主要的大滩有:北门滩、倒水弯、新新滩、王滩、初滩、岩碰滩、长滩、桅杆滩、叉叉石、母猪林、洋加石、铁索滩、下溪滩、簑衣石、鱼苍口、春分溪、棬子滩、柞叶滩、桃园洞、下渡口、柑子林、老龙滩、大中坝、古儿滩、五九林、观音滩、晒垫滩、火夹滩、火谷滩、漏洞口、花板石、上沟口、下沟口、九龙滩、猫儿腔、剑溪沟、洗浆滩。

马边河在马边县境内是从双河口算起,至利店为止,全程近70公里,再下面的航段属于沐川和犍为县。值得一说的是,其中北门滩、叉叉石、母猪林、簑衣石、鱼苍口、大中坝、五九林、火谷滩、九龙滩为最凶险之滩,历来是舟船出险之地,每过这些险滩必须小心谨慎,不敢稍有疏忽。

这些滩名如今已经没有几个人还记得,能够说出这么多的人更是少之又少。但它们还顽固地留在李廷传这些老人的记忆中，只是因为他们曾经与那些滩口朝夕相处，恐怕已经与之融为了一体，就像生活中不能绕开的朋友或者敌人。马边河上一个一个的滩，滩滩都有故事，这些滩口曾经就是马边河上一个个生命的存在，也许它们也听得懂欢歌和悲调。

木船社最初成立的几年内发展很快，有四十几条船，还买了三条驳船，最远可以开到宜宾、重庆。但到了20世纪60年代初期，木船社有了不小的变化，经历了一个发展的分水岭，这是因为通了沐马公路，陆运开始了。从那时起，粮食的外调以陆运为主，船运自然有所减少。但真正的原因是1961年8月木船社出了件大事，遭遇了一次重大的打击。那天，按照惯例，四条船同时出航，一切都很正常，到晚上时停歇在了潼灌溪附近。但没有想到晚上突然发生了泥石流，山上滚下来的岩石砸翻了三条船。"唉，误撞进了鬼门关，当时只有尾船侥幸逃脱了，那是马边河上最大的江难，十九条人命呀！"李廷传很感慨。

从此以后，木船逐渐减少，后来水运改为以筏子为主。一是因为筏子不怕乱石、暗礁，安全系数高；二是筏子拖木材比较方便，可以载十四五立方的货。那时林业伐木主要走水运，黄河三门峡水利工程和大马水电站都在马边大量采伐木材，全都从马边河上过。所以，运输载体虽然有所改变，但运力大为增强。木船社有了八九十条筏子，这是因为运输开始紧俏起来，陆运虽然快捷，但当时的汽车少得可怜，成本也高。

"那时候干航运吃香得很，找我们的人也多，都想早点把东西运走。"李廷传说。

确实，各个单位的采购员都要主动联系木船社，把笋干、茶叶等土特产运出去，把盐巴、百货等运进来。最红火的时候，河上筏子穿梭，上上下下如过江之鲫。为了通航的安全，马边还制定了一些特殊的规定，如船筏不得超过15米长、3米宽；船筏必须要有两个人驾驶；航行前三日，要把计划报备航道运输指挥部；下行的船要让上行的船，但上行的船应在上游宽阔处插红旗，以便警示……那是木船社的繁盛时期。

李廷传走过船，也修过河，当过调度，老婆还在北门桥渡口卖过票。他们养了两儿两女，全家人都靠这条河生活。李廷传也颇有点传奇，他从小没有读过一天书，但后来居然会读书写字，那全是在船上学的。每天一停船，李廷传不是去喝酒打牌，而是一个人看书自学。船工里面没有几个识字，他就成了人中龙凤、马中良驹，后来老社长周元发把社长的位置交给了他。

在经历了8任社长之后，木船社彻底解散了，那是在1990年。也就从那时起，马边河上的船只就逐渐消失了。1994年版的《马边彝族自治县志》中记载了木船社的这段历史：

> 县木船社于1956年开始利用马边河水道进行水运。除扎木排竹筏漂放竹木外，有12只木船进行水运（注：李廷传说是16只船，存考）。1958年7月，县至苏坝河口23公里通航后，洪水季节可通24吨木船，上行用人力拉，每船可载4吨，下水可载6吨。县境内航道计68公里。1970年，木船运货量6881吨，周转量34.1万吨公里，创马边木船运输量的最高纪录。1973年停止船运，利用水道漂放竹木停于1980年。

木船社解体后，河运从此衰落。之后解散的人员"转产改向办机砖厂和北门旅馆"。他们拿着多年经营的一点本钱，干起了跟河运完全不相干的事。

2003年，李廷传退休，如今他每天都要在马边河边散步。他说，现在的马边河上已经看不到船了，过去他们的船只要回到城里，全部停在北门桥一带，密密麻麻地摆在那里。作为当年的老社长，李廷传曾调度过那些船筏的来去，那曾是马边河上一道壮观的风景。我不知道老人的话中有多少是留恋。

作为行业习惯，李廷传还告诉我，在航行中他们称左、右两岸为南、北两崖，面向上河，左是南崖，右是北崖。而马边河就夹在南、北两崖之中一路流淌而下，直到并入岷江，汇入长江。

河与城：不变之变

马边河因为马边城而得名，说马边河，就不得不说马边城。

每次到马边，一到晚上，这个小城的古意总会幽然而至。我总是感到很奇怪，为什么这个地方有如此多的通幽之思让人油然而生呢？后来我才明白了一个道理，小城、河流、明月，三位一体，相互映照，这可能是中国文化中最为经典的意象之一。马边河畔马边城，城头不变旧时月。文人墨客们总会被这样的场景点燃，意绪纷飞，文思泉涌，而在古典中蒸腾出的诗意让我们至今仍然能感受到。在马边，你必然会被这样的山川氛围所笼罩、融化。

马边是一座江城，马边河在过去是一条真正意义上的护城河。河以外是农地和旷野。在冷兵器时代，河就是天然的护卫，而小城的安危实赖这一条褓襁似的马边河。但马边城早已不是过去的样子，特别是在这30年，可以用翻天覆地来形容，城市扩大了三倍都不止。确实，它已经长大了，在旧城的对岸，已经全是密集的现代建筑，连绵数里。马边河实际上变成了一条穿城河，从两岸中穿流而过，为这个小城哼唱着摇篮曲。

相对而言，马边唯一没有变的还只有马边河，千年以来都是从小城旁蜿蜒而过。但是，假如你站在河边，双手掬起一捧水，你是否能感觉到其中的变与不变？

不得不说，马边河流淌了千年，改变最大的是最近这几十年——两岸修了河堤，堤防建设可以说是重新塑造了马边城。过去，马边老城墙兼有河堤的作用。在修建这座城市的时候，建设者已经考虑到了城墙的多用性：墙既是防务之需，也有攘水之用；墙头上还可建房屋，百姓有汲水、浣洗、渔猎之利。旧时的马边城最重要的建筑就是这道城墙。几百年过去，留下的仍然是这道城墙。其他的古建筑都陆续消失了，唯独它还存在，足见它的重要性和实用性。似乎可以说，就是那段只有几百米长的古城墙，经过了浸溃倾圮后的不断修复，忠诚地护卫了马边城400多年的历史。

它仿佛还隐藏着一些时光的秘密，吸引着人们去探幽访古。

那天，我慢慢走到了大东门河边，很快就看到了用坚固的青石条砌成的高墙。石缝细密严整，石匠和砌工的修筑水平极为精湛，岩缝之间看上去像描的一条条整齐的线，呈现了一种自然的、岁月的美。说实在的，我第一次看到它们的时候有些激动。古老的马边就沉积在城市的下面，但它们就像埋在历史躯体中的坚硬骨骼，有种罕见的力量积蓄在那里，听不到一点折裂的声音。

一步之外就是马边河。正是初春，江面涌动，不久河水就要涨起来，会淹没并不断侵蚀和冲击着城墙。河水与古城墙之间就像永恒的对手一样，此消彼长，总会较量一番。每一年它们都会如约而至，千军万马，刀枪剑戟，看是城墙轰然而塌，还是河水悄然隐退。所以，我相信必有惊心动魄的故事写到了城墙上，并不全为流水带走；可墙上什么也没有留下，它就像黑板上的粉笔字，被轻轻地抹掉，平静如初。

那天，我发现了一棵长在石缝中的黄葛树，它的树根爬满了墙壁。树枝上正在发出新芽，嫩绿的树叶在空中飞舞着，新鲜而耀眼。

现在的新河堤，是在保留过去的老城墙的基础上的加高和延长。从20世纪90年代初开始修筑堤防，两岸格局逐渐成形。特别是旧城对岸的新城，是在河堤固岸建设加快、荒滩散地大面积退出之后成片地兴建起来的。如今，两岸南北的总长度超过了10公里，那几百米的旧城墙已变得微不足道，它们已经融入了新的肌体之中，难觅踪影。但就像历史的锅底中总会保留那么一点老料，能让我们时时品味出一种醇厚与悠远来。

嘉庆版的《马边厅志略》中对马边城墙是这样记载的：

> 马边城周三百五十丈，高一丈五尺，厚半之。门五，东阳和西武定南开，建北、永赖、正西楼则培而高以崇主山，闾阎廛市，分布井然。

这段文字说明马边在明万历时建的城墙总长是1100多米，城高5米。但后来因为遭遇洪水，"历年久远，被水冲坏，自行坍塌，存一百二十丈，乾隆二十九年详请兴修奉批"（《马边厅志略》）。这又说明，马边城墙在乾隆二十九年（1764）仅剩约400米，后来是向朝廷要钱重新修过的。那么，现在保存的几百米中有多少是明万历时期的，有多少是清乾隆时期的呢？没有人能说得清楚。当然，它们构成了一种年轮的叠合，新旧的更替在马边城墙上得以充分呈现。看马边的古城墙，也是看人世沧桑，你可以伸出手去抚摸一下它们，冰凉、坚硬、冷峻，大概历史也有消隐的肉身，如它们一样以下沉的方式存在着。

马边的堤防工程建设是从1997年开始的，最早的一段是在北门桥两岸，只修了不到700米。后来又陆续修，分期分段地修，直到2006年才基本形成了今天马边10公里长堤的壮观景象。而堤防工程是按照能防20年一遇洪水的要求设计的，河道的泄洪能力大大增强。过去一涨大水就四处漫溢，两岸庄稼只要一漫堤就受灾的情况，如今已很难出现。

过去马边城里主要有三个渡口：北门渡、东门渡、南门渡。北门渡和南门渡最古老，又叫北关渡和南关渡，在北宋英宗治平年间就有了。那时马边还只是一个营寨（赖因寨）。最重要的是北门渡，通沐川、犍为、乐山，也可说是马边城的正门。有老人告诉我，那时候一条渡船可以坐十几个人，一人撑，一人划桨，昼夜摆渡。到了20世纪六七十年代，北门桥渡口才有趸船，可以载解放牌汽车，再后来有了钢缆吊桥后就被替代了。

比较1994年和2015年两个版本的《马边彝族自治县志》是件有趣的事情，可以看到其中发生的变化。2015年版的书中已经没有了"航道""水运""渡口"这些章节，因为水运在马边已成为历史；但又多出了像"水务"这样的章节，加入了"水资源管理与保护""水土保持""人畜饮水工程""防洪工程""水产"这些门类，而恰巧这些又是过去没有的。在县志消失的和新增的部分中，反映了事物消长的自然规律，也正好呈现了马边河的变化。让人惊叹的是，相隔仅仅二十几年时间。

变化还一直在持续进行着。如在桥梁修建方面，古代马边有桥的记载，如南门外的熙喜桥、南定桥、中兴桥、川圣桥、普济桥、卷硐桥等，均在城南，也就是在马边城的上游地带。但这些桥是什么形状，用什么材料建成，建于何时何地，却无从得知，只存其名而已。《马边厅志略》中说"边境山高水急，道多险阻，津渡桥梁多有未建"，也就坦陈上面提及的那些桥梁只是听闻，并未实见，仅仅是"载以备考"。《马边厅志略》成稿于嘉庆十年（1805），距今近220年，连那时的人都没有见过那些桥，现在稽考更显虚妄。

在古代，以马边河的河床宽度和水流量，要修大跨度的石拱桥根本不可能；而筏桥、浮桥虽有一时之用，但也不经久，且受季节性影响。

有一件事能够反映马边河上桥的历史。1959年，马边县耗时半年，在北门渡上建起一座用十只翘头平尾船来作桥墩、上铺木板的浮桥，暂时解决了两岸的通行问题。为了避开洪水，浮桥的两头用四条铁链系于岸边的大黄葛树上，又用很沉的条石放入水中作锚，一旦涨水就可解脱锚绳，打开铁链，将桥顺到北岸，一切似乎都考虑得很周全。但就在4月30日这天，出现了问题。当夜下大雨，下了整整三个小时，水位陡增。守桥的两个人在头一天被调去山上砍竹子，桥无人看管，就发生了不幸的事情。次日凌晨，上游东门口停靠的两只木筏被洪水冲走，顺流而下，直接撞向浮桥，导致桥体拦腰折断。一座才修好不到一个月的桥当即被撞坏，此后马边再也没有修过浮桥。

在近代，马边少有桥梁的记载，均是以渡代桥，说明建桥在马边历史上更多是失败的经历，以至于最后放弃，长期使用的就是渡船方式。在1994年版的《马边彝族自治县志》中，通往马边城的只有一座4米宽的钢缆悬空吊桥，建于1969年，用厚木板铺桥，只能载5吨的汽车，但那已是全城唯一的桥梁了。在2015年版的《马边彝族自治县志》的记载中就有了变化，2003年钢缆吊桥拆了，修建了净宽15米的北门桥。实际上，就在新县志修订的过程中，马边河上已经又修建了4座桥：南门大桥、红旗桥、彩虹桥、廊桥。它们各具风姿，有些并没有记录在文字中，说明城市的变化之快。

马边河最大的变化是河上修建起的大大小小的水电站。马边最早的电站是1959年在东光村修建的一座48千瓦的小水电站，属于微型水电站，大概只能保证马边城里电杆上的电灯照明，电力的落后由此可见。到了20世纪80年代，兴修小水电站成为一股风潮，一窝蜂上马。有河流的地方几乎都如此，无一幸免。

1988年，马边修建了30余处乡村小水电站，最小的仅4千瓦。客观来讲，那时正是经济建设起步的时期，对电的需求很大，但由于没有科学的规划和开发，其中不少中途就夭折了。到了20世纪90年代，马边被列入国家农村初级电气化建设县，电站的修建进入了一个新的阶段，全县的水电装机容量达到6.4万千瓦。到了2000年以后，实行业主开发建设，到2006年建成了23座电站，总装机容量达到17.5万千瓦，这里面还没有包括2016年建成的官帽舟水电站，而它目前是马边境内最大的水电站，装机容量达到了12万千瓦。

那么，这些水电站会不会对马边河造成影响呢？单说对水文生态方面的影响，官帽舟水电站建设项目竣工后，由于水库使原河道失去急流、浅滩和较大的弯曲度，改变了原有生态环境，缩小了鱼类的生态空间；河水的流速、流量变缓，也影响了珍稀鱼类的繁衍，这是无法回避的问题。

修水电站是为了更好地服务于经济建设，马边河的水能蕴藏量为55万千瓦，开发的有38万千瓦，目前基本达到饱和状态。开发利用是一方面，生态保护是另一方面，生态环境的修复将是一个持续、长期的工作。为了补救官帽舟水电站建设对马边河鱼类资源及其生境产生的影响，建设单位承诺购买鱼苗进行鱼类增殖放流，放流周期为一年一次，连续放流三年。但要完全回到河流过去的状态，那是不可能的事了，河流的现代管理成了一项重要的课题。

姜凤琼现在是县水务局的总工程师，她的很多工作都会与马边河发生关系。水务部门的工作内容可以用"清河护岸，净水保水"八个字来概括，具体来说主要是几个方面：水土保持、危建清理、堤岸维护、植树造林等。

"马边河上游主要在马边县境内，支流错杂，又都在山区，比较分散，所以管理上还有一定难度。"姜凤琼说。

马边河上游一直是条纯自然的河流，没有经过人为的改道，河水极其清澈，这从马边城边看岩石斑驳的河床就可知道。我曾到河边去观察过，看不到河底的污泥，也基本闻不到腥臭味，当年孙明经对马边河的赞美似乎至今仍适用。公正地说，马边河是目前少有的没有受到严重污染的河流。当年在白家湾开发磷矿，曾经引发了马边人的关注，后来通过设立监测断面，用在线监测、派人暗访等方法对其进行污染控制，马边河总体的水质达到了三级（优良）以上，这说明监管非常重要。

马边的百姓对马边河有种特殊的情感，这种情感既亲密又神圣，与他们的生活密切相关。人们对马边河的爱，体现在很多细节上。如有人在禁渔期钓鱼，打捞水生植物，或者有人排放污水，马上就会有人投诉。姜凤琼告诉我，曾经有人在河滩上种菜，都被老百姓举报到了生态环境部。

2000年前后马边河上曾经发生过一起恶性事件，有人在河里放农药"闹鱼"。当时河面上一片死鱼，白花花的一片，把岸上的人都吓住了。头天发现，结果第二天人就抓到了，犯案的两个人均受到了处罚。如果是现在，应该按投毒罪处理，法律会更严厉些。

如今，对河流的管理实行的是河长制，也就是层层问责制。村级河长要做更多具体的事，每周两次巡河，发现河水中有白色垃圾、塑料废品，或者有人偷排污水、牲畜排泄物都要加以制止和处理。爱护马边河人人有责，如果每一个人都把自己当成河长，这条河流才是真正意义上的母亲河、故乡河。

2022年3月底，我正好到马边，窗户外一夜哗哗流水声，马边河有涨水的迹象。按说4月是枯水期，却因为气温突然升高，山里的雪开始融化，溪沟翻涨。一般来说，马边河要到5月才入汛，6到8月才是汛期，2022年感觉有点提前了。6月底的一天，我又去了马边。头一天下了场暴雨，第二天在到民主乡的路上途经小谷溪（马边河的一条支流），就看见小河里波涛翻涌。我知道已经真正入汛了，而河流管理人员就要开始忙起来，各乡镇和沿岸的工地等都要做好防汛准备，一点都不能松懈。

马边河确实变了，但它好像又没有变。变的是什么，不变的又是什么？我常常想。

每次到马边，我都喜欢在早晨起床后绕着河边走上一圈。河边散步的人还真不少。远远望去，莲花山上朝霞初露，太阳照在马边河上，一片金光闪闪，小城的一天仿佛是沿着这条流淌的金光开始的。而此时你才会感受到马边河对这个小城和小城中的每一个人，都是一种特别的赋予，它仿佛给生命注入了那流动的灵光，而我们热爱马边河的理由，也许只需要这一条就足够了。

第三章

燃灯人

从白家湾回去的路上，山路弯弯曲曲。我就想，以后会有很多孩子从这条弯弯曲曲的路上走出去，走向他们未来的人生。

荒岭办学记

"我是彝族人，彝名叫格尔古哈，但在我小的时候，并不怎么会说彝语，因为我是在雷波城边上长大的。"

坐在我面前的老人叫李树林，这个汉名是他后来取的。但他这个名字跟他后面从事的职业有很大关联——十年树林，百年树人，他一辈子干的就是树人的事情。

李树林生于1941年，今年81岁，身体尚健。在他几岁的时候，父母就去世了，他从小就是个孤儿。"要是在过去，我一辈子都不可能有书读。"他说。

1952年，李树林被推荐到雷波民族小学读书，那是所公费寄宿制学校，读书不给钱。但后来雷波平叛，这个学校只办了两年，于1954年底停办了。仅仅读了两年小学，才刚刚认识一些简单的字，他又没有书读了。

但过了一年，情况又发生了变化。1955年，他被推荐到乐山师范校"民族师资班"读书，人们一般叫它"初师班"，毕业后相当于初中文化水平。李树林当时是边学汉文，边学新彝文，读了三年，到1958年毕业，他成了彝族聚居区第一批国家培养的教师。

　　说起这个"初师班"，李树林很有感情。他说当时学校是选优秀的老师来教学，最好的老师来当班主任，他们对这些来自彝族聚居区的孩子"相当关怀、非常耐心"，因为他们知道这些学生底子太薄弱。1956年国家开始实行粮食统购统销后，一些地方出现吃饭困难，但学校对学生的口粮都是有保证的。

　　1958年毕业后，李树林想到国家培养了自己，就应该"党指向哪里，就奔向哪里"。于是，他写了决心书，全班43个人全部去了大小凉山，其中有17个分到马边。

　　"在路上时，我的心情很沉重。我自己就是个孤儿，能够读上书，认识那么多的同学，平时相处得很融洽，但如今一分开，心里很难过。"李树林说。

　　当时的道路极为崎岖，走了七八天才到马边。他们在城里休息了3天。就在第三天的那个晚上，县里的领导宣布了分配方案，李树林分到大院子区，而且第二天就得出发，要赶在9月1日前开学。

　　大院子区是马边的6个彝族聚居区之一，这些地方之前都没有学校，李树林就是首批去这里建学校的人。当时，一同去大院子区的有8个人，连他在内的师范生有3人，另外5人是马边中学的初中毕业生。

　　会议一散，就没有人管他们了，没有人带队，自己找路，沿路要边打听边走。当时马边县城到大院子区有100多里山路，全靠步行，走了两天才走到大院子区公所所在地。当时李树林以为到了目的地，但领导在分配工作时又把8个人分散，把他分到了大院子乡。这时，他才知道大院子区和大院子乡是两个地方，而

马边彝族聚居区以前办学条件异常艰苦，孩子们都在露天课堂上课。

他要去的地方还要再走六十几里路。

到了大院子乡，李树林的心都凉了。那是马边最偏远的地方，四周都是深山老林，没有集市，没有街道，看不到人烟，那是"猴子住的地方"。

李树林走到乡政府一看，心里更凉了，只有三间土墙房，连住的地方都没有。与李树林一同去大院子乡的年轻人叫彭国璋，他也是被派到此地的教师。从此以后，他们两人就只有"相依为命"。

没有床怎么办？只有睡办公桌——晚上是床，白天用来办公。当时李树林的行李还留在沐川，没有送进来，只有彭国璋带了一床铺盖和一张草席，于是他们就共睡一张席子，同盖一床被子。幸好民改工作队遗留了一点粮食在乡政府，他们就搭伙做饭，暂时解决了吃的问题。后来山里的天气开始变冷，单薄的衣服根本就抵御不了寒冬的侵袭，好在他和彭国璋找到了之前的工作人员留下的两件旧大衣，他们一人一件才度过了一个冬天。

开学的时候，李树林发愁了，因为他们没有学可开。他面临的是一个"四无学校"：一无教室，二无课桌，三无教材，四无学生。怎么办呢？这时李树林就跟乡政府商量，将三间房屋中的中间那一间会议室用作临时教室。没有黑板就自己动手做，锯了三块木头来做了一个小木板，然后用墨水染黑，这样就成了黑板。没有教材就自己编，语文先教最基本的词：吃饭、睡觉、北京、毛主席、五星红旗、人民公社、社会主义……算术就从简单的数字开始，先是识数，然后是教加减法。但按李树林的说法，这叫读"空书"——没有课本，也没有纸和笔，他在黑板上画，学生只能望着他哇哇地读。

这些还不是最难的，最难的是找学生。学生在哪里呢？当地的彝人大都散居在高山上，要把那些生长在深山老林的孩子们找来读书，不是件容易的事情。所以，李树林面临的最大难题就是去找学生来读书。其实他一辈子都在做这件事，而这只是开始。

大院子乡，说起来是个小地方，但彝族聚居区的一个乡可不小，得翻几座山。于是，李树林就想到去发动乡干部，但当时的很多乡干部没有什么文化，首先要向他们做宣传思想工作，然后再分村走访，一个一个地动员。李树林还记得当时去彝族人家里的时候，他穿的是汉族服装，那些孩子都从来没有见过，好奇地望着他。

功夫不负有心人，到了9月1日这天，一下来了30多个学生。大的十五六岁，小的八九岁，年龄相差很大，大大小小，高高矮矮，挤在一堆。但李树林一见，高兴得不得了，他心里想的是，这下有教书的"本钱"了。

具体的问题还有很多，虽然有了临时教室，但没有桌椅，学生只能坐在地上。而且由于教室是临时占用的，一旦乡上要开会，就得腾出来，所以一天有时要搬两三次。当时的人民公社有间牛磨坊可以利用，于是就搬到那里；黑板放在大磨上，学生围着磨坐，又继续上课。

"只要乡上一说开会，我就背着黑板换地方，学生便跟着黑板走。黑板在哪里，学生就跟到哪里。"李树林说。

但磨坊有个问题，四面漏风。开学不久天气就渐渐冷了，寒风一吹，手脚都被冻僵，人根本坐不住。怎么办呢？还得挪窝。

后来，李树林又发现了一处"好地方"，在乡政府背后不远的地方有个遗弃的碉堡，是过去清朝绿营守边留下的。李树林想正好可以利用，于是把四周的枪眼堵上，过冬的问题居然解决了。但碉堡实在太小，学生挤得密不透风，上课的时候，他要先进去，不然根本就挤不进去。就这样干了三个月，熬过了最冷的冬天。

条件如此艰苦，但彝族孩子们的读书热情很高。他们从来没有对知识有如此大的兴趣，每天在山路上奔波二三十里路，吃的是自带的苞谷粑，常常是连口热水都没有，李树林看着都心疼。他想的是，这些孩子只要读了书，就会像鸟儿一样飞出大山。

到了第二年春天，李树林就想，靠会议室、磨坊、碉堡不是长久之计，必须要兴建学校，有自己的教室。于是，他向乡里申请到了200元的建校费。但这点钱实在少得太可怜了，根本建不起学校，怎么办呢？正好中山村有一幢村民搬移后留下的旧房子，他们就决定把它买下。可那幢房子实际上就是个空架子，只有点木头框架而已，其他都是光秃秃的，没有屋顶，也没有墙壁。他们就在四周用苞谷秆围上，又做了一些木板安放在屋顶上，这样大院子乡小学就算有了自己的家了。

从1958年开始，全民兴起大炼钢铁运动，学校也不例外。李树林那时白天上课，课余还要去收破铜烂铁，拉地炉子。而且，他的工作除了教学，还要去帮助宣传人民公社的优越性。那时候乡上没有几个识字的人，能读会写的人少之又少，他就成了乡上的"大知识分子"。虽然工作增加了不少，但李树林认为自己很有收获，他认为这些工作并非没有用，相反，在这个过程中影响了那些乡干部，让他们的思想发生了转变，开始重视教育。

也就在那些年中，人民公社化运动如火如荼，村上办起了公共食堂，农民家里不再储藏粮食。下半年开学后，新的教材来了，他就带领一些学生去县城里背书，来回200多里地，翻山越岭。孩子们从此有了崭新的教科书，结束了之前读"空书"的状况。

书虽然背回来，问题又来了，书本费要学生出。当时的彝族聚居区已实现了公社化，农民家里连一颗粮食都没有，哪里来钱？没有钱买课本，有些学生就只有退学不来了。怎么办呢？只有老师去想办法。于是，李树林就联系到集体养猪场，把宰杀的猪肉熏干后制成腊肉，然后运到乡上，学生可以挣到一点运费，这样才解决了书本费的问题，还能够购买一点作业本、铅笔等学习用品。

1959年，农业生产合作社改为了公社，马边很多地方都改了新名字。如大院子乡改为"新生人民公社"，高卓营乡改为"超英人民公社"，白家湾乡改为"跃美人民公社"。同时撤掉了乡和镇，这样一来，学校也随公社机构的调整要求搬到铁觉。这次还算顺利，他们很快就找到了一处房屋，是过去垦社留下的，足足有三间房子，这比中山村的那间房子大多了。

有了这样"奢华"的校舍，李树林兴奋得不得了。他格外珍惜这样的环境，把原来的住宅做了一些修整，在墙上打了六个洞，安装了六扇窗户，屋子一下子亮堂了许多；又把房子前后的菜地平整出来，作为操场；课堂上的桌凳是就地取材，是用砍来的竹子制成的，桌子先是将竹条绑成架子，然后学生每人带一张木板放在竹架上，桌面也有了。

最关键的是，学校终于有了一块牌子，上面写着"大院子乡小学"的字样，端端正正地挂在大门前。这一年中，学生人数增加到40多人；到1959年下学期，已经有了两个班的学生，人数达到了70多人，这让李树林喜上眉梢。

但就在这一期间，粮食的紧张形势越来越严峻，"大跃进"与浮夸风的后果是严重的饥饿。学生没有吃的，有的学生甚至到路边去扯嫩草吃，哪还有心思读书？教师的情况也好不到哪里，粮食不够吃，每天要算着还有多少米，把碗里的饭划成格子，一颗米都不能多吃，多吃了就没有下顿。

"最饿的时候，我吃过用麦麸和羊粪打成面做的'康复丸'，甚至还到河边去采过沙棘吃。还只能偷偷去摘，为人师表，不敢让人看到。"李树林说。

1960年春季开学报到时，他发现学生都不来了，学校一下就空了。那时候，李树林还想着把学生叫回来，那毕竟是他辛辛苦苦办起来的学校，不能就这样垮了。于是他找到人民公社的领导，请求派人做工作。那时，他每天往返在山路上，一个一个去学生家动员。好不容易回来了十几个学生，但一上课就坐不住，饿得心慌，第二天就不来了。李树林这才彻底失望了。

没有了学生，也不能让校舍荒废下来。李树林此时想的是一定要把学校的财产管理好，不能有损失。他每天都把教室打扫得干干净净，这里铲铲，那里扫扫。但这还不够。之前教室就已经出现了漏雨现象，他想的是：何不趁此时期把屋顶翻修一下呢？于是，他同另外一个老师去砍来竹子，翻上屋顶，把有破漏的地方重新盖住，又把教室内部粉刷了一遍，这样看起来漂亮了很多。李树林心中有个信念：眼下的困难是暂时的，他要等着学生们回来！

1960年秋季开学之前，李树林就积极动员学生返校上课。他默算了一下，这回总得有个二三十名学生返校。但一开学，就接到上级通知，学生必须参加支农。

所谓支农，就是动员去采秋季茶。学生们在深山老林里干了40天，白天采茶、烘烤，晚上还要站岗放哨，非常辛苦。完了之后，李树林以为可以正常开学了，但又接到通知，年满14岁的学生必须回乡参加劳动，说是贯彻教育与生产相结合的方针。其实是"困难时期"饿死了人，他们要到生产第一线去充实劳动力。

到1961年底，国家开始整顿"三农"作风问题，解散公共食堂，农民回家开伙。所以从1962年开始，农民就可以利用田边地角增种粮食蔬菜，吃饭问题才慢慢好转，而学生才逐渐回到学校继续读书。

1964年，李树林由于工作出色调到大院子区中心校当教导主任，主持工作。这是他一生中最大的转折点，因为过去他只负责一个乡小的工作，而现在他要管理4所乡小、5所村小。大院子区当时有4个乡，方圆500多平方公里，占马边全县面积的四分之一；而所有的小学加起来的学生人数才293人，入学率不到40%，受教育的状况非常差。李树林就想，既然政府信任他，给了他这个岗位，他就得做出一番成绩来。

李树林在外人的印象中是个瘦小、内向的人，但了解他的人都知道他很精干，会动脑筋，很有魄力。李树林首先抓的是孩子入学的问题。他告诉我，他这一生都在为这件事努力，民族教育的核心就在这里。也就是说，过去他是为一个学校的学生读书问题操劳，而现在是为一个区的孩子读书而尽责。后来人们都知道，哪里有群众会，哪里就有李树林在讲话。而他讲的就一件事——把孩子送去读书！

在他积极鼓励下，全区学校的学生达到了400多人，入学率近60%，学校的状况越来越好。但一到1966年，政治形势就发生了巨大的变化，"文革"开始了。学校里出现了大字报，开始批斗"当权派"，李树林也受到了冲击。他每天的工作就是写检查，不能在教学一线，只能搞后勤。学校完全失控，陷入了瘫痪之中。1969年开学的时候，本来400多名学生，报名的只有100多人，而实际到学校的只有几十人。学校的教学基本荒废了。

面对这样的情况，李树林无能为力，学生放任自流，这种状况他也无法改变。但作为一个少数民族聚居区的教育工作者，他知道知识的重要性，只有知识才能改变当地的落后。

"文化太重要了，我们这里就缺这个，像我一个只读过初师的人都被当成人才来用！过去，大院子区18个村中找不到一个懂会计的人，干部中找个能够做笔记的人都困难。"李树林很感慨。

怎么办呢？李树林想：既然正规的学校办不了，那就办个成人学校，解决当地严重缺乏初级技能人才的问题。于是，1970年，他开始构思办一所"五七学校"。每村选送两名青少年来学习，吃、穿、用、学不花国家一分钱，自力更生、边生产、边劳动、边学习，目的就是为公社培养一名会计和一名出纳。

这一想法很快就得到了组织上的认同，又经过反复论证，最后达成了共识。1970年底，就开了动员大会，成立了"大院子区教育革命领导小组"，区委书记黑来根蒙担任组长。这个学校采取军事化管理模式，既是学校，也是一个民兵连。

"当天就成立了两个机构，1971年2月初按时开学。每个村只有两个名额，16个村，结果来了40多个人。我一下就高兴了，觉得自己又有用武之地了。"李树林说。

但人聚拢后，所有的困难才慢慢来临。

校址是之前已经看好的一个地方，位置在油榨坪，那是一块过去的垦场。关于这个地方，我曾经在2016年专门去考察过，后来在《昨日的边城》"消失在大山深处的城堡"一节中写到过它："油榨坪曾是马边最为重要的一个营堡，是明代万历十七年（1589）同马边城一起建成的防卫设施。"

实际上，油榨坪还经历过战火的洗劫。据《马边彝族自治县志》大事记中记载，"民国六年，马边油榨坪被焚"，"民国七年，烟峰、三河口被焚，乡场废"。但在抗战时期，大小凉山纷纷兴办垦场，这里又热闹了起来，成了冒险家的乐园。那些之前都打着开发农业名头的垦场，最后大多都变成了种植鸦片的基地，多年铲除不绝，到了1951年后才彻底消失。李树林的"五七学校"就是在油榨坪一块丢荒的土地上建了起来。

为什么要选择那里呢？"那里有20亩熟地，还有一片灌木林，这些就是我们起家的本钱。"李树林说。

国家不花一分钱，一切都得靠自己创造。后来他们又新开垦了30多亩地，这样就有了自己的劳动基地。同时，油榨坪在大山沟沟里，人烟稀少，可以安安静静地办学。在动乱的"文革"时期，能够有这样一块清静之地实在是难得。

1971年2月10日，李树林对这一天记得非常清楚，那是"大院子五七学校"开学的日子。那一天，来自各个乡上的学员全部会聚到了油榨坪，但就在开学前的头一天，山里下了一场大雪，天寒地冻，地上都结了冰。

学员们来了后，没有看到一间房子一片瓦，什么也没有，到处都是荒的，根本就没有学校。而天气又不作美，全部的人就在雪地里站着，连坐的地方都找不到一块，被冻得瑟瑟发抖。难道这样就叫开学吗？人群中发出了喧哗声。

这样冻着也不是办法。李树林想了个法子，他找了一块空地，让学员们做操、原地跑步，目的是让大伙儿出一身汗来抵御严寒。之后他又让大家去到处找苞谷秆堆在一起，晚上的时候，所有人就在苞谷秆里挤着熬过了一夜。

这样的开学是所有人没有想到的。原打算是学员们一到就开始建房子，解决住宿问题，但面对如此恶劣的天气，饥寒交迫，又没有准备，很难实现这一目标。于是，他们决定暂时解散，各自回到自己的乡里。出师不利让人多少有些沮丧。

一个月后，天气逐渐回暖，学校重新集合。他们这回是铆足了劲，准备一上去就要安营扎寨，不能再有闪失。

在重新开学前，李树林还是有些担忧。他一夜未眠：人员会不会有流失，会不会打退堂鼓？如果出现这种情况又怎么办？但到了那一天，一切顾虑全部打消，来了41个人，本来按计划只有36个人的，还多出了几个。最关键的是，这一天艳阳高照，山里居然出了大太阳，四周春意盎然，雀鸟啼鸣。

接下来的两个星期中，学员们砍竹子、锯木头，修建了三间房子，暂时解决了教学和生活用房。一个月后，他们又填平了一块运动场地，这样就有了学校的雏形。

学校的校长叫吉达曲沙，是个身材高大的彝族汉子。"吉达曲沙与我同龄，那一年我们都刚好30岁，我们俩就从那时起一起共事。他是个非常有事业心的校长，身强力壮，也吃得苦，后来还被评为了全国劳模。"李树林说。

那时条件虽然艰苦，但他们的热情很高，内心很单纯，也很执着，真的是想轰轰烈烈地干一件事。

学校在创立之初一穷二白。为了勤工俭学，每到春夏之际竹笋成熟的时候，学校会组织学员"打笋子"，将笋子收割后熏干加工运到城里，这样可以挣到一点学杂费。后来，学校越办越兴旺，最多的时候学员人数到了60多人，乡上都争先恐后地送人来学习。名声也传出去了，不久县里文教科就来了一个同志，回去后写了篇调查报告，这个"五七学校"得到了表扬：奖励500元钱。后来学校用这笔钱去买了头牛，这家伙要当十几个人的劳力。

学员们把这头牛当宝一样，当然它也的确是学校最大的一笔财富。大家有事没事总爱去跟它亲热一下，给它喂一把草，去拍拍它的肚子，听听它"哞哞"的叫声，这都是学员们课余的乐趣。在大山里别无他物，也没什么娱乐活动，它就成了大家的宠物。

有一天，李树林从外面回到学校，老远就听到有哭声，他不禁一惊，顿感不妙。走近一看，原来是一个学员在哭，哭得伤伤心心的。他到底为何哭呢？牛死了！

原来牛在吃草的时候，不小心吃了草上的"野猫尿"（竹节虫），被活活给胀死了。"牛没有了，大家都难过了很长一段时间，牛跟人有了感情。"李树林说。

这是办学中出现的一个小小插曲。

"五七学校"开办后，由于文化水平参差不齐，便分为了高班和低班两个班。学校每天上午上课学文化，下午搞劳动；遇到雨天就全天学习；晚上没有电，便开展文娱活动，给大家讲故事。这样的生活充实而有意义。学校虽然简陋，但每个人都感到了集体的温暖。

这里面还有一些故事。

当时有两兄弟同时在学校里学习，弟弟突患重病去世，对哥哥阿西伍子的打击很大，但他并没有因为这件事而灰心丧气，最后要求继续留下来，阿西伍子认为那些老师和同学就是自己的亲人。

还有个叫刘洪的学员，20多岁，之前没有读过一天书，一个字都不认识。他到"五七学校"后被分到低班里，但学习仍然非常困难，看到字就头痛。不过他在劳动上非常积极，每天休息时间都主动去砍柴，砍一大堆柴，码得整整齐齐。人们对他的行为不解，不知道他为什么要这样，原来他是不想走，舍不得离开学校，但又怕自己的学习跟不上，会被"请"回去，所以就用勤奋的劳动来补短，来证明自己有用，不是多余的人。

学校从一开始就呈现了朝气蓬勃的气象。这年秋收的时候，荞子收了一两万斤，这无疑是个大丰收。一年之后，学校又传来喜讯，供销社、粮站来选人了。那些单位在学员中招收工人，每年都有学员被选走，他们吃上了商品粮，领到了工资。学习优异的学员有了出路，甚至改变了他们的命运，这都是过去没有想到的。

大山里的教育是卓有成效的，在马边河岸的一块山地上，这所特殊的学校正在生根发芽。此时的"大院子五七学校"甚至还有种乌托邦气息，自给自足，独立发展，仿佛在营造着一个不为外界侵扰的家园。

但一个偶然的事件改变了这一切。

1973年"七一"这天，学校按例休假一天。当时学员们利用假期回家，但下山要渡过一条河，河上没有桥，只能踩水过河。有一个学员休完假后返回学校，路上走得大汗淋漓，突然踩进浸骨的深涧中，身体一时不能适应，居然在途中发起了高烧。后来由于来不及抢救，这个学员不幸去世。

"当时要是有一剂青霉素，他就不会死！学校离医院太远了。"李树林叹息说。

他的死亡打破了校园原本的宁静，人们这才发现"五七学校"是不能脱离社会的，它虽然远离喧嚣，但仍然应该成为社会生活的一分子，而非藏在深山。1974年下半年，大家一致认为要把学校搬回大院子区所在地，但问题是：这就意味着山里的那座辛辛苦苦建起来的学校要废弃！

大家非常不舍。那段时间，李树林就在盘算着一件事：能不能把油榨坪的家当全部搬走？于是，他去区文教组争取来了3000元的新校区建设费，但他不愿把这笔钱用了，想节约下来。为此，李树林在学校召开了一次动员大会，大家一致同意将油榨坪的学校整体搬下来。这在当时是件匪夷所思的事情，没有人敢这样想。

在搬迁过程中，李树林又动了一次脑筋。他请了个木匠来指导如何拆迁房屋，结果一天之后就把人家打发了，原因是他们觉得已经懂得了拆解房屋结构的原理，就不想再在木匠身上多花钱了。之后，他们把每一根柱头木梁全部登记编排，然后原封不动复原，居然一块不差地把房屋恢复成了过去的样子。一个月后，一座新的校区立了起来，人们才发现油榨坪上的那座校舍已经完完整整搬了下来。

"这样我们就节约下来了一笔经费，这笔钱在后来发挥了大的作用。"李树林说。

在新的校区，师生们砍竹子围起了篱笆，开垦了几亩菜园，保证了学员的蔬菜供应；又环绕校园种植了一些果木，有苹果树、柑橘树、李子树等；还办了一个养猪场，养了十几头猪，自力更生的局面又形成了。学校又出现了新的生机。

从1971年办学开始，"五七学校"不仅培养了一批农村生产一线需要的人才，还推荐了一些优秀的学员到财贸、卫校、农校等专业学校去深造，为招工、招干、征兵等方面都培养了不少的年轻人。

1975年，大院子区要办初级中学，有人建议利用"五七学校"的校址来办，这样可以节省很多经费。于是就在这年7月，办了4年多的"五七学校"正式转为大院子区初级中学，走过了那一段不平凡的岁月。

由于李树林对马边教育事业的贡献，他多次被评为优秀教育工作者。1981年，他作为少数民族参观团成员，登上了国庆观礼台，受到国家领导人的接见。

李树林在总结他一生从教的过程时，感受最深的就是彝族聚居区教育底子太薄弱，办学效率低。这里的孩子大多处在山区，家庭贫困，不愿意上学，"年年招生不见生，年年都是一年级的学生"，这就造成了教育的落后。如果不改变这种状况，当地的发展就是一句空话。

"我这一辈子都在想如何让这里的孩子读上书！"李树林说。

他说这句话的时候很动情，让人肃然起敬。就是这样一个普普通通的老人，出身平凡，却半生从教，就像一根火柴，为当地的教育奉献出了微弱的希望之光。

遥远的白家湾

2022年2月，我专程来到了位于马边县高卓营乡的白家湾。我是来寻找一段故事的。这个地方并无惊天动地的历史，也无声名显赫的人物，只是个平平常常的小山村。但是我在头一天见到了一个彝族老人阿支龙甲，他的故事让我产生了浓厚的兴趣，我决定到白家湾看看。

阿支龙甲是位77岁的彝族老人，生于1945年，就是白家湾本地人。他的一生看起来并无特别之处：12岁到16岁在白家湾小学读书；1961年毕业后回到生产队当粮食员，也当过生产队会计；1971年由于工作积极，被推荐到犍为师范学校读书，那时他已经26岁了。值得一说的是，阿支龙甲就是李树林的学生，曾是"五七学校"的学员。

应该说阿支龙甲是非常幸运的，在他那一代的同龄人中，能够继续接受教育的非常少。两年后阿支龙甲毕业回来，先在白家湾铜厂埂小学任教，1973年后调到白家湾小学教书，这一教就是30多年，直到2004年退休。

我们交谈的内容是从1982年开始的。

白家湾地处山区，四周是高山峡谷。白家湾小学过去是个条件极差的学校，只有光秃秃四间茅草房，没有围墙，没有球场。全校只有59个学生，最多的一个班只有十几个学生，最少的只有6个，没有一个汉族学生。学生的年龄差距也大，读小学一年级的学生中最大的已经满了12岁。

白家湾距离县城有50多公里路程，山高、路陡，全乡2000多人都散居在大山里。

"最远的学生每天要走7公里来上学，每天有两三个小时奔波在山路上。学校每天上午10点上课，下午两三点就放学，一天只能上四堂课。中午，学生都是啃自己带的冷苞谷粑，喝不上一口热水。"阿支龙甲说。

其实，作为老师的阿支龙甲每月也只有18斤的口粮，当时他已经结婚，有6个孩子，生活非常困难。

阿支龙甲第一次当老师是教小学四年级，全班只有6个学生。看到稀稀拉拉的几个学生，他就发愁。他知道如果不接受教育，彝族孩子无法改变自己的命运，这从他给我讲他的学生阿卓曲正时，脸上涌出的自豪感就能看出。

阿卓曲正当时家里非常贫穷，12岁才读小学，读到四年级父母就让他养猪、放羊。就要退学之际，阿支龙甲多次到阿卓曲正家里去做工作，最后终于让其父母同意儿子继续读书。阿卓曲正后来当过县民委副主任，对阿支龙甲非常尊敬。如果不是当年他的坚持，也就没有阿卓曲正后来的命运。

我问阿支龙甲："如果不读书，阿卓曲正会怎么样？"阿支龙甲回答得很直接："那就只有在山里务农，一辈子挖土。"

过去的白家湾小学是在山边上建的，地势狭促，无法扩充。

之前的学校根本就谈不上有校区，教室外就是农田，学生课间只能在屋檐下玩耍。1982年阿支龙甲任白家湾小学校长的时候，学校的情况略有改善，有了6间教室，其中有两间是新修的砖木结构的瓦房。教师有单独的寝室。有了一个小小的篮球场，有乒乓球台，学生有跳绳的地方，而且全校学生有86名。

到2002年时，条件更好一些。有5幢房屋，当年的茅草房全部拆掉了，每间教室都有40平方米大小，宽敞明亮，最关键是学生的入学率提高了，全校有169个学生。同时，学生的年龄差距也小了，不像当年在教室里看到的是高高矮矮、参差不齐的孩子，这说明学生人数多了、就学率提高了。那么，这样的变化是如何得来的呢？

阿支龙甲的回答是，过去当地对教育的认识非常落后，认为读书没有用，不如回家放牛、放羊、打笋子。但是，他坚决不能认同那些愚昧的观念，他是把那些不读书的孩子一个一个"撵"回来的。阿支龙甲在当校长期间，干得最多的事情就是跑家访，去做家长的思想工作。当年的交通太差，山高路陡，来回几十里都靠走路，但他只有一个信念，就是要把失学的孩子找回来。但他们去了，家长却躲起来，甚至跑掉了，根本找不到人。有的家长甚至很恼怒，不理解他们的苦心，说"我家的娃儿不读书，关你们屁事"！遇到这种事情，阿支龙甲常常很苦恼，为家长的无知感到痛心。

阿支龙甲以前有个学生叫妈黑拉克，成绩很好，但他母亲在外做生意，就不让孩子上学了。他多次家访，要把学生带回去，哪知道都被其母藏了起来，说要让孩子去赚大钱，读书哪有赚钱好。很多年后，妈黑拉克的母亲去世了，而他并没有赚到什么钱，人生一塌糊涂，又没有什么技能，只好待在山沟里过穷日子。有一次妈黑拉克遇到阿支龙甲后很后悔，说自己当年要是听了他的话，现在肯定不是这样。

阿支龙甲跟我讲起这件事的时候，不免有些长吁短叹："想赚钱也要有文化嘛。我尽了力，但没有把他扭回来，现在想起都遗憾！"

办学很难，当一校之长更难。在阿支龙甲当校长期间，经费非常困难，平时出差、到城里开会都要自己垫支。教师不愿到如此艰苦的地方来，只有请代课教师。当时马边县城到白家湾没有公路，直到1985年才通了一条土路，到县城开会，要走一天。对比现在的学校条件，阿支龙甲很感慨，说看看学生食堂就知道了，"顿顿都有肉"。

在阿支龙甲的管理下，白家湾小学变化很大，在马边13个彝族乡小学的教学质量上名列前茅。1999年，阿支龙甲被评为了"四川省优秀教师"，他是马边县唯一的一个。

这样的荣誉，是"白家湾小学模式"给阿支龙甲带来的。

所谓"白家湾小学模式"，就是在彝族乡镇小学中推行寄宿制。为了不让学生流失，白家湾小学实行了从四年级起学生全部寄宿的制度。统一管理，学生免费吃住，也有了早、晚自习的时间，对学生的教学、生活都大有益处，减少了山区学生的流失。

但要实现这样的寄宿制，在30年前还相当困难，因为这需要一定的经济基础。在那时，白家湾小学的经费根本不足以支撑这样的想法，怎么办？阿支龙甲左思右想，最后想出了一个办法：四处"化缘"。

当时他通过自己的同学去四处求助。另外他还想出了一招，通过教育杂志上刊登的学校信息，主动跟那些他们之前不知道的学校写信。没想到这个方法居然有了回音。在那些信中，阿支龙甲真实地讲述山区孩子读书难的情况，朴实而带着真情的文字感动了不少人，他们很快就收到一些回信，对方表示有意帮助白家湾小学。

有了这些好消息，阿支龙甲便决定主动登门拜访，与对方建立联系。很快，眉山思蒙小学的校长亲自到白家湾小学考察，他们在亲眼看到彝族孩子的学习环境后，说出了心中的感叹："白家湾小学太艰苦了！娃娃们太造孽了！"不久，两辆载着学生衣服、体育器材的汽车来到了白家湾小学。

接着，犍为二中、犍为南门小学也送来了衣服和器材。

所有来的人，都会为阿支龙甲的求助感动。一个彝族校长不为自己，而是为了那些贫穷的山区孩子去四处"化缘"，这本身就是一份大爱。

实际上，求助让阿支龙甲看到了办寄宿制学校的希望。他要借助外界的力量来实现他的梦想，而这在当时如此偏僻的山区，真的是需要勇气和胆识。当时，阿支龙甲找到了乐山市民委，他苦苦地说服民委的领导，最后对方捐助了78床床垫。后来，乐山沙湾牛石镇小学又捐助了32床棉絮，学生住宿用品才有了眉目。这以后，前后有各地的7家学校主动捐助了白家湾小学，阿支龙甲的求助计划大获成功。

"厚着脸皮去'化缘'，谁愿意？但确实是逼到这个程度了，真的是没有别的办法！看看我们的孩子那样造孽的样子，我不后悔。我们的心是诚的，就是为了学生好，其他就顾不上了，而且别人只要愿意到白家湾来看看，就一定会被打动。"他说。

有了床垫和棉絮，还需要床，这个可以自力更生。于是，他们就在山上砍了一些木头，找当地木匠制作。但这也要花钱，而钱又得去教育局申请。为此，他带着学校的出纳员，来回奔走在山路上，目的就是去要钱。当时他穿着筒靴，带上雨伞就出发了，等走到县城，全身都是稀泥浆。

"为了申请经费，我来回跑，刮风下雨都在路上。上百里的山路，筒靴都穿烂了几双。"阿支龙甲说。

等用品齐备，办寄宿的条件才基本成熟。但还有一个问题，学校没有电。白家湾小学是1993年才通的电，晚上自习没有灯可不行，怎么办呢？阿支龙甲只好又去找乐山市教育局，最后申请到了六盏煤气灯，安在三间教室里，这样学生的早、晚自习课才有了亮光。

寄宿制是学生免费吃住，但国家当时每个学生每天只补助10元钱，根本不够。于是阿支龙甲就在学校边上的空地上种菜，又让学生每人每月交一斤酸菜，这样才勉强把寄宿制搞了起来。当时学生三餐都在学校吃饭，早上吃苞谷粑，中午是大米饭和青菜，晚上是青菜和酸菜汤，每周只能吃一次肉。虽然艰苦，但学生家长们非常拥护，失学的孩子都纷纷回到了教室。就这样，白家湾小学四年级到六年级的八十几个学生最早开始了新的学习和生活。

"其实，我们根本没有办寄宿制的条件，但硬是把它办了起来。"阿支龙甲说。

自从寄宿制开始后，学生的生活、学习规律化了，学习时间增加了。早上7点起来锻炼，做体操；晚饭后在球场上跳一个半小时的锅庄舞，这个活动是校长发明的，而且学生的兴致很高；

晚自习后，9点半统一关灯休息。阿支龙甲说，为了这个寄宿制，他努力了12年。后来马边县全县推行寄宿制，而白家湾小学是最早的践行者。

对学校的付出越多，对自己的家庭和孩子的付出就越少，阿支龙甲也有很多遗憾。当年曾经发生过一件事，阿支龙甲最小的儿子出麻疹，结果把家里的其他五个孩子都染上了。当时孩子全部发高烧，老婆让他回家照顾，但他没有时间。后来周边村子也出现了麻疹，他听说有个孩子因为出麻疹死了，"心冷了很久"，觉得对不住家人和孩子。另外，他的大儿子阿支阿布当年初中毕业考中师，可惜只差一分没有考上。阿支龙甲一开始想去找校长通融一下，但他儿子很孝顺，说算了，家中兄弟姊妹多，愿意在家帮助父母，就这样，儿子失去了继续读书的机会。如今，阿支龙甲的其他四个子女都前后考上了师范学校，改变了自己的命运，但老大的遭遇让他至今感到歉疚。

"您后悔过没有？"我问。

"唉，都是过去的事了。"他说。

2004年退休以后，阿支龙甲生活在马边县城里，过着平静的退休生活。但他的心中仍然装着那个遥远的白家湾小学，因为他把一生的爱都奉献给了那里的孩子们。

见了阿支龙甲的第二天一早，我专程坐车去了离县城几十里路远的高卓营乡暴风坪，那是白家湾小学所在地。其实白家湾小学已经不在阿支龙甲当校长时那个地方了，为了学生就学方便，2009年，学校已经搬到了白家湾三组，就在公路旁。这条路经过了烟峰、永红，可以一直到美姑。

学校在公路旁的一个平坝上，整个面积大概有一个半足球场那么大。四周建起了四幢高高低低的楼房，都取了不同的名字，如教学楼叫"红梅楼"，教师宿舍叫"咏梅居"，学生宿舍叫"早梅苑"，食堂叫"墨香阁"。如今，这个小学有近300名学生，教职工32人，一线教师25人。那天，我走进学校四下巡视了一番，活动区域中有两个标准篮球场，边上有几张乒乓球台，校区干干净净。这样的环境同阿支龙甲那时确实不可同日而语。

正好在这天，我见到了白家湾小学的现任校长罗其英门，他过去就是这所小学的学生。他告诉我，当年他每天都要翻山越岭去读书，单边就要两个小时，一天有四个小时是在山路上，回家天就黑了。幸运的是，他后来考上了师范学校，毕业后就成了一名教师，但说起"龙校长"，还忘不了他的教育之恩。

罗其英门记得有一次，他同几个同学邀约去附近磷矿工地上看电视，走了五六里路。他们的逃课行为很快就被发现了，等他们到了工地后，才发现阿支龙甲同他的班主任早已经到了那里。回来的路上，阿支龙甲并没有责备他们，只是告诉他们，晚上走路不安全，全校老师都为他们感到不安。从此以后，罗其英门再也没有逃过课。"'龙校长'对每个学生都很了解，你做什么他都好像知道，你的那点小心思逃不过他的眼睛。"

在罗其英门的心中，阿支龙甲就是他的榜样。现在，白家湾小学的条件相当不错，有美术室、医务室，还有电脑室，专门配置了55台电脑，这在过去根本是不敢想象的。由于物质条件的大大改变，寄宿制也搞得比过去更好。当年他是早上背着苞谷粑，中午学校只提供一点酸菜汤，现在是米饭、蔬菜、肉类齐全，能够保证学生丰富的营养。

"很多学生说学校的饭菜比家里的都好。"罗其英门说。

　　关键是如今整个学校绝对没有一个光脚上学的孩子。在罗其英门读书的时候，他是打着光脚上学的，而即使这样，他家五个孩子也只有两个读了书，另外三个只能失学在家务农。说起这个，他很感慨，而作为一个小学校长，他感到了自己的责任，"'龙校长'他们那辈人创下的业，我们只是继承者，没有理由不努力，这里毕竟是我的母校"。

　　从白家湾回去的路上，山路弯弯曲曲。我就想，以后会有很多孩子从这条弯弯曲曲的路上走出去，走向他们未来的人生。

达子的世界

达子站在领奖台上的时候，高石头小学的每一个孩子都羡慕不已，她是学校第一次评出的"五星少年"。她的手上戴着一块崭新的手表，这是学校对她的奖励。那是一块可以通电话的智能手表，只要她拨通号码，就可以给任何人打去电话。

其实，达子这时已经抬头看见了不远处的大山，大山上有一条弯弯曲曲的小路，小路通往她的家，家里只有爷爷一人。按照往常的情况，爷爷应该是在给鸡喂粮食了。要是他也有一块智能手表，她就能随时给他拨去一个电话，问他："鸡棚里的鸡喂了没有？生了几个蛋？那只早晨起来就精神不振的鸡给它喂药了没有……"

那100只活蹦乱跳的鸡是达子一家主要的经济来源。没有这些鸡，他们的生活真的是不堪设想。

达子13岁，是高石头小学六年级的一名学生，她读的这所小学全部是彝族孩子。达子有一头黑黑的长发，用橡皮筋绑着；眼睛明亮、清澈，像学校旁边的那条小溪。人们看到的达子就是个健康、阳光的彝族小女孩。

但达子的成长并不是人们看到的这样阳光，她的童年是在伤痛的记忆中度过的。达子5岁的时候，父亲就去世了，母亲被迫改嫁。

达子还记得父亲去世后不久，那天正下着雨，母亲把自己的衣服装进一个塑料口袋里就走了。她和只有3岁的弟弟去追，在山路上不知道跌倒了多少次，凄惨的呼喊声回荡在山谷；但母亲的身影越来越小，她头也不回地走了。从此以后，达子再也没有见到过自己的母亲。

而灾难还没有结束。第二年，本来身体就不好的奶奶，在悲愤交加下也去世了。本来圆圆满满的家庭突然遭受如此巨大的打击，六口人的家庭突然间变成了三口人，家中没有主劳动力，只剩下爷爷一个人带着孤苦伶仃的姐弟俩，本来就贫困的家庭更是雪上加霜。

达子的家在一条崎岖不平的山道上，在那块土地上只有延绵无尽的石头。除了石头，还是石头，那是坚硬得无法生长庄稼的石头。高石头村的来历就是因为这些石头。

以前，马边的贫困村分布广泛，这些村子多在边远高寒地区。不通电、不通路、没有通信设施，条件相当恶劣，生活状况也极为原始落后。而马边县高石头村更是最典型的贫困村之一，全村348户村民，到2009年的时候人均年收入仅1560元。村民除了买盐和一些生活必需品，基本不能有其他的需求，能够填饱肚子已属不易。

过去，高石头村没有路，通往外界的只有那条流淌的小溪。这里的老人、小孩，很多没有走出过这里的大山，有些甚至连马边城都没有去过。当然，像达子这样的彝族女孩子，根本不可能读书，她只能在山坡上放羊，一直要放到她长大嫁人生孩子，而她的孩子又继续在山坡上放羊。

除了贫穷，还是贫穷，那是祖祖辈辈一直都在延续的贫穷。改变，只能来自外界。对马边高石头村的定点精准扶贫计划迫在眉睫，而承担这一任务的是国网四川省电力公司。

2008年12月，农网改造项目开始实施。在之后的短短几年中，国网累计投入5.25亿元进行电网建设，建成6个变电站，在马边县境内形成了以220千伏为支撑、110千伏为骨干的坚强电网，马边县农村电网得以全部改造完毕。

但人们发现，当电线牵到高石头村的时候，还有一些人不会使用电灯开关，这里的老乡祖祖辈辈都没有用过电。就在电灯的一开一关之间，那些贫穷的老乡因为兴奋而流出了眼泪。

高石头村从此用上了电，灯光照亮了这个偏远的彝族小山村。不仅如此，在电力公司的资金投入下，高石头村也建起了第一所爱心希望小学。在这所学校里，孩子们开始穿上统一的校服，有了新的课桌和平整的操场，还有了图书室。而这所小学正是达子读的学校。

高石头村，正如其名，山高石头多，土地贫瘠，交通不便。发展什么样的产业才能让当地人脱贫呢？经过多次考察调研后，电力公司决定以种植业、养殖业为突破口，大力发展特色产业。

他们算过一笔细账：以扶持养殖蛋鸡为例，每只鸡一年产蛋期10个月，按每月每只鸡产18枚蛋、1元/枚的收购价，100只鸡按80%成活、投产率计算，一个月能产生收入1440元，一年能挣到1.8万元左右。

于是，电力公司给高石头村的村民送去了鸡苗。每天一大早，啥妈大叔一家已经忙活起来。自从养上了鸡以后，啥妈大叔很感恩。他常常给达子说，这是电力公司的鸡，当然也是电力公司的蛋。鸡生蛋，蛋生鸡，他们的日子就要好起来了。

逐渐地，达子的家里有了洗衣机、电视机，还有了冰箱，这些都是电力公司送来的。乐山电力公司原工会主席黄敏还给他们家送来了沙发，让原来家徒四壁的房屋有了点生气。

但要养好鸡也不容易，电力公司便请来了一个叫熊勇的年轻人。他是刚毕业不久的农学硕士，来到大山深处担任养殖场场长，为村民们指导养殖技术。

每天早上，熊勇骑着一辆自行车往返于马边城和山里的养殖场。他的工作不仅要到养殖场，还要走遍全场29间鸡舍，逐间观察里面的情况，然后将统计数据录入电脑。要是出现鸡感冒、拉稀等情况，他会对症下药，通过喂养饮水、饲料等为鸡崽治病。平时，根据鸡场的情况，他要负责采购鸡苗的任务，确保鸡的数量合理，以便饲养更为科学。

在实践中，熊勇总结出了一本"鸡经"。他根据对口帮扶村自然资源条件量身定制产业配置，帮助高石头村搭建起一个"合作社散养"与"规模养殖场"搭配，囊括鸡种选育、鸡苗发放、科学养殖、品牌销售的产业平台。熊勇看中的就是扶贫中为村民们"建产业"这个思路，他认为这是大有作为的事情，是解决脱贫最有效的途径。其实，这也是熊勇的一项科研课题，因为在几年后，这个年轻人就去了美国，继续攻读博士。而他在高石头村所做的一切，都成了他在农技科研事业上的一次脚踏实地的实践。

熊勇就像是啥妈大叔家的福星一样，自从他一来，好像一切都变了。因为养鸡，一年后啥妈大叔就赚了近3万元，后来国家又补助了7000元，他便重新盖了房子。房子全部用的是砖石，房梁也比过去高了很多。

2016年初夏，我到达子家见到了那幢修得宽宽大大、亮亮堂堂的房子。那一年正好是达子小升初的学期，陪我去的是李红艳，她是马边电力公司的一名爱心人士，一直负责达子家的扶贫工作，多年来倾注了很多的心血。

那天，我跟着李红艳爬行在去达子家的路上，到的时候早已是一身大汗。这条去往达子家的弯弯曲曲的山路，李红艳不知爬过多少回，那个破碎的家庭是靠她的关心和帮助才走到今天。我有时想，从某种程度上，也许她扮演了达子缺失的母亲的角色。

为了了解达子的成长情况，我见到了达子的老师阿罗左琳。

阿罗左琳是一位年轻的彝族女教师，也是达子的班主任。她告诉我，高石头村远的离学校有一二十里山路，山高路陡，洪水季节的水沟里还发生过冲走人的事情。高石头村的孩子太不容易了，但他们不读书只能一辈子都在山坡上放羊。为了让这个村的孩子都能上学，学校费了不少的心血。

当年，左琳老师曾千方百计说服啥妈大叔让达子去读书，但他犹豫、反对、抵触。因为家里没有能力供养两个没有爹妈的孩子，何况在当地，女孩长到十六七岁就可以说亲了，而他已经老了，把孩子交出去才能心安。

李红艳还记得她第一次到达子家看到的情景：竹篱笆墙、木板瓦，屋内一片昏暗。整个屋子里只有两张破旧不堪的床，屋角堆放的一堆苞谷棒子则是家中一年的收成。

穷，触目惊心的穷。但不读书就会永远穷下去，只有教育才能真正改变贫穷。我见到达子那天，李红艳对她说："升学考试已经临近了，为了你的阿莫（妈妈）、阿达（爸爸）和阿普（爷爷），一定要好好努力！"

时间一去就6年，但我没有忘记达子一家。2022年6月，我再度联系上了李红艳，想了解一下达子家的情况。因为我算了一下时间，如果达子能够顺利读完初中，考上高中，今年就应该考大学了。但我很担心达子能否继续完成学业，因为她的家庭实在太脆弱了，经不起风吹草动。

我去的那天，正好高考完不久。李红艳告诉我，达子刚刚参加了今年的高考，我一听就兴奋了起来。因为我知道，在这些年中，要不是电力公司对她家的帮扶，达子根本到不了这一步。李红艳特别提到了黄敏，说她每年要自己掏出3000元来资助达子家，已经持续了好多年，这真的是在默默地奉献。

这件事其实让我非常感慨。记得当年达子还小，她从来没有出过远门，去过最远的地方就是马边县城。有一次，黄敏去看啥妈老人一家，临走的时候对达子说："哪天我来接你们去外面旅游！"就这句话，达子兴奋了很久，她是第一次听人对她说"旅游"这个词。但是过了很久都没有人来，达子想，黄敏阿姨一定早忘了吧。达子甚至在每天上学的途中，都想突然有一天有辆车停在她的面前，对她说："达子，上车吧。"

不久，达子真的得到了一个让人振奋的消息：他们要去参加"爱心助梦圆"活动，去外地旅游三天，而这件事就是电力公司组织的。

那一天，孩子们穿上彝族服装，第一次走出大山来到了乐山城区。一路上，孩子们第一次坐这么久的车，许多人晕车吐得稀里哗啦，达子也不例外。但她的心里一点都不后悔，因为她是第一次出远门，第一次坐上车去了一个她从来没有到过的地方。

三天很快就过去了，孩子们也许会永远记得这迄今为止最快乐的三天。临走的那天晚上，有些孩子失眠了。是的，他们见到的、听到的，是那样让人难忘。很多孩子的心中都埋下了梦想的种子。他们想的是，回去后一定要好好读书，将来有一天走出大山。

"达子已经长大了，女大十八变，个子高高的，模样也好。"李红艳说。

通过高考，达子考上了一所服装专科学校。今年秋季后，达子就要外出读书了。而外面的一切，是不是就是她所期盼的世界呢？

9月初，我与李红艳通话，得知她和黄敏将送达子去内江读书。这一路走来，达子得到了她们无微不至的关怀，这是达子一生的幸运。而关键在于，不管今后会面临什么，达子都应该知道，她的成长是因为有爱相伴。因为爱，可以让梦想发芽，也能让石头开花。

第四章

行走的使者

病愈的老乡为了表达感谢之情，常常抱来鸡公，或者带孩子来下跪磕头。我觉得担当不起，救人一命是医生应该做的。

白衣记（上）

百年前的马边，医疗卫生非常落后，没有正规的医院，人们看病主要是找中医。过去的中医就是坐堂诊治或游乡串户，良医、庸医难辨，故病者有百死一生之虑。

曾经在马边当过30年医生的陈明生，就回忆过他当年选择从医的原因，非常能反映当时治病之难：

母亲长期患支气管哮喘，此病发作时，几间屋都能听到那种使人难受的呻唤声。一次母亲受凉后引起哮喘大发作，比哪一次都严重，家里去请了一位太医为母亲治病。医生是两个人用滑竿抬到我们家的。医生下轿后就坐在我们的正堂屋中，家里人忙着给这位医生煮了碗荷包蛋，医生慢慢地将蛋吃完后，才问病人在哪里。我在一旁看见二姐扶着母亲，母亲一手扶着壁头，走一步呻唤一声，十分艰难地走向医生。我的心里十分难受，只是想这位医生快点给我母亲看病发药……[①]

[①] 1997年陈明生回忆文稿《三十五年从医乐》（自印本）。

刚参加工作不久的陈明生医生

有过这样痛苦的切身经历，陈明生便产生了从医的想法。后来他初中毕业，考上了乐山卫校医士专业，但在他毕业前夕，母亲就去世了，而这更坚定了他立志从医的决心。毕业后不久，陈明生响应"六二六"医疗卫生要支持农村的号召，选择了到马边。

马边的西医大致始于1926年。这一年，法国传教士谢纯爱来到马边建立天主教堂，成了马边天主教堂的第一任本堂神父。这个教堂建在马边县城内。《四川彝族历史调查资料、档案资料选编》中对此事有记载："有学徒200多人，另设有经言学校、医院各一所。"

当时传教士为了传道，在对教职人员的培养过程中，都会进行医疗方面的教育和训练，所以传教士中多略通医者，他们往往也成为西医文化的传播者。后来，谢纯爱的接任者汪波也懂得一点西医知识，并用简单的医疗方法和不多的西药为当地百姓看病。

1944年，汪波开办公信诊所，这可能是马边县最早的西医诊所。诊所只有3个人：汪波和他的堂妹汪光荣，另加一名妇婴保健员。汪光荣曾在宜宾公信医院学习过3年，同时她也是天主教徒，平时协助汪波在教堂里当讲习员。但就是这个小小的诊所，开启了一段马边西医的启蒙历史。

1950年后，汪波不能继续开办诊所了。1952年6月，他被派到马边县人民政府第三区（马边县走马坪）卫生所当负责人，在他1953年的日记中，还留下了一点他行医的记录，如："1953年1月□日，到拦马埂看邓树臣之病；1月□日，到拦马埂看肖三和之病；3月□日，在校场坝周家院子放牛痘。"[1]

1950年以后，马边旧的医疗机构面临撤销或合并。马边县卫生科成立于1952年1月，当时只有3名工作人员。城区成立了卫生院，有卫生人员13人；还成立了防疫预备队，这是"为了彻底粉碎美帝国主义的细菌战，保障全县人民的生命安全"[2]，由40名人员组成；另外，还成立了4个城镇联合诊所和全县的"卫生工作者协会"，这些都是新生的事物。

新政府从一开始就意识到了医疗卫生事业的重要性，这一点确实是与过去不一样。我翻阅过以前的文献资料，在1936年的民国马边县政府的全年经费支出中有十大项，林林总总几十个科目，唯独医疗卫生防疫没有列入其中，没有一分钱的财政支出。连"无线电收音费"和"灯油费"都有固定的预算，但就是没有把治病救人当成一项必须做的事业。

1950年以后，传统中医的变化是最大的，中药材逐渐收归国有，私人药商逐渐退出市场。从1955年起，马边大宗中药材或出口及全国调剂的药材，如川芎、麦冬、黄连、白芍、党参、附片等均需由国营药材公司合作社经营；其他的小宗药材，则国营、合作、私营按比例经营，但前提是"打击和排挤投机的大行商，限制和利用批发商"[3]。也就是说，私营药材商基本只能在零售范畴内经营。这样的局面，也影响到了医生的生存方式。私营药店可能请不到名医，好的医生收编到国营医院，而医院采取定价收费医治方式。

---

① 汪波档案资料，原件存马边彝族自治县档案馆。
② 《马边县1952年卫生工作总结报告》，原件存马边彝族自治县档案馆。
③ 马边县《1955年中药材经营意见》，原件存马边彝族自治县档案馆。

　　生于光绪十六年（1890）的李炳林，12岁就到泸州老字号"天生堂"药店当学徒。后来回到马边"福昌祥"药店专司中药炮制。他的药切工厚薄均匀，熬制火候得当，堪称一绝。1950年后，"福昌祥"公私合营，他就到了中药材公司制药厂工作，此时他已年满60岁。

　　马边还有两位名医的经历，也颇能反映这一时期的历史变迁。

　　蒋白屏，号白云子，1896年生于马边，坊间有"岐黄再现"之誉。由于医术精湛，民国时期被马边历任县长朱恒修、余洪先、宋际隆等聘为私人医生。他特别善用凉药，有退烧神功，人称"蒋犀角"，可以说他就是马边20世纪30年代至50年代最有名的中医。1950年后，他参加了马边县卫生工作者协会，又于1952年担任马边首届预防医学训练班的授课老师。临去世前一年的1958年，他主动献出中医单方、验方，把一生所学留给了世人。

　　马边的另一位名医是沈国鹏，他是马边20世纪40年代至60年代的一代名医，其经历相当传奇。沈国鹏毕业于四川国医学院，后游医为生，名噪杏林。但在1945年后突然返回马边县，担任地方政府要员，遂在1951年中成为镇压对象。正在危急之时，一次偶发事件救了他的命。"其时，县上一领导干部之妻患崩漏，出血数日不止，城中群医束手无策，病妇垂危。经多方推荐，并经领导集体商定，遂命沈来试医。结果，病人经三次诊疗后，崩漏霍然而愈。此后，县上多数干部有难治之症，多命沈诊疗，每每获良效。沈因此被改判释放，监外管制三年。"[1] 出狱后，沈国

----

① 《马边彝族自治县志》，成都：成都科技大学出版社，1994年。

鹏在县城坐堂行医，每天为百人以上看病，救人无数。

蒋白屏和沈国鹏都是从民国转过来的"旧医生"，但在新的形势下，"旧医生"要好好利用，而"新医生"的培养更为迫切。在1952年的统计中，马边县的卫生干部由1951年的14人增加到了1952年的42人，此后逐年上升，马边的医疗卫生事业起步其实就是从这两年开始的。

那时候，医疗卫生的水平低，人们的认识也落后，所以卫生教育殊为重要。为了培养专业医疗人员，提高从业人员的医疗卫生素质，从1952年起，马边举办了初级接生员训练班，对20名人员进行了为期一个月的培训；同时，又举办了预防医学训练班，对21名人员（其中西医医士2名、助力护士1名、中医18名）进行了为期两个月的培训；又举办了卫生防疫训练班，抽调了机关干部10人、小学教师23人、中学学生7人等40余人进行培训，这些人"在爱国卫生防疫运动中起到了骨干作用"①。

但马边地处边区，医疗人员和医疗设备非常缺乏。1952年，马边卫生院仅有15张病床，外科医生只有1名，这还是在1951年零张病床的基础上增加的情况。我在档案馆翻阅过1952年度的《马边县人民政府卫生人员花名册》，全县医务人员总共40人左右，具有医专学历的只有1人。此人叫张运瑛，是清朝宣统年间生人，1937年开始行医，只有他才是科班毕业的医师。而其他的人大多是高小文化，主要从事护理、调剂、保健工作，能够担任助理医师工作已属优秀。如四区联合诊所的周靖南，他是为数不多的高中毕业生，曾在乐山仁济医院当过学徒，人才的缺乏由此

---

① 　《马边县1952年卫生工作总结报告》，原件存马边彝族自治县档案馆。

可见。由于医疗资源极度匮乏，医疗水平很低，遇到稍微大一点的病，马边根本就不能治，只有送乐山。但山路崎岖，往返困难重重，只能听天由命。

在马边走访期间，王银洲老先生跟我谈到过他家的一段遭遇。当年王银洲一家六姊妹，他是老五，但前面的三个哥哥都因为疾病夭折了。"大哥是被疯狗咬后得狂犬病死的。二哥是小时候出痘子死的。三哥王银华1951年参加工作，给乌抛大曲当通信员，工作很积极，都认为他很有前途，不料1953年得了阑尾炎，这么小的病都没有办法医，最后还是死了。"这些病现在看来实在算不上什么要命的大病，只要医治及时，完全没有生命之虞。他一家的遭遇反映了当时马边医疗落后的状况。

那时候，卫生防疫处在起步阶段，所有工作都是从最基础的方面着手的。抓垃圾管理、下水道清理、饮水消毒、消灭害虫等就是其主要工作，其实就是提倡一场新生活运动，彻底改变人们过去的陋习。由于生活水平低，不讲究卫生习惯，马边荣丁乡在制定粪便管理制度时，就有这样的规定："为了保护人民的身体健康，消灭钩虫病，坚决不屙野屎。"[1]

在消灭害虫的成效上，当时马边县的卫生报告中，还有这样的记录：

灭蚊、蝇：967620只，又24斤另12两，打捞孑孓1454两；

灭虫：1690000条（包括黑壳虫、蝗虫、钻心虫）；

打毒蛇：172条；

---

[1]　1958年7月15日《马边县荣丁乡粪便管理制度》，原件存马边彝族自治县档案馆。

捕杀野狗：317只；

灭鼠：13488只，塞鼠洞2478个。[①]

灭蚊蝇、灭虫两项的统计让人有些不可思议：这个数字是怎么得出的，把它变成重量又是如何换算的？不过，要取得如此的成效，如不采用人海战术，大概很难办到。

马边县的卫生防疫除了上面的工作，对公共卫生场所的治理也很重视。如过去的理发业很落后，卫生条件非常糟糕，头上长疮癣的人常见，多是当时很难治愈的皮肤病，结果是互相传染，而理发店就是一个主要的污染源。1952年，马边县对城区的八家理发店进行了整顿，销毁了洗眼、挖耳工具，并让每个理发匠佩戴口罩。

过去，天花、伤寒、疟疾、痢疾等是危害性大的几种疾病，给人民带来的灾难也最为深重。所以从1950年后，马边县对这几种病的防疫是有针对性的。这里面最值得说的是天花。天花是一种烈性传染病，也是最古老的传染病之一；没有患过天花或没有接种过天花疫苗的人均能被感染；主要表现为严重的病毒血症，染病后死亡率极高。

1952年3月，马边县第二区和平乡二村就出现了天花，发现了22名患病者，其中死了17个，震惊了当地。所以从当月18日起，马边县对当地群众进行全面性的种痘工作，直到4月1日结束，共种痘15701人。做完这一工作，大家都认为疫情压下去了，但过了没几天，又发现了7名散在性的病例，这是怎么回事

―――――――――――

①　《马边县1952年卫生工作总结报告》，原件存马边彝族自治县档案馆。

呢？经查，发现是从屏山县传来的，后来通过及时救治，才基本扑灭了天花。

但刚翻到1953年不久，又出现了状况。这年2月底，解放乡有一名叫罗玉清的男孩得了天花，马边县迅速派医务人员前去抢救，后治愈脱险。人们不禁纳闷，怎么会出现这样的情况呢？经过调查得知，这名男孩在去年秋季应种痘时有病未种，病好后也未补种才导致了这种情况。后来，这一病例成了当地种痘工作的绝佳宣传材料。实际上，自从这名10岁的男孩被治愈之后，马边再也没有出现过天花，它从此就在这片土地上消失了。

伤寒自1956年在马边出现过两例后，后来也再没有出现。这说明在传染病的发生和流行方面的有效控制上，马边确实取得了显著的成效。

不过，客观来看，马边当时的卫生防疫水平还是相当落后的。如1956年，马边县在总结一年工作时，仍然有现在看来有些奇怪的数据："据不完全统计，共消灭麻雀12075只，老鼠9154个，苍蝇386两，蚊子38.22两，大量消灭了蚊虫乐生场所，减少了各种病媒昆虫所致的疾病，降低了发病率。"[1]

现在的人并不把麻雀当成"害虫"，它就是一种普通的鸟，但在那时，因为麻雀要啄食粮食且数量众多，就被打入了"害虫"的行列，人人争而诛之。我们小的时候，就曾有过去农村撵麻雀的事情，据说把麻雀撵累了，它就会从天上掉下来。但我没有真的看到过被累掉下来的麻雀，倒是用自己的弹弓打下过几只。它们也许被撵到大山里后饿死了，谁知道呢？现在想来，那

---

[1]　1956年马边县《防疫工作情况与今后意见》，原件存马边彝族自治县档案馆。

绝对是一段奇特的经历。

　　所以，那几年的卫生防疫工作也颇多离奇之处。如在1961年，数据又有了"神奇"的飞跃："几年来，全县共消灭老鼠234783只，全县人均2.4只，灭蝇214050公斤，消除垃圾36784930吨，整修牲畜栏圈1746个，整修厕所4203个。"[①] 不过，"灭蝇214050公斤"实在难以让人相信，因为与1956年的"386两"相比，突然增长了上万倍。一只苍蝇的重量大概0.6克，照此重量换算，应该约有3.56亿只苍蝇，可谓遮天蔽日。显然，这些数据完全经不起推敲，但在浮夸风盛行的年代，连苍蝇、老鼠都成了造假的对象。

　　医疗与疾病的关系，就是道高一尺魔高一丈的关系。人类对疾病的认识永无止境，因为疾病永远都会存在，绝对不会灭绝，这是自然规律。虽然医疗卫生水平没有大的发展，但疾病的情况又出现了新的变化。1956年以后，钩虫病、血吸虫病、麻风病、百日咳、麻疹、甲状腺肿大、维尔氏病等又在马边开始流行。其中，1956年在四川省大面积爆发的流感也波及马边，而导致这一病毒传到马边的原因，据说是当时有人在成都开会感染，回来不久后就引来了一场迅猛的疫情。

　　1957年3月中旬，马边城区首先出现了流感，最开始是在机关学校和居民中流行。"有的单位一个办公室全部感染，城区完小因多数教师患此病无人上课被迫停学五天。"[②] 后来是从城市

---

① 1961年11月27日《马边县三年来卫生工作情况》，原件存马边彝族自治县档案馆。
② 1956年马边县人民委员会《关于我县流行性感冒流行的简报》，原件存马边彝族自治县档案馆。

向农村发展，疫情继续蔓延，且有愈演愈烈之势。

> 目前正值春耕紧张阶段，而多数农业社有50%左右的劳动力感染此病不能出工。五区荣丁乡人民委员会全体干部患病，无人领导生产；劳动乡先锋社劳动力50%以上患病不能出工；新民联乡灯塔社一生产队40余户人家病倒；建设联乡联河高级社四队17户人中有12户感染此病，五队28户中有25户得病，发病率占60%左右。[①]

以上是马边县政府向四川省卫生防疫站报告的内容。在当时对付流感好像没有什么特效药，除了成人每日服两片钙克斯片用以预防，其余就是戴好口罩。但口罩并不能彻底阻断病毒传播。到4月中旬，病情到了高峰，"医疗机构整日忙碌，候诊病人陆续不断。截至4月中旬，到医疗单位候诊的人已2956人（不完全统计，其实不止此数）"[②]。

当时的情况是，马边县总人口不到10万人，平时能够到医院看病的就很少，所以隐性病人更多。从报告反映的情况看，感染人数不会低于20%，也就是说这次疫情导致马边全县最少有上万人感染了流感，但最后的官方统计是只死了7个人。那么，防疫措施呢？主要是宣传，治疗为辅。"为了控制和尽快扑灭此病的流行，保证春耕生产，在党、政的重视和支持下（当时防疫组全

[①] 1956年马边县人民委员会《关于我县流行性感冒流行的简报》，原件存马边彝族自治县档案馆。
[②] 1956年4月18日，马边县人民委员会《关于"流感"流行的简报》，原件存马边彝族自治县档案馆。

部下乡搞中心工作去了），要求全县各部门全力以赴加强流感的控制，利用各种宣传形式开展宣传教育工作，并组织各基层卫生医疗机构大力开展巡回和防治宣传工作"①。一个多月后，猖獗一时的疫情得以控制。

这次流感疫情，从客观上来讲，马边县没有能力抵挡它的来临。就是四川省乃至全国大部分地区，之前对此也没有多少认识，均面临着一个新的卫生防疫形势的挑战。而正是在1957这一年，亚洲很多地区都爆发了流感，被称为"亚洲流感"，这是20世纪的五次流感大流行之一。

显然，马边地区只是极小的一个局部，但也不可能游离之外，独善其身。偏远地区的医疗卫生事业，更应该自筑防线，加强建设。所以，流感事件的发生，给人们"上了一堂生动的卫生课"②。

---

① 马边县人民委员会《1957年度卫生工作总结》，原件存马边彝族自治县档案馆。
② 同上。

白衣记（下）

在整个20世纪50年代中，马边全县的医疗卫生人员发展到了213名。这是1959年12月的数据，比1952年增长了4倍，也算是个不小的成绩。但量的增长带来了质的飞跃没有呢？

我们可以从中医的情况来分析，中医在当时一直是老百姓最能接受的治疗方式。1959年12月，马边的中医人数仅为59人，约占全县医疗卫生人员总数的27%，但它恰恰是最活跃的群体。更奇怪的是，中医在那几年中突然表现出了一种异于往常的活力。

还是在那份数据统计中，它这样写道："中医门诊巡回医疗占全县门诊人次的60%。在卫生防疫预防接种任务方面，也主要是依靠中医去完成，并且是除八害新卫生消灭疾病战线上的一支尖兵。"[①] 其实，这说明了一个问题，西医的发展滞后了。

那些年中，西医虽然疗效显著，但缺针少药，供应严重不足。人们发现中医仍然很有用，如治疗乙型脑膜炎，服用白虎汤、银翘散、清湿败毒散，五天后见效，治愈后无后遗症。所以

---

① 1959年12月16日，马边县人民委员会卫生科《关于中医中药的工作总结》，原件存马边彝族自治县档案馆。

当时马边县的医务人员就要求学习中医，每人务必要会一两项中医技术，而西医医生中80%都学会了针灸，中医一时炙手可热。人们觉得中医大可倚重，于是，"开展群众性的采集'百万锦方'运动，把流传在群众中的单、验、秘'三方'收集起来，掀起一个人人献方献宝、个个求贤访贤的群众性采风运动"①。

中医是中国的传统医学遗产，有上千年的历史，不管在怎样的年代中，它都发挥着巨大的医疗作用，救百姓于病痛之中。而西医到中国才短短的几十年，医疗观念和技术还处于比较低的水平，医疗物资也很缺乏，所以在那一时期对中医的倚重，反映出的是当时西医发展的困境。

但不管是中医还是西医，面对的都是同样的疾病，而有些病是带着年代色彩的，是特殊时期才会出现的病。我想这也是现代医学史值得研究的课题。

1958年开始后出现的水肿病就是一个"年代病"。由于"大跃进"的左倾路线，盲目提高生产目标，导致粮食供应困难。在马边大院子区，从1960年1月9日到4月28日期间，就收治了806个水肿病人，其中死亡37人（不包括医院外死亡）。而当时的食品供应非常匮乏，全区在治疗这些病人的食品供应上仅仅是：水糖900斤，麦麸547斤，黄豆520斤②。

马边大院子区在总结水肿病时，提出要有健康的饮食习惯，要求村民"不喝生水，不吃野菜"。但问题是，在极度饥饿的状

① 1959年12月16日，马边县人民委员会卫生科《关于中医中药的工作总结》，原件存马边彝族自治县档案馆。
② 1960年4月28日《马边县第四区防治水肿病工作总结》，原件存马边彝族自治县档案馆。

况下，人们又有什么办法不喝生水、不吃野菜呢？1961年，马边县的卫生工作目标就是"灭四害，灭三病"，所谓"三病"就是水肿病、子宫脱垂病、停经病。其实，这全都是营养不良造成的，也就是饿出来的病。

麻风病也具有年代色彩，这是现在我们已经很少听到的一种疾病。1958年，对马边卫生防疫工作来说有件重要的事，这就是建立了一个"麻风村"。

麻风病是一种古老的疾病，危害极大，过去如是谁得了麻风病，就意味着家破人亡。而因其恐怖，人们常常是谈虎色变，避之不及。当时的四川地区麻风病非常流行，特别是在大小凉山地区更为严重，而马边恰巧又是高发地区。

1958年12月，马边县在离县城30多公里、海拔1500米的双化公社铜鼓岩生产队（后改名向阳村）画地为界，收纳全县以及周边县的麻风病人入村。

铜鼓岩是一个非常偏僻的地方，人迹罕至，但对治病来说恰巧是一个幽闭的环境。政府在这里修建了一个占地2500平方米的麻风病防治站，当年就收治麻风病人58名。

麻风病患者是一群特殊人群。入"麻风村"前，首先要"各医疗单位必须认真负责做好调查、摸底、诊断工作，必须对病人高度负责"；一旦确定了病人身份，就要由专人护送入村，但"不能因一人得病，而动员全家入村"①。入村的病员必须带足全部口粮、衣物、农具和一切生活用品。

到了"麻风村"后，就将在这里开始新的生活，要么治愈出

---

① 1966年10月6日《关于向阳村（麻风村）服务病员和新入村员有关问题的通知》，原件存马边彝族自治县档案馆。

村，要么就会在这里一直待下去。有很多麻风病人在村里住了很多年，熬过漫长的岁月。越西县有个叫吉瓦夫一的彝族同胞，在这里待了整整15年，1966年入村，直到1981年才治愈离开。

为了隔断病源，预防传染，"麻风村"是个相对独立的存在。它利用比较偏僻的地理条件将病人进行隔离，与外界不相来往，但病人除了治疗，生产、种地跟其他农民没有太大的区别。麻风村有107亩耕地，组织轻微病员耕种；村里办有集体食堂，集体开伙；每周星期二、五还要让"病员学习自力更生、艰苦奋斗，一般都能背诵10—30条（语录）"[①]。

值得一说的是1966年，正是"文革"爆发之时，"麻风村"并非一潭静水，也受到了波及。经清查，病员中出现了小偷小摸行为，保管室发生了物品丢失事件，损失"注射器3具，葡萄糖注射液5瓶，青霉素喉片1瓶，另外还有剪子、胶带、绷带等"。但总体而言，"麻风村"还是比较平静的。村里只有一名医生，两名管理人员，日常的生活正常有序。病人不能外出，也不能同外界发生直接联系，这在很大程度上避免了如火如荼的政治运动对"麻风村"的影响，这里俨然成了一个独立于世外的"孤岛"。

1966这一年，村里有麻风病人104个，分为3个生产队搞生产。当年各种粮食总产24532斤，其中苞谷最多，收获16857斤，大米3995斤，基本做到了自给自足。其实，"麻风村"的经费是政府补助，衣、食、住都是政府包干，所以病员的生活是比较安定的。这一年的医疗数据统计是，"新入村的14人，检查无菌出

---

① 1966年10月6日《关于向阳村（麻风村）服务病员和新入村员有关问题的通知》，原件存马边彝族自治县档案馆。

院的3人，经过抢救医治无效死亡的2人"①。

后来"麻风村"的情况逐渐变好，在日常的管理中，除了治疗和劳动外，还做到了"三餐按时，菜饭清洁可口，同志们满意"②。而后来的数据统计是："麻风村"共生产粮食50多万斤，猪肉2万多斤，还有蔬菜、烟叶等无法计数。③

50多年过去，"麻风村"共收治病人560多名，治愈300多名，打破了"麻风病是不治之症"的魔咒。

但回顾马边的医疗卫生发展，仍然是步履蹒跚。由于政治运动频繁，20世纪五六十年代的发展整体是缓慢的。在"文革"爆发的1966年，马边全县仅有3所医院，高级医务人员13名，中级医务人员110名，这其中就包括了之前提到的陈明生医生。

当时马边的医疗水平究竟如何呢？陈明生曾回忆过他在菝坝卫生院工作时遇到的一件事：

> 我去不久就碰上诊所旁边的周金华在山上放牛被牛的角顶一下，把下腹部顶穿一条口，大部分肠管都暴露出来了。当时我在那种条件下凭着在专区医院外科工作的基础，沉着认真地进行了处理，不到十天患者痊愈。菝坝四处也就传开了，说菝坝来了一个能开膛剖肚的医生，从此我的声誉倍增。④

在老百姓看来，之前的医生只能"平时开展内科和一些小伤

① 《马边县麻风村1966年总结报告》，原件存马边彝族自治县档案馆。
② 1984年9月15日，《马边县麻风病防治站行政职工岗位责任制》，原件存马边彝族自治县档案馆。
③ 1984年《关于马边县麻风村的情况》，原件存马边彝族自治县档案馆。
④ 1997年陈明生回忆文稿《三十五年从医乐》（自印本）。

小病的治疗"，陈明生能够"开膛剖肚"，很了不起。但这件事要客观看，医生的技术有了一定提升，还真不能说明马边的医疗技术上了新的台阶。

李世炳是1967年到的马边，他是从成都中医学院（现成都中医药大学）毕业后分来的大学生。在他的眼里，当时马边的医疗环境仍然很落后，还留不住新来的医生。

"县医院也就几幢平房，只有四五十张床位。当时，内科医生就三个，张运瑛已经快70岁了，周靖南是过去教会医院的学徒，天主教堂的汪波懂一点西医，没有更多的人才。"李世炳说。

分配到马边那年，李世炳没有更多的选择。因为"文革"的关系，所有的大学生全部下基层，马边当年就分来了54个大学生，一下就显得人才济济。但因为条件太差，很多人不愿意留下来。当时同他一起来的有个上海大学生，到了马边后又分到了三河口，他走到水碾坝就不走了，掉头回到马边城里。后来是在招待所里蒙头睡了一天，第二天直接回了上海，连档案都不要了，走得很坚决。据说回到上海后在一家街道办工作，再也没有从事医疗工作。

其实李世炳当时也犹豫。他去找他父亲诉苦，他父亲告诉他："你是我们李村的第一个大学生，国家没有要一分钱让你读大学，再艰苦你都应该去。"后来，那一年来的大学生都没有干多久，纷纷离开了，只有他留了下来。

李世炳到马边的第二天就被安排到县医院上班，一天都没有休息。"那时，每天看一两百个病人是常事，回家就想睡觉。"他说。

　　留在马边工作，也许要比在其他地方付出得更多。马边是贫穷落后的边区，若没有一点奉献精神，李世炳是留不下来的。今年4月，我见到他时，他已经82岁高龄，白发苍苍。

　　李世炳很敬业，在工作期间，研究和摸索出了一些独到的医疗方法。当时马边甲肝流行，他就研究甲肝，他只要下处方，十几服药下去，就能产生奇效。1972年时，马边百日咳流行，他又研制了治疗百日咳的药方。当时有一个彝族孩子发病，李世炳给他开了五服药，让他吃两服，再熬三服给周围的孩子喝，结果那个地方再也没有出现过百日咳病情。他是把治疗和预防一起做了。

　　1975年，马边办起了一个中医班，专门培养中医人才。李世炳就到这个中医班去当了两年教师，教材自己编，学生有五十几个，后来这些学生成了马边各区、乡中医的骨干。

　　1988年，李世炳又做了一件大事，他将马边县中医院从县医院中分离了出来，单独运营。万事开头难，最初时医务人员只有十来个，条件非常简陋，办公地址先是利用过去天主教堂的房子，后来才争取来了一些钱，修了两楼一底的一幢楼；李世炳又通过母校的关系，从成都中医学院那里"化缘"来了40张病床，这样马边县中医院才正式办了起来。

　　再后来，这所医院又吸引了外界的关注和支持。1997年10月，日本信光株式会社和台湾地区的广安佛院仁和协会援助马边中医院，先后捐赠了约7万元的医疗器械与药品。

　　"改革开放以后，很多事情都敢想敢干了，只要是对老百姓有利的事情就应该去做，那是马边的中医事业发展最好的时期。"他说。

　　李世炳或许展现的是一个人的情怀和奋斗，但单靠少数人的努力显然是不够的，还需要向外界一流的医疗机构借力。1986年6月到1988年10月期间，华西医科大学"智力支边"，先后派出教授10人、主治医师11人来马边县人民医院授课，进行内科、外科、妇产科、普外等学科讲授，以提高马边县医技人员的业务水平。从这时起，马边医疗卫生发展逐渐进入了"外援"时代。

到2000年前，马边县医院已初具规模，科室门类齐全，设备也较完善，有卫生技术人员135人，其中有高级职称9人。如今又是二十几年过去，这所医院已经有卫生技术人员314人，其中高级职称37人；而且医院的规模也在大大扩展，占地40亩，建筑总面积1.5万平方米。可以说，这是一个大的飞跃，而这个过程中，医生群体的不断会集、成长，支撑起了今天的马边医疗卫生事业。

目前，马边县医院制订了"十四五"期间力争创建三甲医院的目标。当然，要实现这个目标还需要很多条件，靠马边自身的能力还有不小的差距，而改变的契机仍然来自外力。2016年4月，四川大学华西医院与马边县医院正式缔结对口帮扶关系，这一步奠定了马边医疗卫生事业发展的大格局。

几年之后，2019年11月，四川大学华西医院马边医院正式授牌。华西医院优秀的管理、专家、技术资源将嵌入马边县医院，以支持建设大小凉山区域医疗中心，这让马边医疗的综合实力得以大大提升。

融入具有现代意义的"嵌合型医联体"，是一种崭新的合作运营模式，一流的医疗技术从此走进了小凉山边城。可以说，这是马边医疗史上最重要的事件，脱胎换骨由此开始，而回望70余年倥偬岁月，又怎能不让人感慨万千？

彝族医生们

1953年夏天，马边县沙腔乡一带流行痢疾，当地人闻风而逃，想逃脱这一死亡的诅咒。

过去，彝人认为痢疾是一种最厉害的魔鬼，避之如蛇蝎。他们不愿意见到得痢疾的人，也不许病者经过自己的家门。但灾难就不幸降临到了阿丕达摩家中，全家7人，有5人患上了痢疾，其中有2人已经死亡，而另外3人已奄奄一息。悲伤笼罩着这个原本善良、朴实的家庭。

但在半年后，阿丕达摩家逃出去的两个人重新回到家中，却发现没有死的3个人已经好了，安然无恙，惊讶得不知道发生了什么。

实际上，治愈他们的是县里派来的医生。痢疾并不是什么魔鬼，用打牲畜、请毕摩的方式根本没有用，而真正有用处的是药物。治好痢疾后，医生告诫他们一定要养成讲究卫生的习惯，勤剪指甲、不喝生水、不吃野菜，这样才会在一定程度上避免疾病的传播。这件事告诉人们，通过科学的治疗才能真正救命，而无知和迷信往往害人不浅。

此事还产生了两个结果:一是让彝族同胞对现代医疗有了一定认识,二是让人们感到了在当地开展医疗救助活动的迫切性。

1953年3月,马边县进行了一次人口统计,全县总人口为19667户,86589人,其中彝族人口为7918户,38628人。也是在这一年的12月,马边县对1951年到1953年来彝胞疾病治疗次数也进行了统计,1953年就达到了24315次。从中可以看出,已经有不少的彝族人到正规的医疗机构求过医、看过病。

但是,没有进医院看病的人仍然是更大的一个群体。当时,马边县远远没有达到起码的医疗资源配置的要求,而政府也为有限的资源深感棘手。"按省卫生厅发下新编制,区卫生所共设四个,我县现有三所是少数民族卫生所,新编制人数实不能解决辽阔的彝区流动性的工作"①。

也是在1953年,马边县举办了一期彝族保健训练班,培养了彝族保健员26人。但广大的彝族聚居区靠这点人去工作,显然杯水车薪。在马边县1957年度卫生工作总结中,就专门提到了医疗人员的情况:

> 我县处在少数民族地区,特别在今年各区工作全面开展后,需要的人力更大,而各医疗单位的人员不仅没有增加,反而有所减少。卫生人员中因不称职先后动员回家、调走或死亡共五人,因而人力上特别紧张,如三河口医疗保健所,全所各医务人员编制七人,现只配有五人,该区所辖七个乡(挖黑未计算在内),挖黑现只有一个医士系三河口编制,方圆

---

① 《马边县一九五三年一至六月份卫生工作总结报告》,原件存马边彝族自治县档案馆。

一百三十华里内再无其他医务人员，就是保健所人员来回走动也照顾不过来。又如三、四区每所仅有四人，就是不发生疫情也很难照顾全面。目前全县公立机构有六十七人（包括行政人员在内），今后工作（特别是彝区）进一步加强后，实感人力的悬殊（尚需二十四人）。另外在人员质量上也很悬殊，全县无一高级技术人员，十六个医士中就有十人非正式学校毕业，远远不能赶上形势的需要。[①]

怎么办呢？只有抓紧时间培养人才。而且要培养彝族医疗卫生人才。因为在语言沟通和民族文化等方面的差异，彝汉之间的沟通还有诸多障碍。

实际上，从20世纪50年代开始，对彝族医疗人才的培养就已经开始了。

1953年，川南区就计划在"本年春季应保送少数民族学生二名入华西大学医学专修科，四名入川西医士学校，均由川南民族事务委员会保送卫生厅转送"[②]。

但当时培养彝族医生有比较具体的困难。由于过去当地受教育程度非常低，能够读完小学的孩子都很少，要选送合格的保送生不容易，这也导致录取的条件不高。"保送入医士学校学生其程度应为初中毕业或有同等学力者，入助产学校学生应为小学毕

---

① 1958年2月12日《马边县人民委员会1957年度卫生工作总结》，原件存马边彝族自治县档案馆。
② 1953年《川南区本年度培养少数民族卫生技术人员施行办法》，原件存马边彝族自治县档案馆。

业或同等学力通晓汉语者"[1]。

国家对培养彝族医生是相当优惠的，一旦选上的学生，就将得到公费教育，吃住公家管，不花一分钱。"所有保送少数民族学生所需经费，应由其县政府垫支"[2]。这个保送政策持续了很多年，对彝族医疗人才的培养是有利的。

立候夫尔曾经就是其中的一位。

立候夫尔生于1947年，今年75岁，马边大竹堡人，他曾是马边县医院的第一个彝族医生。但在当年，立候夫尔只是一个普通的彝族青年。他1968年参军，在西昌当过铁道兵，也就是开山辟路，修建成昆铁路。按照他的话说，当兵前他只有小学文化程度，到了部队后才开始认真识字，背"老三篇"。

当兵回来，1973年，立候夫尔被推荐到南充读医专，那时他已经26岁了。虽然军旅生涯对他有很大的锻炼，但他的文化底子其实根本达不到大专学习的程度。

"我当时都不敢去，怕学习跟不上，丢人，很犹豫。"他说。

机会毕竟难得，组织上极力鼓励他去，立候夫尔这才坐上了去南充的汽车。到了学校，他的知识差距就暴露了出来。看着黑板两眼一抹黑，根本听不懂，老师只好给他开小灶。当时，同立候夫尔一起去读书的还有3个彝族青年，文化程度都比较低，所以学校从最基础的知识开始给他们补，给他们安排了数学、物理、化学三科老师去补课，经过一年才慢慢有所提升。但在

---

[1] 1953年《川南区本年度培养少数民族卫生技术人员施行办法》，原件存马边彝族自治县档案馆。

[2] 同上。

学习医学的过程中，立候夫尔还是感到很困难，特别是学解剖的时候，看到那些用来解剖的尸体放在面前，"三天都吃不下去饭"。

立候夫尔没有想到学医这么难。他曾经想到过放弃，跑回马边，哪怕当农民都干。但老师对他那么好，常常语重心长地开导他，他又觉得要真是跑了，对不起别人。那是他最煎熬的一段时期，虽然无数次想过打退堂鼓，但最后还是咬牙坚持了下来。

当走出学校后，立候夫尔很怀念那段读书的时光。他告诉我，他确实进步了，学到了很多知识，他这一生真正学东西就在那3年中。而且学校的待遇也不错，每月发5元钱，还要发5斤白糖、每月32斤粮食，这在物质条件贫乏的当时，非常不易。

"我从前就是个普普通通的彝族孩子，一生都受到了优待，我真的是太幸运了！想到这些，就很感谢国家对我的培养。"立候夫尔说。

回到马边工作，立候夫尔觉得自己的医术尚有差距，主动要到乡卫生院去锻炼，但领导说"你就留在县医院，我们要的不仅是技术，主要是同彝族同胞的病情沟通"。确实，那时县医院里还没有彝族医生，懂彝语的汉族医生少之又少，他去了后正有用武之地。

立候夫尔很快就发挥出了他的作用。每天他要看七八十个病人。虽然主要是看感冒、咳嗽等常见病，由于他是彝族医生，同彝族同胞在语言沟通上有优势，这在马边这样彝汉杂居的地方极为重要。后来，立候夫尔又到乐山市医院进修了一年，医术上又有了不少提高。

在立候夫尔的回忆中，当时的马边县医院非常简陋，整个医院就四幢平房，还经常漏雨。医生只有一张烂桌子，有几根破凳子；也不分科，什么病都看，内科、外科一起上；全院的医务人员也就四五十个。

虽然工作比较辛苦，但医院员工的待遇还是不错的。晚上上班到12点有抄手吃，还经常供应血旺，饮食有保障。在物资贫乏的时期，这很难得，他感到自己很幸运。

因为感恩，立候夫尔工作很努力。他工作了几十年，病历资料都是完整的，算得上兢兢业业、尽心尽职，为此还受到过上级的表扬。立候夫尔记得有一年，有个彝族老乡带着他的孙子来见他，要送他一条烟。原因是他用两块七毛钱治好了他儿子的病，而之前那孩子看了很多地方都没有治好，所以来感谢他。那时候的人很朴实，是真心想感谢医生。说起这些，立候夫尔充满了自豪感。

与立候夫尔同是彝族医生的摩西达叶，也有类似的求学经历。但他是从最基层的医疗机构乡卫生院干起的，条件更为艰苦，经历也曲折得多。

摩西达叶生于1948年，后来保送读乐山卫校。1975年毕业后，被分配到了马边县水碾坝乡卫生院工作，前后干了8年，其中有6年是当院长。

摩西达叶到乡卫生院的时候只有3个医生、3张病床，非常简陋。

"看病就是一把听诊器，一支体温表。"他说。

虽然摩西达叶学历不高，但他肯钻研，也喜欢动脑筋。因为乡卫生院处在基层一线，老乡看病一般会先找他们。小病就不用说了，他们完全可以处理；遇到大病，就需要乡村医生有诊断能力，第一时间发现病情，为病人赢得时间，找到更好的救治方法。当年摩西达叶曾经救活了一个7岁的女孩，说起这件事他至今都很自豪。

事情的起因，是当地有个小女孩有一天突然发热、头痛，到县医院去看，诊断为脑膜炎。这在当时是一种非常严重的疾病，患者有生命危险。女孩的父亲李林山眼睁睁地看着女儿受折磨的样子，很伤心，但没有丝毫办法。后来，李林山看到女儿奄奄一息，只好把她送到摩西达叶那里等死，因为不想让她死在家里。但摩西达叶在仔细观察了女孩的病情后，认为诊断有误。于是找来奎宁注射，又给她进行了电解质补给，孩子居然很快就好转了。李林山自然感激不尽。为了感谢摩西达叶，他决定让女儿拜摩西达叶当干爹。这一次，摩西达叶没有推辞，后来还给她取了一个名字，叫摩西布兴，也就是祝愿孩子重生的意思。

其实像这个女孩这样的事情还不少。但当乡村医生不易，当彝族聚居区的乡村医生更难。过去，由于乡卫生院的医疗水平比较落后，稍微大点的病根本治不了，只好送上一级的医院。摩西达叶回忆，当年没有救护车，全靠走路，有些危重病人送到他那里，他没有办法治，只好转县医院。他曾经背过17个病人到县医院，从乡上到县城，单边3公里路程，只能用担架抬，或者是背架背。

"水碾坝乡天星一队有7个人得了肝炎，都是我背的，一个一个背。其中有一个叫肖寿安，他的病情最重，都快死了，就是我把他背到县医院的，把他救了。"摩西达叶说。

急病人之急，是有大善在心。正是有了这样的无私奉献精神，当地的老百姓都很尊重摩西达叶，称赞他是个好医生，是菩萨在世。

"病愈的老乡为了表达感谢之情，常常抱来鸡公，或者带孩子来下跪磕头。我觉得担当不起，救人一命是医生应该做的。"他说。

1983年1月，摩西达叶被评为先进个人，出席了省卫生工作先进代表大会，其事迹还刊登在报纸上。在他离开乡卫生院的时候，那里已经有9名卫生员了，医疗环境也有了一定改善，他很感恩在那里工作的8年时间。

摩西达叶是个实干的人，调到县里上工作两个月内，就把32个乡镇卫生院全部走遍了，摸清了马边县的医疗底细。那时候正是马边医疗卫生事业开始发生比较大变化的时候，也就在那几年中，全县的公社卫生院改为了乡镇医院。彝族医生的配置也增加了，当地看病难的问题有了很大的改善。"自改革开放以来，县上加强了对少数民族医务人员的培养，把相当一批彝族青年男女送到医学大专院校深造。1980年，全县彝族医务人员27人，基本在本乡本土为本民族服务"[①]。

1984年，马边县培养少数民族医务人员33人。1991年，在彝族聚居的宪家普、温水凼两乡设乡卫生院，结束了少数民族聚居乡无卫生院的历史。到2002年，马边县已经有16个彝族乡卫生院，全县彝族卫生技术人员达到了64人。

"现在是乡乡都有B超，有X光机，三大常规的检查设备也是齐备的，真的是今非昔比了！"摩西达叶很感慨。

确实，彝族人过去有"病不服药"的习惯。用药也仅靠一些

---

① 《马边彝族自治县卫生志》，马边彝族自治县卫生局等编撰，2005年。

有特殊疗效的药物如麝香、犀角、蛇胆、黄连等来治病，信奉毕摩，医巫不分。随着现代医疗卫生知识的普及，先进医学已经逐步惠及彝族聚居区民众，这确是一个不争的事实。但当地的医疗变迁也经历了很多的曲折，在医疗现代性的输入上走过了一条极为艰难的道路。这是一个非常值得研究的医疗人类学课题，涉及彝族的社会、历史、文化等多方面的复杂因素，非本文所能概及。

在接受现代医疗的过程中，妇幼往往是最早的一个群体。在马边走访过程中，我又专门去了县妇幼保健院。这个院常年接收大量的彝族妇女分娩和治疗，每年有成百上千的彝族小孩在这个医院来到世界上。

过去，由于医疗卫生落后，马边没有"妇幼保健"这一说，直到1950年后才有了少数民族接生站。但实际没有多少人去那里分娩，一般的妇女都宁愿在家里自己生，不愿意求助于医院。1953年，马边县第三区的少数民族接生站在整整一年的业务中，做产前检查的仅6人，接生的只有1人，说明当地的彝族妇女还不能接受新法接生。但如今这一状况早就已经改变，在家中生产的仅为少数，因为科学的妇幼保健是健康生命的保证。

在这个过程中，县妇幼保健院无疑是一个见证。这个院的前身就是马边县妇幼保健站，成立于1952年，当时只有两名医务人员，1956年时也仅有3张病床；1963年，略有上升，有助产士2人、助员3人，仍非常落后。如今的县妇幼保健院坐落在马边新城南边，占地面积10亩，建筑面积8200平方米，医疗环境良好，是2002年被国家卫生部、世界卫生组织和联合国儿童基金会授牌的"爱婴医院"。

今昔确实不能比，现在医院的服务特点和方向也更为明确。院长骆琳告诉我，他们院处在彝族聚居区，更多是为彝族妇女儿童服务。在对常见病、多发病的治疗上，他们抓得多，要求也高，因为这在医疗条件欠发达的彝族聚居区尤为重要。

"彝族同胞看病有不少实际困难，特别是老一辈的人在语言方面有障碍，外出就医难。所以我们要提供平等的医疗服务，要多为彝族同胞排忧解难。"骆琳说。

如今，县妇幼保健院有个目标，准备创三级乙等医院。在四川88个曾经的贫困县中，这是第一家。提高医疗水准，改善医疗环境，让更多的人享受平等而优质的医疗服务，这不是惊人之举，而是代表了白衣使者们真正的理想。

第五章

百转千回路

一声『啊呀』，是惊喜，也是对新世界的呼唤。我相信，那时李伏伽的心中太渴望家乡有一条宽敞的大路了。

百里"挑儿客"

　　"禹贡梁州之域，为川省西南边界古僰侯国，蛮獠所居。商周及秦，散居山箐，各相统属。汉通西南夷，始置郡县，曰犍为，曰牂牁，唐曰马湖，明为马湖府领县。"

　　这是《马边厅志略》中对马边历史的一段记录。马边过去是非常闭塞的区域，直到明末才被真正纳入王朝治理的范围内，而造成这样的情况实是因为地理位置的偏僻。这座位于小凉山麓的边城，崇山连绵，道路梗阻，历来为商旅望而却步之地。也因为此，过去人们对马边"形胜"的描述中都充满了蛮荒的色彩，如"江流陡险，山箐崎岖"（《通志》）、"地狭民稀，山高水急"（《旧志》），而这样的情形直到民国时期都没有太大的改变。

　　1935年，军人出身的余洪先到马边当县长，他在给四川省民政厅长薛佑的信中，讲到了他眼中的马边："此中人民，分为四种，一为逋逃避案之莠民，一为投荒谋食之苦力，一为投机图利之奸商，一为纯粹本籍之土著。四者之中，以第四种为最少，于是形成两种社会，一为蠢如鹿豕之山农，一为狡猾无赖之市侩。"（《马边纪实》）造成这样的社会局面，其中一个重要的因素就是交通条件。山高皇帝远，马边犹如一个化外之地，所以让走马灯似的流官们也多有感叹："抚驭番民，职责繁重。"（周询《蜀海丛谈》）

当年，余洪先很想有一番作为，也拟定了治理马边的方略，可以说他是马边民国历史上非常有想法和魄力的行政长官。在建设方面，他最为重视的是交通，因为在他来之前马边没有一条好路可走，明朝汪京时代修的叙马驿道几经变故，早已荒芜。所以，余洪先首先是想恢复"马雷故道"（即马边至雷波道路，叙马驿道的一部分），因为这一段场镇较多，市廛繁富，"开采银铜铁铅诸矿，贩运药材山货者，往来便利，富商大贾，一时麇集各场"（余洪先《恢复马雷故道之意见》）。他有经济眼光，也有"要致富，先修路"的思想，但在当时的马边，要修路实在是太难，仅"汪公路"一段就"一面凭高崖，一面临深沟"，让人望而生畏。

余洪先在任上也修过一段路，并认真做了预算，作为当时马边县政府的一项重要工作来搞。

> 由马边城经下溪至荣丁接壤一段，长四十五华里。每华里合一百八十旧丈，平路每修一丈，需土工一个；每修二旧丈，需土工二个；山坡路每修一旧丈，需木工二个，石工十五个。又此段中间须增筑木桥一座，需石工一千个，每修三旧丈，需木工一千个。[1]

---

[1] "马边峨边线工程预算表"，《马边纪实》，余洪先编著，马边县政府发行，1937年。

这段工程是利用冬季义务征工来修建的，征工的对象是18岁到45岁之间的壮丁；筑路工具是"铁锄、扁担、撮箕、绳索等"，且由民工"自行携带备用"。但这样的装备和能力能够修出什么好路来呢？

对路的改变并非始于余洪先，其实早在1928年马边县就有修路的打算。当时，刘文辉的二十四军改组雷马屏峨屯殖处，以开发之名倡导修建雷波、马边、屏山、峨边互通的"四县马路"，还正式成立了马路局，按年划拨8万元来实施这个宏伟的目标。计划中这条长约1500里的马路分四期来兴修，但热闹了一番后就偃旗息鼓了，"惜仅完成犍为至沐川之一百余里，既无车通，又无货运，徒壮观瞻，充建设之招牌而已"（《马边纪实》）。

如果真的修好了"四县马路"，小凉山的交通肯定会为之一变，这对马边是非常有利的事情。但是蓝图归蓝图，现实归现实，那时，想改变交通状况的不仅是马边，其邻县峨边也很渴求。峨边与马边接壤，有地缘上的交接，峨边最早的行政官员就是从马边派过去的，"将马边厅通判移驻太平堡，作为峨边抚夷通判"（《峨边县志》）。那是在清嘉庆十三年（1808），峨边设治就始于此时。所以，它就想与马边保持一种行政上的紧密联系。但两地来往实在不易，要见一次面都得六七天时间，非得把腿走断不可，"倦客已疲千仞岭，余程犹指万重山"[1]。

其实，峨边与马边之间只隔着一座药子山，过去有大小两条道，大道走峨眉、龙池、苏稽、乐山、犍为、利店到马边，绕了一大圈，计程"六百三十五里"；小道则走沙坪、毛坪、铜街

---

[1] 清嘉庆六年（1801）马边厅通判周斯才《水碾坝》中诗句。

子、茨竹坪、荣丁到马边，也有"四百二十五里"之遥。于是，人们就想有一条便捷的通道实现两县的互通，这就有了"峨马通道说"。这条设想的路由峨边县城出发，走梯子岩、万石坪、石笋冈、塞水坝、三河口到马边，共"三百一十里"，这样就可以缩减一百多里的路程。但要修这条路耗资巨大，只好寄望于"领土之有开辟主权者"，于是就白纸黑字地写在《峨边县志》中，等待有朝一日能够遇到有识之士，也就是要找到出钱出力的人，不然一切皆为虚妄。方志是记载历史之用，把现实的期待写进去实属罕见，足见人们对修路的迫切。

余洪先在任上的1935和1936两年中，对公路桥梁的建设有没有贡献呢？我翻遍了当年的历史文献，在1937年刊印的《马边纪实》中找到了下面的零星记录。

民国二十四年（1935），修筑犍马公路，由县城自赶场坝之一段，长凡十五里，尚未竣工。

县城外南之泥渊沱地方，每逢夏季水涨，不易通过，特建木桥一座，以利行人。

本年四月前往查勘马河滩口，至县城外北起，下达屏属洋溪口止，业将查勘情形及疏导工程计划书、经营概算书呈核。

民国二十五年（1936），第一期培修自县城至下溪上溪，经夷地接峨边一段，均拟于秋收后，实施义务征工办法，将旧道加宽修筑，以为峨马之驿道始基。

山道上的驮马。它们仍是小凉山山区一种特殊的运力。

由此可看出，修建之缓慢和成效之低是显而易见的。到1937年全面抗战来临，形势更为错综复杂。余洪先看难有大的作为，就调整了计划，想把县城通往各垦区间的乡道修好。虽然很无奈，但乡道其实也很重要，他要求"务须修理完竣"。然而，这乡道小得可怜，"宽窄以能对过驿马为度"（《马边纪实》）。

过去，乡道实际是马边通往外界的商旅干道。李伏伽在其自传体小说《旧话》中就有回忆："外来的小商贩和'挑儿客'，他们由犍为县清水溪贩运或帮人担运山里用的盐布酒锅，洋广杂货，一路翻越鸳鸯二坡、安蔡二山、卡房坡、麻路冈、观音岩、分水岭等大山陡坡，用三五天时间，经过二百一十里，到达马边。然后，再由马边把山里出产的茶叶、笋干、五倍子、牛羊皮等山货担出去。"

其中说的安蔡二山，指的就是安家山和蔡家山，那是在过去让人望而生畏的两座大山。嘉庆六年（1801）的马边厅通判周斯才有《安家山》一诗，其中写道："石级依云上，盘旋绝顶行；轻涛聆古木，清韵辨啼莺。"诗句很轻盈，步履多沉重，行路之艰实非文人雅意所能掩饰。

"挑儿客"就是穿行在通往马边路上的商旅们最真实的形象。通过他们的背影，则是马边行路难的漫长历史记忆。

在马边交通史上，汪京是建城之后最大的功臣，但那已是"明朝那些事儿"了。近代，在对马边道路交通的建设上，余洪先也有过大胆的想法，"疏导马河案"就是他最早提出来的。

水道看似是天造地设，可以大加利用，但其中的情况还颇为复杂。古代马边河上虽然一直有船，但都是小舟和筏子，主要是渔猎为主，很少用于商旅。直到1956年正式通航后，马边河上的船只才真正有了商业价值，但效率仍然很低，来回一趟至少需要一周时间，除船员外仅仅只能搭载两名乘客；同时，搭乘的人还有严格限制，只有残疾、老弱、孕妇、病人等步行困难者才有坐船的待遇，其他的人还是只能走路，翻山越岭，不辞辛苦。

1937年，为了疏导马边河，余洪先起草了函文，想从省里争取一点资金。"去年曾经拟具计划，请省府查核施行，嗣以畅疏行船经费过巨，迄今搁未实现，而马河货运，为开发大小凉山先决问题，刻不容缓。"（《马边纪实》）

马边县政府在给四川省报经费预算时，可能是预先考虑到了经费极难筹措，多要无门，只好少要点，开口自然也极为"羞涩"："马边城至清水溪，四百余里水程，中有平滩三十二处，稍事疏导，即可通达。约计需洋一千元，即足敷用。"但问题是，一千元就可修整好马边河？当时的一千元大概可以买五千斤大米，相当于一百个工人不到两个月的口粮（按每人每月三十斤计算），这还没有算动用船只、使用炸药的钱，显然是捉襟见肘，经费支绌。

最后，余洪先的设想全部成了泡影，因为在后面的十多年中，战争和饥饿交织，每一个人都挣扎在生存线上，改变交通实际上已经成为次要的事情。到1950年底，整个马边地区的道路交通几乎没有任何改变。

这是历史的分水岭，过去的也就"俱往矣"了，人们要看的是后面的发展。

由于之前的道路没有得到真正的改善，1950年后的交通形势就显得比较严峻。马边地处山区，地理状况错综复杂，匪患仍有残留，治安形势并不稳定，改变交通现状就提上了日程。在1952年和1953年这两年中，驻防马边的部队修了三河口到挖黑的驿道，新政府又修了大院子到马边城、马边到沐川火谷山的驿道等，加起来有约300公里。1956年马边河经过疏导后（马边城到清水溪段）通航；从1957年起，又对马边到屏山沙滩（马沙公路）进行测量和修建；而马边河上游（马边城到峰溪河口段）也疏通了23公里，于1958年正式通航。

这样一来，马边的道路交通才略微出现了一些转机。

但是，从1955年到1958年之间，马边的干线公路建设还是没有大的起色，更多是修修补补，而这期间主要是修乡村之间的村道。马边在1950年底解放之后，由于受政治大环境影响，在翻天覆地的社会大变革中，修路并没有成为一地迫切需要解决的问题，因为这可能被认为是认不清政治形式而受到批判。1957年，马边县县长潘光杰就因为提出应扩大多种经济作物的比例而被打成"右派分子"。

当修路需要服务于经济建设时，又遇到了1958年的"大跃进"。当时，为了让农业生产突飞猛进，马边县修了一些索道、滑道、木轨道、架车道等，这些简陋的小道小路对山区交通状况有一定改变，但对马边的枢纽交通并无真正的促进。最能反映这些道路状况的是运输工具，从1957年到1959年，马边全县"共发展有架车、鸡公车（包括专副业及城市机关、居民使用的）950部，驮马11匹"①。在今天看来这根本不是什么进步，原始落后依旧。

---

① 1959年5月25日，马边县委交通科《马边县建国以来十年的地方交通运输发展概况总结》，原件存马边彝族自治县档案馆。

　　数据更能反映真实的情况。从1950年到1958年，马边县的运输量的增长情况如下：

　　　　1950年，全年运输量为696吨；

　　　　1951年，全年运输量为684吨；

　　　　1952年，全年运输量为703吨；

　　　　1953年，全年运输量为754吨；

　　　　1954年，全年运输量为772吨；

　　　　1955年，全年运输量为974吨；

　　　　1956年，全年运输量为1123吨；

　　　　1957年，全年运输量为1249吨；

　　　　1958年，全年运输量为24359吨。

　　这些数据来自1959年马边县委交通科撰写的《马边县建国以来十年的地方交通运输发展概况总结》汇报材料。

　　其中，1951年的运输量比1950年少，主要是马边处于肃反时期，社会持续动荡。而1958年比1957年增加了近20倍却有些不寻常，这是因为进入了"大跃进"时期，开始刮浮夸风，数据造假是普遍现象。但就算1958年的运输量是真实的，也非常低下，如果跟2006年全年196万吨运输量（据《马边彝族自治县志1994—2006》数据）相比，仅仅是它的八十分之一，相当于2006年4天多的运输量。

　　一比较总会让人感慨万千。如果拿1950年的全年运输量相比，更是不可思议，它仅仅相当于2006年一天工作时间中一个小时的运输量！

通过上面的数据，我们可以看到20世纪五六十年代马边的经济和社会发展状况。民生凋敝，百废待兴，这就是中华人民共和国成立初期最真实的马边。

1958年这一年，中共马边县人民委员会拟定了一个从1958年到1967年的10年地方交通规划，道路建设上主要体现在公路、架车道、驮马道三个方面。那么，这个"十年交通规划"究竟有些什么内容，又是如何实施的呢？

公路实则是砂石路面的简易公路，也就是低等级道路。在当时，每年能够修上几十公里公路已经叫飞速发展了，而实际是因为经费困难和劳动力的缺乏，修建公路仍是一个遥远的梦。

所谓架车，就是可以用人力拉的两轮木架车，能够载三四百斤的货物。架车道路宽不超过两米，基本不使用砂石，仅仅是将路面铺平而已，但一到下雨天就泥泞不堪，再经碾压就变得坑坑洼洼。这种路很容易被山洪和泥石流冲毁，如果再经杂草一掩盖，几不留痕迹，也可以叫神秘消失。

不过，木架车道是马边运输史上的新鲜事物。1958年，第一条木架车道是从马边城修到劳动乡，上半年测量，下半年利用农闲去修，按当时的计算也不过二三十里地，却是一年的计划。到1965年，全县有架车300多辆，这几乎是马边陆路运输的全部家底。而且，木架车在当时的马边已经是比较先进的运输工具了，相比用背篼、背架子那种全靠人力的原始运输方式，已经进步了不少。

驮马道古已有之，但比架车道落后，无异于羊肠小道。不过，驮马道在山区运输上很实用，是当时比较重要的交通通道。直到今天，在有些偏僻的山区，驮马道仍然在使用。修建驮马道也不易，到1958年马边县也仅仅规划了四条驮马道，其中一条是从黑啰啰到峰溪河口，这是因为那里有小型开采区，要解决运输问题。后来又有一些增加，但仍然不普遍，仅在少数地方才有。直到1965年，马边县在规划驮马道时，才大胆地提出"属高山、悬岩地区，应将原人行道改驮马道"①。需要注意的是，兴修驮马道居然是马边当时为了实现第三个"五年计划"，形成地方道路网中的一部分，而且还是"很有困难的"，只有依靠"党的正确领导，党委的支持和广大人民的建设热情，这些困难才是能克服的，会实现的"②。

从"挑儿客"到"驮马道""木架车道"，马边交通从1950年开始后的10年中，仅仅解决了一个可以不用肩挑背驮而能利用简陋交通工具的问题，交通道路的状况并没有得到实质性改变，运输仍以畜力和人力为主。当然，这并不只是马边一个地方的状况，当时整个中国的交通状况都非常落后，只是马边因为地处西南山区，更为典型而已。

没有公路，马边仍然是小凉山麓一座非常封闭、落后的小城，道路状况就直观地反映了全县10多万彝汉民众落后生活的艰难困苦。在那个时候，仍然有很多人祖祖辈辈都生活在大山之中，没有走出马边，也没有看到过汽车；而走出去的只是极少数的人，他们因为打开了眼界，走进了外面的世界，往往成了人生的幸运儿。

1924年秋，从来没有离开过马边的少年李伏伽要去泸州读

---

① 《1958年至1967年马边县地方交通规划（草案）》，原件存马边彝族自治县档案馆。
② 同上。

书。他从城里出发，跟着大人翻山越岭，经过了三天的跋涉才走到了靠近岷江河边的清水溪镇，而他的人生就是从走出马边开始的。李伏伽在《旧话》中写道：

> 连续三天，我们都在山里上上下下，左旋右旋。我一跛一跛，走得很艰难，串带虽不再折磨人，但草鞋到底把脚后跟的皮打破了。
>
> 最后一天的下午，当日头西落，我们走到九井坳口，我觉得眼前一亮：好一片大平坝子！
>
> 我不由得惊呼："啊呀！"
>
> 张运斌指点说："这就是犍为县清水溪坝子。山路走完了。这以后，上走成都，下到重庆，都是平阳大坝，路就好走了。"

一声"啊呀"，是惊喜，也是对新世界的呼唤。我相信，那时李伏伽的心中太渴望家乡有一条宽敞的大路了。

通往边城的路

　　从1950年到1960年，10年间，马边太想有一条通往外界的公路了。

　　当时，马边最想的是修通全长58公里的马沙公路，因为这样就可以连接上宜宾和乐山的道路。但是，马边方面虽然积极完成了县境内39公里的公路修建，可屏山县方面到1958年都还迟迟没有动工，一直拖延。修好的路不能弃之不用，便只好在"公路上跑架子车"，但由于那年雨水特别多，塌方不时发生，马边又不停地找人养护，车没有通，人力财力已经花费了不少。路不能白白地修了一段就半途而废，于是找省上来调解此事，但那一年的工作总结报告就不太好写，成绩还是要说的，便报告发明了17种"先进工具"[①]，其实就是改进了些肩挑背驮的东西而已。

　　熬到了1959年初，转机来了，国家同意拨出专款来修建沐马公路（沐川至马边）。马边县开始全力以赴修建这条路，马沙公路就只好暂放一边。后来沐马公路成了第一条修成的向外的公

[①]　1958年马边县人民委员会《交通运输情况》汇报资料，原件存马边彝族自治县档案馆。

路，也是马边与外界最重要的干道，而马沙公路则一停多年。

关于沐马公路，值得回顾一下历史。实际上，早在1946年国民政府时期，马边县就召集地方法团及士绅开过一次会，商议沐马公路的修建问题，这应是马边有史记载的最为正式的一次修路会议。会议讨论出了一条合适的线路，决定从马边县城北门关开始，途经"复兴乡至沐川县属石梁乡而达利店"①；并拟定了《马边县修筑沐马公路委员会组织规程》，县长王子野担任主任委员，由四川省雷马屏峨沐垦务管理局技士徐子轩、马边县政府第三科科长郭雨浓、沐川县政府技士简绍雍三人带队，对沐马公路进行了踏勘，绘制了线路草图。与此同时，又主动向四川省政府申请资金，两县均在积极准备投入建设，一切都在紧锣密鼓地进行中。但雷声大、雨点小，热了一阵之后，事情居然没有了动静，最后是连半里路都没有修成。

这一搁置就是10多年，马边仍然没有一条公路，所以当中华人民共和国成立后，沐马公路修建正式启动之时，它重新点燃了马边交通的希望。当时，按照计划是在1960年通车。为了这条路，马边举全县之力，迅速组织了大量的人力筑路，不愿再失去这一次机会。但不幸的是又遇上了粮食困难时期。"由于1959年至1960年粮食大幅减产，上报的却是'大增产'，因而导致征购任务偏高，在完成1960年秋粮征购任务1199万公斤后，农村普遍缺粮。实行'低标准，瓜菜代'造成肿病流行，人口减少"②。粮食严重缺乏，饭都吃不饱，饿着肚子怎么修路？

---

① 1946年9月24日《马边县修筑沐马公路座谈会记录》，原件存马边彝族自治县档案馆。
② 《马边彝族自治县志》，成都：成都科技大学出版社，1994年。

20 世纪 80 年代，修路的马边苗族姑娘们。

在如此困难的情况下，沐马公路还修不修呢？

1959年，年仅21岁的何光兴参加了沐马公路工程，他是这条路的修建者之一。2022年3月的一天，在马边我见到了已经84岁的何光兴老人，他给我讲起了那段艰苦的修路经历。

当时，何光兴初中毕业回到公社务农。沐马公路开建后，生产队便派他去参加劳动，他是公社里的青壮劳动力。筑路民工编为三个中队，每个中队有两三百人。劳动很辛苦，每天要干10个小时，一大早就要上工，干到天黑才收工，晚上去附近老百姓家中寄宿，都是打地铺，两个人盖一床铺盖。因为是下力活，民工的饭量很大，当时正是粮食最困难的时候，根本不够吃，都到了吃野菜、树皮的地步。

"当时有米吃吗？"我问。

"哪有米？但民工的待遇比在生产队好一些，还有苞谷粑吃，也要算工分，所以都争着去修路。那时候，不少地方都在吃'康复丸'，就是羊粪与麦麸合在一起打成粉的一种丸子，那东西吃了屙不出屎来！"他说。

为了保证筑路民工的口粮，马边县政府专门下文，协调指挥部、粮食局和筑路区队，要求"各区民工自带粮应在当地按定量交给当地粮站，按品种质量转移，不作购销关系，不付现金，不计价转入公路沿线，不折不扣按数在粮站取粮。不足部分和差额应由国家按规定量补足"[1]。这在当时是件不简单的事情，解决了民工饿肚子的问题，保证了筑路大军军心不散。其实，这是缩紧了更多人的肚子去保路，渴望通车甚于保命，人们可能想的是

---

[1] 1960年7月马边县人民委员会《关于筑路民工口粮问题的通知》，原件存马边彝族自治县档案馆。

路通了，一切都会改变。为了一条路，马边确实是豁出去了，但这是用更多人的饥饿换来的一条路。

"用最原始的工具开山破土，进度很慢，就像蚂蚁在一点一点蚕食。"何光兴说。

当时修路基本没有机械的帮助，没有铲土机、推土机、拖拉机等现代工具，全靠钢钎、锄头、二锤、十字镐来挖掘石方，运输是用撮箕、筬笿、鸡公车、木轧车等，完全是肩挑背驮。他们就是现代移山的愚公。

1973年，一个当年到马边支边的知青参加过修筑莜坝一段公路，晚上睡工棚，"同几十个农民一起，睡苞谷秆谷草搭的连铺"。这个网名叫"冷月无声"的老知青回忆当年的筑路情景，可能是太刻骨铭心，还写了首打油诗："二锤飞虎口，碎石炸云霄。赤膊抓衣虱，明珠抢肉臁。"

为了说明诗中的"肉臁"为何意，"冷月无声"又写道："上级政府特批修公路每人每月供应两次猪肉，一次一斤半。记得第一次饱餐特批肉，我同三名知青与四个农民八人一桌，十二斤巴掌厚臁口肥肉。四个知青风卷残云，抢吃完后，还剩小半木盆回锅肉油汤，每人又加半斤苞谷面面饭，一人两汤瓢油，吃个精光。"

何光兴劳动很卖劲，很快就当上了笆笆店段的中队长，这是拼出来的。其实，当时每个人的建设热情都是很高的，觉得这是一件大事，如果马边通了公路，也许就不会穷了。这一干，就是两年。

有了路，就可以考虑车的问题了，马边县的财政预算中很快就有了购车计划。1960年12月，马边运输公司采购了"畜力、人力架架车40部，投资8740元"①，这一切都是为将来的道路修成后准备的，但一部汽车也买不起，全是原始交通工具。公路修好后，客车是省属汽车公司的，最早是两天一班，运载量极为有限。

马边自己有客车要等到1984年，第一次仅购回了两部，运力远远不足，来回马边的人都要排队等票，遇到春节要等一周以上。马边县最早的汽车是一部美式吉普，是1965年由乐山专署拨给县委的，那是全县唯一的一台车，当然那也不是给普通人坐的。尽管有了路，汽车却是稀罕物，山里的孩子常常要跑到公路上去看车，看那些喘着大气爬坡的家伙到底长得啥样子。别说汽车，连拖拉机也是1970年才在马边出现的，那些"嘣嘣嘣"的声音在山谷里跳跃、回荡，简直就是当年人们的"诗和远方"。

1961年2月，何光兴迎来了人生的一个转机，他在修路期间报名参了军，那时沐马公路竣工在即。实际上沐马公路在这年3月就通了车，但因为当兵，何光兴并没有享受到沐马公路的好处。在他穿上军装的那时，新兵仍然是步行走路出的马边，中途在清水溪住了一晚，第二天才赶到乐山军分区，这是他第一次走出马边。这一去，何光兴就到了西藏，在那里度过了一段漫长的军旅生涯。

沐马公路正式通车后，马边县请来了两名跑过川藏公路的驾驶员试车。当时的场景颇为戏剧，每个修路连队都备了一根大绳子，如汽车出现凹陷的情况，就用绳子拖。就这样边推边拉，车子开到了马边。这是一件轰动全城的大事，很多没有见过汽车的

---

① 1960年12月9日《马边县计划委员会批复运输公司基本建设计划》，原件存马边彝族自治县档案馆。

人从很远的地方赶来，为的是一睹汽车的"芳容"，马边人终于喜气洋洋地看到汽车了。

通车那天是星期三，汽车开到马边时，道路两旁早已是人山人海。这无疑是开天辟地第一回，有人就豪情万丈地写了首诗："星期三汽车通马边，从此山区通平原。铁马飞奔群山间，人人好喜欢。"

当兵近8年，何光兴很想念家乡，但中途他只有一次探亲的机会，那已经是1965年。当时，他是走川藏公路回到的马边，毕竟离开了几年，回乡之路充满了兴奋和期待。在何光兴的回忆中，那次回到马边，沐马公路早已全线贯通了，坐在通往马边的公共汽车上，他感慨万千，沿线的道路是他熟悉的，他曾为这条公路流过汗。但回乡的路并不平坦，一路颠簸，车把人抖得昏昏沉沉的，结果在路上他打起了瞌睡，摇摇晃晃中，竟被前排的座椅撞出了鼻血，这件事他几十年都没有忘。

何光兴说，沐马公路实在太烂了，到处坑坑洼洼，"比当时的川藏公路还差"。

沐马公路全长74公里，马边县只修了25公里（马边至雷打石界桥）。通车后，仍然是"畜力、人力架架车"在上面跑，全年的运载量才5000吨，根本就没有现代货车运输。客车运营也是到了1963年3月才有，全年载客量仅5400人，每天平均15人。那时候，能够进出马边的大多是公务办事人员，全县可能有90%以上的人一年坐不了一回车，所以1964年才计划达到6000人 [1]，每天仅仅增加了不到两个人。

---

[1]　1963年9月17日马边县计划委员会编《马边县运输和邮电计划》，原件存马边彝族自治县档案馆。

但就是这样一条简易公路，马边县也倾尽了财力，共花了37万余元，这在当时不是笔小数字，都是地方自筹资金。关键是，本来计划的援助项目资金，路修好后的3年中都没有收到上面的一分钱拨款。不过，就在这样的情况下，因为有了沐马公路，马边的粮食、盐、煤炭等重要物资就有了一定的流通，其中粮食外运是最主要的，每年有3000吨，而盐是采购回来，仅有200吨，煤炭才只有500吨。这几乎就是马边全年的大宗物资了，它们构成了马边最早期的物流线。

1968年，何光兴转业回到马边，但沐马公路路况仍然没有改变，一路颠簸，"这回不敢再打瞌睡了"。这条路的路况让他有些心有余悸。

作为一名转业军人，何光兴分配到地方可以有不少的选择，但命运常常与人作对，他回到马边后，被安排的工作恰巧就是到养路队。当时他很不情愿，修路的艰苦他是品尝过的，但领导对他说，正是因为他过去修过路，所以到养路队去工作是最合适的。何光兴只好服从组织的安排，从此他就与路联系在了一起。

第一天去报到给何光兴的印象很深。养路队的办公地简陋得不成样子，房屋就一间，"烂兮兮的，连张像样的桌子都没有"！关键是，房子太小，开个会，人只有在外面的屋檐下挤；一下雨，全部的人都望着雨帘发呆。

养路队的工人大多是临时工和返乡知青，工资很低，每月每公里只补助10元钱，很多还是义务性质，没有多少人愿意干这个又苦又累的活。养路队只有几十号人，人少经费却严重不足，大家都望着何光兴，要他拿办法。何光兴初来乍到，什么都不熟，两眼一抹黑。他心里也在说：我又不是孙猴子，扯根汗毛一吹，就能把这个烂摊子变成花果山。

但几年后，养路队就有了一些改变，养路经费逐年有所增加，又修了职工宿舍，建起了两楼一底的办公楼，安装了电话。职工也在增加，全部人员归档管理，关键是在莜坝、官帽舟等6个地方建起了道班，每个道班配备了8至10个人，养护公路网在慢慢形成。

马边的公路建设仍然是严重滞后的。从1961年沐马公路修成，到1983年长达22年的时间中，整个马边的公路状况并没有太大的变化，全县总共才修建了220公里路，也就是说每年只修了10公里路。这220公里中还包括了62公里乡道，省道仅25公里，县道100余公里；而那25公里的省道实际就是沐马公路的马边段，这是唯一的升级，由以前的简易公路转变而来。

沐马公路虽然是马边境内最重要的干线公路，在现在看来仍然是条等级不高的公路，最窄的地方仅3米，超限弯道有67处，且排水系统极为不良。由于道路状况极差，晴通雨堵，一堵就是几个小时，车子排成一条龙，驾驶员常常当"山大王"。

到了改革开放初期，经济开始复苏，公路的重要性更为凸显。但这时的马边公路总体状况是什么样的呢？1984年8月，马边县计委、马边县工交局在《关于金沙江下游国土开发中马边公路建设规划的说明》中是这样评价的："已建成的公路中绝大部分不符合交通部颁布的《公路工程技术标准》，坡度大，弯道小，路基窄。滑坡、泥石流等病害多，路况极差，运输效益低、成本高，事故频繁，易造成公路堵塞，养护管理也困难。"

1983年是个特殊的年份，整个中国改革开放的形势如火如荼。马边作为一个少数民族偏远山区县，比起全国的发展水平显得更为落后，县域经济发展速度非常缓慢。为了实现"七五"计划，马边县制订了1984年工农业总产值达到1亿元的目标。实际上，1983年才4461万元，这个目标需要增长一倍多。人们算过一笔账，如果要实现国民经济各种指标，马边每年调进调出的物资就要达到63万余吨，按每辆车载重4吨计算，要拉将近16万车次才能完成，也就是每天要昼夜行车近438次，并保证365天畅通无阻。

显然，马边的交通现状是达不到这个要求的，怎么办呢？必须要实施新的公路发展计划，也就是修建新路，改造老路，护好旧路。就在这一期间，马新公路（马边至屏山新市镇）、马三公路（马边县城至三河口）、双大公路（马边双溪至大竹堡）等公路的新建和改造开始实施，马边的公路交通建设逐渐进入了快车道。

重点还是放在沐马公路的改造上，这毕竟是马边的第一条出境公路。与此同时，犍马公路（马边至犍为县圹坝）的构想应运而生。犍马公路实际是在沐马公路上改线新增的一段，过去马边到犍为县圹坝有113公里，而改道后顺着马边河而下到犍为圹坝只有97公里，路程缩短不说，且不用去翻大山，运输效率大大提高，其最大的价值还在于沟通了马边与岷江的水运，这是一个有前瞻性的思路。

也就在这个过程中，何光兴被调到其他单位，暂时离开了养路管理工作。但到1983年时，组织上又让他回到了县养路段工作，因为当时两个副段长同时要退休，没有合适的人来顶替，便想到了他。何光兴并不想回去，好马不吃回头草，何况养路段的工作也不好干，所以在思想上他是抵触的。

"养路段就是个穷单位，工人也不好管，年轻人不安心工作，管理压力大。"

这些困难还不是最困扰他的，何光兴还有段伤痛的记忆。当年在石梁子进行养路施工，因为下雨，他们的施工人员开着翻斗车去买雨衣。正行进在路上，一个小女孩突然横穿公路，由于刹车不及，直接就撞了上去。得到消息后，何光兴一下就蒙了。

"现场太惨烈了！经过那件事后，头发都白了不少。现在想起都后怕，我是不想再碰路了。"

有路就会有交通事故，但伤害总让人痛心，一说到路，何光兴就本能地想回避那些惨痛的记忆。但组织上反复给他做工作，一定要让他去负责，他感到再不去，恐怕要受处分。受了处分，"不光荣"。那时的人太朴实，看重面子。他最后还是同意了，但有一个条件，只干3年。

从1983年开始，由于公路交通的发展，养路工作也变得更为重要。马边养路段配备了汽车、拖拉机、柴油车、推土机等设备，人员也增加了不少，到20世纪90年代已经有职工100多人。路政管理也在1983年启动，公路实行留地登记，设立了公路界桩，公路违章将遭到处罚，关键是养路费征收开始了，这样也就结束了公路管理荒芜的时代。何光兴本来说只干3年，然而这一干就是15年，直到退休。

何光兴后来工作的15年，是马边县公路发展最快的时期。主要干线基本完成，公路等级逐步提升，路面由过去的碎石路变为了水泥路、沥青路，甚至在公路两旁栽种了上万株的水杉、千丈树、苦楝树等。何光兴一生与路扭结在了一起，他的两个儿子也跟公路有关，一个在承包公路工程，一个在交通局路政队工作，参与了仁沐新高速公路的协调工作，如今又被抽调到了乐西高速公路项目上。

"我这辈子跟路打交道，看来是命中注定！"他说。

2021年初，仁沐新高速通了以后，何光兴老人非常兴奋，他坐上了儿子的车，要专门去看看高速上的风光。一上路，过去从马边到乐山4个小时的路程，一个多小时就到了，这缩短的时间让他好好琢磨了一阵。

在回来的路上，汽车飞驰在崇山峻岭之间。也许在这样的飞驰中，才能快速地翻阅山川的壮美画面。但他不断告诉他儿子："不要开快了，不要开快了！"确实，他要慢慢体会一下这条路，享受一下他自己漫长的记忆——那个突然降临的时空感，是如何与现实进行一次神奇的切换的。

筑路人生"纵、平、横"

　　看1950年以后马边的交通历史，明显能够感觉到有前后两个不同的时期，前面非常缓慢，后面急遽加速，而分水岭就在20世纪80年代，这是与中国在改革开放后经济快速发展的轨迹相吻合的。

　　20世纪80年代初期，沐马公路虽然早已修通，但由于先天不足，修筑投入少，道路状况堪忧。这条等外级的公路，沿路要途经三座高山，翻山越岭，早已不堪重负；堵车是家常便饭，且交通事故频发。由于当时马边的出境公路就只有这一条，去一趟乐山都要在路上耽搁一天，如果是开会就必须提前一天出发，不然很可能耽误会期。那时候油料供应比较紧张，由于路况差、油耗高，很多客运队都退出了马边到乐山路段的运营，行路难始终是马边无法根本解决的问题。

　　1983年，马边迎来了一个机遇，它被列入了金沙江下游国土综合开发区，马新公路（马边至屏山县新市镇）由此提上了日程。不久，在筹备期间就得到了360万元的投资，而省、市的相关建设经费也随即到位，前期工程开始紧锣密鼓地推进。

　　说起马新公路，马边人就头痛，实际上它就是1957开始修建的马沙公路（沙滩村是新市镇下辖的行政村），是条修了多年都没有修好的断头路。当年，马边县积极主动开修马沙公路，为的是能开辟一条外出的通道；但尽管马边方面盼星星盼月亮，屏山县方面却一直没有动静。20多年过去，这条路仍然没有通车，一代人的时间就这样白白地浪费了。

　　当时的马沙公路，断断续续修好的一段仅有二三十公里，只能到莜坝，路面坑坑洼洼全是碎石路不说，坐车要两三个小时，坐在车上简直就是折磨，颠得人头昏脑涨，全身骨头都像要散架似的。从莜坝到屏山县新市镇的那一段路还一直没有通车，只能步行翻山越岭。奇怪的是，这条路实际上在明万历十九年（1591）就有了，虽然那时不过是条一米左右宽的土路，但却是条正正经经的官道，可以骑马坐轿到马湖府。当时的老百姓称之为"汪公路"，这是为了纪念修路的官员汪京，他可谓功莫大焉，为马边修建了第一条路。但后来此路逐渐湮没于草莽之中，这跟清以后的行政区划的变迁有很大关系，马湖已不再是区域行政中心，清代马边划归叙州府（府治在今四川宜宾），这条道便显得不再重要。

　　1937年12月，马边天主教堂司铎汪波独自一人从宜宾出发，迂回经过屏山县、新市镇、中都、莜坝等地到马边，其实大体走的就是"汪公路"。他在日记中记录了旅途中的情况，旅店"房屋漏烂，跳蚤又多"，食物是"苞谷粑、稀饭和一点面"，"路是半干半湿的泥浆，可以淹足背，余着胶鞋三步一脱，两步一落"。这条路在民国时期改称为马新路，从明到民国时期，300余年时间，基本没有什么改变，完全就是一条泥泞崎岖的山道。

　　到了近代，虽然"汪公路"政治价值早已削弱，经贸价值却越来越凸显，假如马边能够与金沙江连接起来，便可实现交通和商贸上的跨越。遗憾的是，由于当年马边与屏山分属不同的地区管辖，也导致两县实现互通的构想一直无法推进，只能望山兴叹。然而，进入20世纪80年代后，特别是在马边被划入了金沙江下游国土开发范围内后，优质的自然资源等待开发，情况就发生了转变，人们相信新的机遇出现了。确实，一旦马新公路能够连通屏山县新市镇的金沙江水运码头，便可以把马边白家湾的磷矿石和药子山的木材运出去，这将成为马边与外界联系的又一条交通干道。

　　当年21岁的小伙子刘代明，就幸运地参与到马新公路的建设中。

　　刘代明出生于20世纪60年代，高中毕业后就参加了工作，那是1985年。那年正好金沙江下游公路建设项目部成立，要招收施工员，他就被招了进去；同时进去的还有10多个人，但大多是初中生。

　　"这个工作就是在山路上跑，日晒雨淋，就看你吃不吃得下苦。"他说。

　　刘代明的工作是测量道路。测量工作都是在野外进行，根据1∶50000的地形图进行实地测量，遇坎翻坎，遇沟跨沟，遇水蹚水，跟西天取经的孙猴子差不多，一天下来，浑身酸痛。那时没有先进的仪器，像经纬仪、GPS定位仪和全站仪等都没有，只有罗盘、标杆和皮尺，全靠人工操作，每一个地方都要实地进行测量设计。

　　"二三十号人在山路上跑一天，要测上一公里都很难。"

那时候，他们往往是天还没有亮就出门了，5点一起床就要打着手电筒走，外面还是黑的，鸡都还没有叫。一般来说，测量地大都是在山里，每天爬山路就要几个小时，翻山越岭，跌倒、绊跤是家常便饭。有一次，刘代明背着仪器在山道上行走，突然踩滑跌落到了坡下。他死死抱着仪器，怕将它摔坏，自己却把腿摔伤了。

测量中，吃饭是个问题。很多地方没有人烟，中途没有吃的，所以随身要带上点干粮，以便充饥；而每天要干到天黑才收工往回走，真的是披星戴月。回到城里，也不能马上休息，常常还要加班，把当天收集的数据资料计算出来，要根据技术标准和要求，计算出合理的施工指标。

如何修好一条路，刘代明渐渐也有了自己的心得。他说修路其实就是找准三个字：纵、平、横，也就是路的纵坡、平面、断面。但要摆平这三个字也不易，需要流汗水、动脑筋。在路线的选择上，讲究对控制坡度的大小、公路横断面的取舍，特别是桥梁、涵洞等，这些都要通过实际调查才能得出。一条弯弯曲曲的路，是如何变出来的？按刘代明的话说，"路是我们最先踩出来的"。

1987年5月，马新公路顺利通车，这条公路成了马边县的又一条"经济发展的主动脉，经济交往的主干道"。立竿见影的是，马边当年最大的经济项目——与宜宾化肥厂的磷矿石供应协议很快正式签订，"沉睡千万年的地下矿藏资源将变为我县的经济优势"①。马边的磷矿几乎全部从这条路出境，在新市镇上船

---

① 《1986年马边县内目前经济发展趋势》，原件存马边彝族自治县档案馆。

20 世纪 60 年代，修筑马边公路的测量人员。

运出去。但对刘代明而言，他只是一个普通的建设者，是千百人中的一个。这是他参加的第一个筑路工程，见证了马边一段公路建设历史，当然这也只是他人生走出的第一步。

真正的考验在后面。1989年，刘代明又参与到"三马公路"的改造建设中。在同行的眼中，这三条是非常难修的路，被他们称为"驯服三马"工程。

所谓"三马公路"，就是马三公路（马边至三河口）、马铜公路（马边到铜街子）、马布公路（马边河口至布依卓）的合称，这是马边县实现县域公路网建设的三个重要工程项目。

其中最难修建的是马三公路。三河口离马边县城只有60多公里，却有6座高耸入云的大山横亘在前。从1966年开始到1980年，马边县为了修通这条路整整用了14年时间，而且还是分为两段来实施的。第一段是从马边修到河口，用了9年；第二段从河口修到三河口，用了5年。但第二段的修建极为困难，攻坚的地方太多了，光炸药就用了上千吨，整条路几乎都是靠炸开的。在县志中记载了这个过程："地形险要，深沟峭壁、岩石坚硬，路线多处于悬崖峭壁之上，工程相当艰巨。民工们组成一支精干连队攻克难关，采取飞线测量，悬崖空中打炮眼，手攀悬崖，脚蹬岩缝，强行开凿一道毛坯道。然后组织大队人马一步一尺地排险加宽，于1977年12月打通了最为险峻的油石崖，创造了马边筑路史上的奇迹。"①

马三公路虽然通车了，却付出了高昂的代价，40多人为这条路殉难。

---

① 《马边彝族自治县志》，成都：成都科技大学出版社，1994年。

10多年后，马三公路的情况怎么样了呢？最窄的地方仅有3米，超限纵坡有16段，超限弯道有32处。特别是每年一到夏天，被山洪一冲，道路就惨不忍睹，而要修复起来极其困难，常常都是处于不能通车的状态。所以在马边县的"八五"计划中，就想要把它改造为四级公路——不能因为道路的阻隔，让成千上万的彝族同胞被"紧锁在深山狭谷之中"。

这三条公路建成后，最初只是简易公路。据在马边交通局工作过的曲模拉叶回忆，由于地形复杂，山高坡陡，当年这些路上连解放牌敞篷车都少见，搭个车要等一两天。到了20世纪90年代，马边的公路状况是虽然干线道路基本修通，但公路等级低，多为碎石路面，车一过，灰尘洗脸，遮天蔽日。说得好听点叫"有路不畅"，说得不好听就叫劣等公路，而村里还根本没有公路。

已建路还需要改造完善，乡村公路更是需要大力修建，马边面临的公路修建形势任重而道远。而工作自然要落到像刘代明这样的筑路人的身上。为了修路，他曾经在彝族聚居区生活过8年之久，度过了人生中最艰苦的一段日子。

"哪里有工程就去哪里，到处打游击，没有固定的地方。"

1991年，刘代明到马边大院子稀泥沟驻点，管理高卓营地段的一段公路，他的工作是施工测量、工程管理都要全程参与。当时他的大儿子才3岁，没有办法，只好带着老婆孩子一起去，住在一个前不挨村后不着店的道班上。

没有电话，没有车，也没有电视。关键是没有电，晚上只能点煤油灯，上街打煤油都是件费劲的事情。道班一到晚上人就走光了，只住着他一家，单家独户的，晾晒的衣物经常莫名失踪，窗玻璃经常被飞石打烂，让人提心吊胆，老婆孩子也害怕。

"我就没有好好地睡过觉，从来都是半梦半醒的！"刘代明说。

由于信息不通，老婆回老家生第二个孩子时，刘代明一个星期后才得知。后来他老婆在工地上当保管员，小儿子才满两个月，只好送大儿子到附近小学读书，而全班只有他一个汉族孩子，听不懂一句彝语。

那时候，刘代明要负责三段路的修建和管理，一般是轮流去各路段检查察看。但他会把到苏坝那段的日期调到三、六、九赶场天，因为苏坝是个场镇，可以顺带买点食品。由于地方偏远，又是彝族聚居区，生活条件差自不待言，语言交流也不方便，刘代明的父母心疼儿子，每次去看他一家，常常要背去很多肉和蔬菜。

每天到工地上去，刘代明来回最少要走20公里以上，全靠步行，能不能遇到辆拖拉机搭一段要靠运气。有一回，由于工作原因，他回家很晚，天早已经黑了，但他还在坑坑洼洼的路上奔走。快要到家时，远远地看见妻子抱着小儿子、牵着大儿子在门口等他，那种望眼欲穿、可怜巴巴的样子，他的眼泪唰地就流了下来。刘代明告诉我，修路人有很多说不出的辛酸，但这件事让他终生难忘。

到了1997年，刘代明负责区段的道路基本已经修通，单位的领导看他实在太辛苦了，就让他一家回到了城里。因为离城多年，没有住房，当时单位分给他一套福利房，但自己要交两万元，他根本就拿不出来，干了15年工作就没有一点积蓄，最后是东拼西凑，贷了一万元的款才解决了问题。

　　虽然回到了城里，刘代明的工作并没有清闲下来。从1997年起，马边县又开始对之前的公路进行升级改造，对路面进行硬化，陆陆续续把主要道路变成水泥路和沥青路。特别是1998年后，马边县改造乡道，实施"村村通"的工作又提上了日程，刘代明自然又投入到了其中；此时的他通过多年的历练，已经成为一名公路建设的技术骨干，被提拔为交通局工程股的小领导。1999年初，三河口到二坪乡的道路（简称三二路）也修通了。这是一条地形异常复杂、工程量很大的公路，多年来都不敢轻易去动它，也就成了马边的最后一个交通死角；但通过他们的努力，终于把这个钉子给拔掉了，马边的交通才算真正告别了过去。

　　如今，刘代明在交通战线干了30多年，很快就要退休了。他参与了马边90%以上县级公路的测量、设计和工程管理工作，像他这样的老将已经不多。对于自己的工作成绩，他比较谦虚，认为只是"合格"而已。但他又感到问心无愧："马边的干线公路建设我都参加了，我对得起自己，也对得起这份工作了！"

　　看到马边公路建设面貌焕然一新，刘代明有很多感触。他告诉我，要改变一个地方的贫困面貌，修路是最关键的，有没有路实在是天壤之别。马边的每一条公路他都从头到尾走过，见到了道路通与没有通前后的乡村变化，他认为要扶贫，路是硬件。

　　确实，过去有很多彝族同胞连县城都没有来过，而路通了以后，他们可以赶车或是骑摩托到城里购买生活、生产物资，乡下同城里的距离缩短了，这对他们的改变很大。而改变最大的是思想意识，因为看到了外面的世界，他们的眼界打开了。如今马边不仅实现了"村村通"，还修建了"连户路"。政府采取了补助材料、农家自出劳力的方式，已经让马边80%的地方实现了邻里相通，而交通的便捷让看病就医等实际民生问题得到了基本解决。

　　"以前山区的百姓得了重病，要用滑竿抬到城里，可能还在路上就断了气；现在不一样了，坐车一两个小时就到了，这等于是在救命。"

　　2020年，仁沐新高速公路开通，而乐西高速正在建设中，环线高速也已立项，可以说今后马边的交通是四通八达，彻底变了样。就在我见到刘代明的那几天中，在乐西高速永红段，全线的第一座隧道在马边境内顺利打通。

　　刘代明正好经历了这一切，他是幸运的。让老刘更为欣慰的是他的两个儿子，他们都是随着马边的公路建设而成长起来的，如今一个在高铁上工作，一个学的是工程造价，在公路上当资料员，他们就是名副其实的"路二代"。

　　但在山区干公路建设，是一条没有止境的路，也充满了风险和挑战。2016年3月，乐山市公路局局长王川一行7人在峨马路（峨边到马边公路）检查道路情况，在马边沙腔方向突遇垮塌的山石，全部人员遇难。道路的背后是悲壮的行色，寻找每一条路的纵、平、横，其实也是每个筑路人在寻找的人生坐标。

第
六
章

大
风
顶
下

『我就喜欢山，待在山上安逸！』
他说。

那一刻，我相信他与大山已经融为
一体了，而远处的森林一定在静静
地等待着这个彝族『大胡子』。

一个老人眼里的"农业秘密"

2022年初春，我到档案馆查找1950年后马边的农业历史文献资料，无意之中看到了一份叫《四川省马边县农业生产高产志》的资料，是1959年编写的，反映的是1958年马边县"史无前例的农业大丰收"这一重大历史。"高产志"的前言中这样写道："（高产）揭开了农业生产的秘密，实现了全县彝汉区平均亩产粮食1076.62斤，较1957年增加2.71倍，低产县一跃而变成了高产县。"

我当时就被"揭开了农业生产的秘密"这句话吸引住了，但什么是"农业生产的秘密"呢？

其实，大家都知道那不过是段荒唐的往事。当时全国到处都刮起了浮夸风，在"大跃进""放卫星"那段时期，马边只是其中的一个缩影而已。实际上，在当时"人有多大胆，地有多大产"的思潮下，相比天津郊区新立村人民公社豪言水稻亩产12万斤，马边县连小巫都算不上。关于这段历史，在1994年版的《马边彝族自治县志》中是这样评价的："'大跃进'中，生产上强行推广脱离实际的'深耕''密植'法，搞'大兵团'作战，浮夸成风，使粮食作物大大减产。"

也就在这本所谓的"高产志"中，我看到了马边当年粮食"高产"之最的数据："劳动乡金星公社的早稻亩产1564斤，新民乡灯塔三社的中稻亩产3835斤，建设乡永乐公社的红薯亩产18734.81斤，双溪乡三分支试验田的旱玉米亩产5739.8斤……"

2022年3月的一天，77岁的李昭贵先生坐在我的面前。他是马边农业方面的老人，非常健谈，对马边农业这50年来的发展也是如数家珍。我们又聊到了那段荒诞的岁月，虽然觉得可笑，但他告诉我，如果换到现在就不一样了，那点产量根本就谈不上高产，因为如今的杂交玉米、水稻亩产在千斤以上是很正常的事，亩产千斤不过是平均水平。

"种三分地就可以够一个人吃一年。"他说。

回去后我真的在网上查了一下，看看是否属实。果然，就看到一篇新近的报道：2021年10月，在河北省硅谷农业科学研究院的示范基地，杂交水稻亩产达到1326.77公斤，创了世界最高纪录。也就是说，当年虚报的"高产"其实完全可能实现，如果拿马边劳动乡金星公社号称亩产1564斤（782公斤）来比，才到河北基地产量的一半多一点，相比全国的情况也仅仅是中等生产水平。但是，此一时彼一时，在那时盲目夸大就是严重的问题，就要付出代价，而今农业科技日新月异，把"谎话"变为现实，这也许才是"农业生产的秘密"。

为了更深入地了解当年马边农业的真实情况，我从地方志和档案资料中，找到了关于马边农业生产比较早的一些记载。我们先从民国时期的马边农村说起。

全面抗战前马边的农业状况是这样的：

马边农村，乃真十足破产矣。马边山多地少，农人通常懒惰，耕作功夫不到，方法不知改良，种子不知选择，收成先已减色。而外出交通，崇山峻岭，运输非常感困，一般农产品价格比外间低廉一倍，农人经年劳苦，不能自给，啼饥号寒，形同乞丐。[①]

马边是彝汉杂居，这里的农村主要指的是汉族聚居区。连汉族聚居区的农民都"形同乞丐"，彝族聚居区的情况可能更为困难。彝族聚居区主要以栽种苞谷、甜麦、苦荞、洋芋等为主，很少种稻谷。上面的文字记录基本反映了马边20世纪三四十年代的农村情况，饥馑度日，惨不忍睹。后面的情况怎么样呢？

为了更直观地了解马边农业的发展情况，我想用数据来呈现。以下的数据来自1994年版的《马边彝族自治县志》，均为水稻亩产数量。值得一说的是，这是马边自1950年后的第一次修志，反映的是半个世纪的历史，应该是比较真实的记载。

1949年，133公斤

1950年，112公斤

1956年，205公斤

1958年，259公斤

1961年，183公斤

1966年，173公斤

1980年，298公斤

① 《马边纪实》，余洪先编著，马边县政府发行，1937年。

1990年，457公斤

　　我们来具体分析一下这些数据。

　　1949年到1950年的产量，基本反映了马边在社会大变革前后的粮食生产状况，亩产只有100多公斤，跟1949年四川省平均亩产107.8公斤的水平相当，甚至还略好，但产量低仍然是明显的。在影响产量的因素中，种植技术是主要的，自然条件的因素也不小，丰歉由天。值得注意的是，1950年比1949年的粮食生产少了，这明显是受时局动荡的因素影响，而这少了的21公斤粮食正反映出了时代的细微之处。

　　到1956年，粮食增产显著，幅度还不小，几乎是在1950年的基础上翻了一倍，这是社会相对稳定，农业生产组织形式发生了变化的结果。我在一份叫《马边县一九五四年农业生产总结》的报告中看到了变化的关键原因：农村生产合作社成立了。

　　合作社是新生事物，在生产力极为低下的小农经济面前，它通过互助的方式，产生了一定积极的作用。具体来说有两方面：一是开垦上的成效，新增了不少粮食种植面积，如1954年马边全县水稻种植面积是107335亩，苞谷种植面积是107531亩，在1953年的基础上分别增长了8.4%和4.1%；二是农业技术的推广，通过集体宣传和鼓动，传播和指导农民使用先进的生产技术，在一定程度上促进了增产。另外，政府增加农业贷款、大力兴修水利等也起到了推动作用。从1956年到1958年看，稻谷产量是呈连续增长趋势的。

　　1957年，马边县看到农业形势不错，提出了一个开荒垦地9000亩的计划，想进一步推动农业发展；但在1956年前后，因为

"民改"，一些地方出现了叛乱，受到了很大的影响，只完成了800亩。"由于战争关系，丢了一部分荒，如向日坪乡就丢了近800亩左右，因此，只完成了播种计划的94%"[1]。但就在这种情况下，粮食总产量仍然保持了1956年的水平，约增加0.7%，这也看出粮食生产总体是向好的。

但在1958年到1961年之间，粮食突然大幅减产，后来人们把这一现象归结为"三年自然灾害"，实际是这中间出现了前面提到的浮夸风。这种状况一直持续到了1966年，当年的粮食产量还不如1956年，10年之中没有任何发展不说，还倒退了不少。

就在1966这一年，李昭贵从眉山农校毕业，支边到了马边。在他的眼中，当年马边的农业无异于刀耕火种，一直延续的是"烧土农业"，粮食产量很低，一遇到灾害，常常是颗粒无收。

所谓"烧土农业"，就是冬季砍荒后，将竹木、谷草一把火烧完，随即播种。几年之后，土地肥力出现不足，便弃之不用，另辟新地。这种"烧荒土"，每年只能耕种一季，而这样的农业生产，原始、落后、苦寒，延续千年不变。

李昭贵生于1945年，到马边那才21岁。作为中华人民共和国成立后成长起来的新青年，他学的是农业，理想就在广阔的农村。当毕业分配书下达后，他对从来没有去过的马边充满了憧憬，想把美好的青春奉献给小凉山。但现实很快就告诉他，那是个非常艰苦的地方，是一个内地人眼中的蛮荒之地。

还没有到马边，就给他上了第一堂人生课——他没有想到到马边的路竟然那么难走，前后足足用了11天时间。"光等车就等

---

[1]　《1957年农业生产计划草案的编制报告》，原件存马边彝族自治县档案馆。

笋子是马边的特产，图为彝族同胞打笋子旧照。

了一个星期。那时到马边的客车每天只有一趟，要排队等待，好不容易搭上车，要把人颠散架了都还没有到。"而沿途所见让他心寒，只觉背脊阵阵发凉，他到处看到的都是荒凉的景象，那种荒凉让人绝望。

李昭贵告诉我，当时的马边城在他眼里，小得"擦一根火柴都可以跑三遍"。他在招待所里住了两天，等待分配，而此时他终于明白了一件事，自己要在这里吃一辈子苦了。

李昭贵从平原浅丘地区来到了深山野岭之中，他见到的马边农业比川中腹地种植区要落后很多，因为那些地方土地平坦、水渠纵横，堪称鱼米之乡。而马边的粮食种植以苞谷为主，虽然山坡隙地皆能种，但山高坡陡，播种非常艰辛。玉米种下之后要薅草，那些谷叶锋利如锯齿，割得人生痛，农民的手脚皆黝黑粗糙；到收获之时，农人常常是在悬崖峭壁之侧，几乎匍匐在山坡上去掰苞谷，背负竹篾大背篼，重达一两百斤，烈日之下，汗珠大颗大颗砸到地上。

马边山区土层薄、乱石多，开垦不易。农民为适应山区耕种，不用扇形铲锄，而采用挖锄、弯刀等农具。彝族聚居区比汉族聚居区的耕种工具要小，就是地形崎岖逼狭使然。

过去，马边流行轮荒地，烧荒种地仅仅能够换得几年的收成，越种地越瘦，而后又要丢荒，收成自然低下。农业种植落后就不说了，而农业的副业——畜牧业——更为落后，基本就是"放敞猪"，不喂饲料，任其荒养。

"在最困难的时候，没有吃的，老乡们去城里领救济粮，走在路上就把粮食吃完了。"

李昭贵就是在这样艰苦的条件下，开始他的农业工作。干农技很辛苦，就是跟泥巴打交道，跟农民打交道。李昭贵在马边工作了几十年，都是不断地跑乡下。他有大量的时间都走在乡村的路上。当时没有车，也没有平坦的公路可走，只有在羊肠小道上穿梭。当年他从县城到一趟三河口，挎个包，包里装些干粮，头上戴顶草帽，这就是他的全副装备。路途遥远，翻山越岭，动辄几十里，常常去一个地方要走到天黑才拢。脚上打起了泡，泡破了又长，长了又破；鞋也不知道磨破了多少双，也是补了穿，穿了补。

"下乡就是走山路、爬陡坡，刮风下雨也得走。常常是从早上走到天黑，走得精疲力竭。"

那时候，乡上没有招待所，一般是寄宿在老乡家里，但条件普遍都差，有些连床都没有，只有睡柴楼上，要不然就睡地上。蚊虫叮咬，跳蚤横行，让人彻夜难眠。第二天起来，仍然要打起精神工作，站在地里给农民们一把土、一根苗地讲种植技术，一站就是几个小时。农民如果要问，还得耐心仔细地讲解。工作永远没有尽头，这个村干完，还要到下一个村，从春耕开始，到秋收结束，四季轮回。

作为基层农业技术工作者，李昭贵面临着一个最基本的任务，就是如何让当地农民会种田、种好田。那时候，说什么大话都没有用，只要地里能够长出更多的粮食，能让老百姓不饿肚子，那就是最大的贡献。

如何才能做到这一点呢？只有一条路可走，搞科学种田。但这不是句简单的话。类似的话从民国时期就有人在提倡，1937年国民政府时期余洪先当县长时，就提出要"改良种子，施肥勤耕"，但直到20世纪六七十年代仍然见效甚微。到1980年，变化才逐渐开始实现，1980年马边粮食亩产298公斤，比1966年增长了125公斤，这中间的涨幅就是靠科学种田得来的。

马边的农业生产情况比较特殊，彝汉杂居。过去彝族聚居区村民常年居住在山里，多不喜种田，以种苞谷、洋芋为生，对汉族聚居区的农业种植比较陌生，怎么办呢？只能亲自教，撒种、栽秧、防病、收割等，一项都不能少。在大院子铁觉乡，李昭贵曾经针对农民把秧子插不平的问题，挽起裤腿就下田，从头到尾教，手把手地教，直到秧子郁郁葱葱地长起来。而在这个过程中，他还常常把村民召集到田间，一边拔出生病的秧子，一边用喇叭告诉大家它得的是什么病、怎么防治。那时候，李昭贵在乡下一住就是半年，与村民们同住、同吃、同劳动，根本顾不上家里，家里有什么事情压根儿就不知道。

"我从参加工作开始，直到退休，一年有三分之二的时间待在乡坝头，哪有家的概念，可以说是下了一辈子的乡。"他说。

其实，马边虽然地处山区，但农业生产条件也有其优势，地广人稀，气候温和。土质多为微酸性、中酸性土壤，最适合茶树、桐子树生长，而在过去是玉米种植独盛，红苕次之。由于落后单一的耕作制度，土地的利用率低，马边农业生产长期徘徊在低水平线上。农村的基本情况是："玉米收获后，有的挖冬土，有的让板土过冬，次年才挖土播种。而稻田也只种一季中稻，收成后蓄成冬水田过冬。"（1994年版《马边彝族自治县志》）因此，对耕作制度的改变就显得非常迫切。李昭贵最希望的事就是帮助农民精耕细作，改进耕作技术，提高复种效率。

"要教好农民，就先要把自己变成个农民。"李昭贵说。

搞农技推广，重在实干，按照他的话说，就是要搞"实干农

2015 年，在成都创业的彝族小伙子立克拢拢回到家乡发展肉牛养殖，帮助村里的老乡脱贫致富。图为立克拢拢在马边雪峰村兴办的肉牛养殖社。

业"。当年，为了推广农技，马边农业部门每年要进行培训工作，通知村上的干部去培训，这叫先练兵，后打仗；还要做示范，搞示范田，让村民们田挨田、地挨地地照着干。李昭贵说，在春耕春播时节，正是农技推广的最佳时期，他们也就到了最繁忙的时候。

从1980年到1990年，粮食生产有了飞跃发展，马边粮食亩产达到了457公斤，一下增加了150多公斤。这中间除了加强科学耕种，显著的原因之一是推广了杂交水稻，这才从根本上提高了粮食的产量。更重要的是得益于改革开放的大背景，思想解放了，生产力也解放了，农业生产技术才会不断发展。

人到中年的时候，李昭贵才看到了马边农业的真正变化。他的半辈子已经陷到了马边的土地里，但他看到了希望。

"杂交稻种植普及了，常用技术到位了，化肥使用科学化了，经济作物种植上由原来的5000亩变为了25万亩。"他说。

这样的变化堪称神奇，但在李昭贵眼里，他知道这样的神奇是如何发生的。如杂交水稻，马边是从1981年开始小范围试验，在10个乡的36亩地上做试验，到1990年发展到了种植面积6779亩，这就是将近10年的推广过程。而亩产达到457公斤的成果，在较1950年亩产112公斤多出了345公斤的数量对比中，走了整整40年的路。

"农业稳，天下安"，李昭贵是个坚定的"农业主义者"。跟泥巴打交道就必须务实，不能玩虚的，他认为农业是马边的立县之本。后来他当上了县农业局的领导，还是成天"不落屋"，"除了下乡，就是往外面跑，目的就是去取经，去学习，还要去找钱"。由于马边是贫困县，除了技术，争取资金扶持也很重要。当年他们通过以工代赈的方式，争取到了600多万元的资金。"有了钱才好办事，这对发展马边现代农业的培育起了不小的作用。"

从一个学农的小青年来到马边，一辈子跟农业打交道，李昭贵这个"土专家"有自己独到的认识。跟他聊天，能够感受到他不时蹦出的"农业智慧"，而这里面还颇有些故事可讲。

过去，马边的畜牧业很落后，主要是放敞，没有科学饲养，猪养一年也就百来斤。后来推广杂交猪后，从外面引进了商品猪，并进行科学饲养，马边的畜牧业才真正发展起来，并成为马边农业经济的半壁江山。这其间发生过一件有意思的事。彝族人长期有杀小猪的习惯，用小猪肉做坨坨肉吃是彝族的一大饮食习惯。但是，有人提出不能杀小猪，说这是破坏生产。那么，到底能不能杀小猪呢？李昭贵就专门去调查了一番。他发现小猪长一斤需要两斤饲料，而成年猪长一斤需要五斤饲料，也就是说小猪与成年猪在肉料比上差异很大，猪在幼猪时期成长得最快，而越喂到后面长得越慢，养小猪其实比养成年猪划算得多。同时，彝族招待客人用小猪是一种风俗，也应该尊重这样的民族习惯，所以李昭贵就写出了一份调研报告——《应允许彝族人民杀小猪》，用事实依据平息了一场争论。

马边因为气候、海拔等明显的地理优势，有得天独厚的茶叶种植条件，但过去只产野生大茶，产量很低。资源调查和产业规划非常重要，只要产业找准了，马边的特色农业一定会有很好的发展。当时，马边的茶叶由外贸单位垄断独收，压级压价现象严重，茶农比较吃亏。于是李昭贵就去调研茶叶市场，认为应该放开，实现茶叶收购多渠道，实现自由贸易。"如果不把堵点疏通，生产就要受阻。解放思想很重要。"李昭贵说。

现如今，马边在基础农业之上，又大力发展特色农业，经济作物种植面积达到了125万亩，其中优质笋基地100万亩，绿茶基地22.5万亩，青梅基地2万亩，猕猴桃基地2万亩……从"烧土农业"走出来，进入了现代农业的发展中，这就是发生在马边农业上的真实故事。

"我们一天三顿都离不开农业。农业是国民经济的压舱石，绝对不能搞数字上的农业。18亿亩耕地红线一定要守住。"李昭贵说。

搞了一辈子农业，在谈到农业问题时，他也有不少忧虑。在李昭贵看来，农业的附加值不高，比较效益差，农村人口城镇化率逐年增加，很多年轻人连二十四节气都分不清，以后谁来搞农业？

虽然退休了，这个老人还想着那些农业上的问题。2021年9月，马边县组织了一场"乡村老人进城看变化"的活动，李昭贵在座谈会上谈到了自己对乡村振兴的理解：产业兴旺、生态宜居、乡风文明、治理有效、生活富裕……作为一位农业老人，他的愿望与乡村相连，他的一生肯定是离不开农业了，而我想，这也许就是他眼里的"农业秘密"。

田间的"余虫虫"

　　对马边农业而言，如果说李昭贵是老一代，那么余子全就是新一代。新旧两代人不仅是年龄上的差异，更重要的是他们站在不同的时代节点上，代表了马边农业不同的发展时期。李昭贵是"文革"开始前到的马边，那是自1949年之后国内最为动荡的时期；而余子全到马边，则是改革春风开始吹拂复苏大地之时。

　　虽然是前后两代支边人，但在刚到马边时，他们所感到的陌生和迷惘却是一样的。

　　1981年7月，余子全从乐山农校毕业分配到了马边。刚到几天，县上就召开了农业生产工作会。开完会后，下午他一个人去了荣丁，拖着辆板板车，上面是他的全部家当，沿着山路走了一个多小时，才到了当地的农技站。当时，荣丁在他的眼里就是穷乡僻壤，他心里荒凉到了极点，"就像被充军一样"。同余子全一起到马边支边的还有他的几个同学，但他们都分到了通车的乡镇，就他那里没有通车，来回都需要走路。

　　就是在那里，余子全度过了自己18岁的生日。

　　荣丁此前只有一个农技员，还是个半公半农的"半边户"，就简单培训过几天，也顶了很多年。余子全去了之后，才知道自己是当地第一个正式的农技人员。当时他住的地方只有几平方米，只能放一张床；楼房破旧不堪，走在上面吱嘎吱嘎响，但没有这吱嘎吱嘎的声音，晚上会孤独得想哭。

"我都不想干了，无数次想跑回乐山。只要当时有一辆车，我就会爬上去，跟着它逃出去。"

余子全从小在城里长大，没有在农村生活过，所以到了荣丁，他才知道自己变成了一个农民。第一次下乡，他到了一个叫梨儿坪的地方，这又难住了他。因为不懂彝语，根本不能与当地的彝族人交流，"笨嘴笨舌地学了几句彝语，但只能打招呼，其他的仍然听不懂。我就是个哑巴，工作根本无法开展"。这个刚刚成年的小伙子在那里无依无靠，苦恼到了极点。

那时，余子全的工作是推广杂交水稻试点，重点是推广半旱式栽培技术和小麦疏株密植技术。当时正是农业生产技术快速发展的时期，包产到户后，只要认真实施这些技术就会提高粮食产量，对农业生产大有好处。但刚开始农民并不太接受，越是贫穷越是让人保守、落后，觉得祖辈们传下的耕种方式不能改，新的耕种技术压根儿没人理会。于是，他找到村组长，组织农民进行宣传，并且亲自做示范，一点一点地来。尽管每天都是灰头土脸的样子，工作却看不到一点成效，那是他最苦闷的一段时期。

大半年后，正当工作有点进展的时候，余子全却突然接到通知，让他到马边种子站工作，制苞谷种。他仅仅工作了半年时间，就被调到了下溪区农技站。下溪是区，荣丁是乡，前者范围要大得多，他的工作更繁忙了，下乡是家常便饭。余子全还记得他有一次到雪口山，晚上住在彝族老乡家中，那天外面下着大雪，天寒地冻。屋子里没有多余的被盖，床边只有一条狗依偎着他。他和衣坐着，被冻得一夜未眠。第二天，路上一片泥泞，他一不小心就踩到了牛凼里，裤子全被打湿，狼狈不堪地逃了回去。

从1983年开始，余子全的工作主要是搞土壤普查，那两年也是最锻炼他的时期。土壤普查就是要查清山地上有些什么岩层，每个土种都要分类取样，然后分析适合什么样的植物生长。这个工作在马边历史上是第一次，是新鲜事物。但具体操作却很原始，就是带着一张地图，沿着地图上的岩层走向，每一个地方都要走遍，把土取回来。这份工作就是靠走，不停地走。当时，余子全负责靛蓝坝、丰溪、烟峰等几个乡的野外调查，这一搞就搞了两年多时间。其中他参加了两次大风顶的考察队，也是去搞土壤的调查。

大风顶地跨美姑、雷波和马边三县，辖区面积1000余平方公里，最高的主峰摩罗翁觉海拔4042米，比峨眉山金顶还要高943米。大风顶地处四川盆地和云贵高原的过渡地带，地形狭长，东西最宽15.3公里，南北最长37公里，总面积300万平方公里，那是一个广阔的地域。对一般人来说，上大风顶并不太容易，这是因为它的地势非常陡峻，山高路险，平均坡度在36度。而要一路走，一路取样，对余子全来说也是一次考验。

"我们是沿着马道上山的，民兵带着枪跟着，其间有野兽出没。第一次走还是提心吊胆的，就跟探险一样。"

虽然沿途很辛苦，但翻过山垭口后，看到大片的亚高山草甸的时候，他被震撼了，激动万分，"第一次看到了人间还有如此的美景"。

　　第二次上大风顶是次年4月，山上全是雪，有半腿深，他们要带着雪橇行走。也就是这两次考察，余子全完成了土壤普查报告。如今大风顶已经成为国家级的自然保护区，他认为当时的调查对区域旅游规划和开发很有参考价值。

　　也可能是这样的经历，让他产生了对科研的兴趣。余子全是个爱学习的人。在农业技术上，他常常结合马边的实际进行钻研，还给一些专业刊物投稿，发表过一些论文。1986年，他调到了农业局下属的多经站当副站长，对经济作物的调查研究就更多了。

　　马边盛产果梅，当时就有几千亩的种植，能够达到人均一棵果梅树，而且每斤可以卖到一块八，市场前景非常好。马边的果梅主要有3个品种：杏形梅、桃梅、李梅，但这3种果梅的特点不同，对种植农户来讲就要了解它们的差异，找到适合的品种来栽种。于是余子全就专门写了一篇叫《马边果梅》的文章，把3种果梅的特点介绍得清清楚楚：杏形梅果大、品质好，是马边最优良的品种，主要分布在三河口、菇坝、下溪等海拔540—1500米的地带，栽种5年后挂果，10年进入盛果期，每株可产40公斤以上；而桃梅的适应性强，分布广泛，株产高，是马边种植面积最大的品种，但因为花期早，易遭低温危害，适合在温度较高的河谷低山上栽种；李梅果形小，株产低，含糖、维生素低，品质较次，但成熟期在7—8月，花期正好躲过了低温危害，比较稳产。所以，他建议"杏形梅和李梅可以作为饮料和果脯的加工原料来发展，而桃梅可作为乌梅原料来发展"，乌梅可以制成中药，也可酿酒。

　　余子全说，了解了植物的特点，才好制定水果的生产规划，

余子全在田间为农民讲解种植技术

199 第六章 / 大风顶下　199

而那时他的主要工作就是帮助发展农业经济。

在马边，最大的特色农业是茶叶种植，余子全也参与了马边茶叶种植规划的工作，他在上面投入的精力也是最多的。马边茶好，得天独厚，是气候、地理、海拔等自然条件的合力营造。马边茶叶片厚、孕育长、味道醇厚，耐喝，且天然无污染，是川茶中的佼佼者。但在过去，马边茶生产规模小，不成批量，也没有统一的标准，所以需要引进外地的种植技术。20世纪80年代，马边从福建等地引种，成功地培植出了"永山玉叶""白岩迎春""龙湖雪梅""小荣丁草青""荞茶四号"等品种的茶叶，种植面积不断扩大。其中"永山玉叶"是扁草青，也就是峨眉山竹叶青茶类型；"小荣丁草青""荞茶四号"是圆草青；"白岩迎春""龙湖雪梅"是烘青类型。"龙湖雪梅"采用的是碧螺春加工技术，品质优异，还曾获得过四川省金奖。

马边茶叶种植发展最快是在2000年前后，已经达到了2.2万亩的规模。那时余子全已经调到了马边农业局植保站当站长，正是大有用武之地的时期。当时，他要做的一件重要的事就是搞一万亩绿色防控示范区，为打造中国西南最大的有机茶生产基地提供技术支撑。其实，目标就是两点：一是降低农药污染，保证食品安全；二是树立名优茶叶品牌，赢得市场口碑。为此，他们总结出了一些茶树病虫害绿色防控技术，如健身栽培、红苏麻生物多样性、以螨治螨、灯诱茶虫、色诱害虫、沼液防治等，效果很显著，农药使用量减少了90%，防治成本降低了60%。

这样的成绩是用实干换来的。余子全记得，为了搞好茶叶生产基地，他们首先从茶种上做文章，引进了无性系良种茶，如"岷山131号""福选9号""乌牛早""早白尖5号"等，在大竹堡建立苗圃园进行繁殖、筛选，最后选出了"马边绿1号"。

"其实，这是农民们自己选出来的。"余子全说。

当时马边县政府大力支持茶叶产业的发展，给农民免费发苗子，又搞起了万人培训计划；而余子全作为县里主要的农技人员，自然要走在前面。他们把农民召集到田间地头，办起了"农民田间学校"，进行互动式培训。

那时，余子全每天带着一瓶水、一块面包就去了乡下。白天下乡，晚上还要加班。这期间，他研究的《四川省茶树小绿叶蝉测报调查规范》《四川省无农药污染茶叶病虫综合防治（IPM）技术规程》被推广到了全省，而更有针对性的研究——《茶树病虫综合防治技术》和《茶树病虫害绿色防控》——被推广到了马边全县，让当地茶农大大受益。

"植保工作非常重要，要当成一个事业来做。"余子全说。

植保，就是植物保护，说白了就是为植物治病，当"植物医生"，防治植物病虫害。当然，也不仅限于此，植保还指的是多元化的综合防治，这是一个现代农业的概念。为此，他建了一个植保微信群，天天都要回复农民的各种农业技术问题。就在我同他交流的时候，一通电话打了进来，正好是有人来问他植物栽种和防治方面的问题，而他用了十几分钟耐心解答，直到对方满意了才挂掉电话。

余子全之所以如此重视植保，是因为他亲身经历过病虫害的惨痛教训，让他至今耿耿于怀。

2013年，由于气候原因引发了病虫害，直接导致沿马边河一带5000亩玉米连片死亡，颗粒无收。作为植保方面的负责人，余子全一夜之间头发白了很多。"打击太大了！看到农民绝收，一年的劳动白白浪费，收入锐减，心情非常沉重！"他想，如果他们能够早一点发现，提早预防，可能不至于导致那么大的损失。

"一个病虫害就可以把整个农业搞垮，这绝不是危言耸听！"他说。

从那以后，余子全的责任感更强了。他知道马边农业的发展还有很长的路要走，农技的科学管理仍然任重道远。其实，他的实干精神已经赢得了人们的认可，当地农民都知道有一个长期待在田间地头的土专家，他专门跟病虫打交道，农民们都叫他"余虫虫"，好像他才是病虫的克星，是一个值得信赖的"植物医生"。

余子全在马边干了40余年，马上就到退休的年龄了。当初毕业支边的时候，组织上明确告诉他干满8年就可以回乐山城里，但他一直干到了现在，已经扎根小凉山了。如今，他最大的愿望是后继有人，把植保工作继续做下去。其实这也是他的一种担忧，因为像他这样埋头苦干的人不多了。

那天，我同余子全聊了半天，但聊得最多的还是他的本行。他好像最喜欢聊自己的工作，他的关注点全部在农业上。当他说起病虫害的时候，好像有种职业敏感，话就多了起来，如数家珍。如猕猴桃的"溃疡病"、茶树的"茶饼病"，都是他现在较为关注的。

"2、3月雨水一多，就容易得'茶饼病'，而且传染很快，容易导致毁园无收，危害极大，一定要引起重视。"

正是春茶采摘前，他的心里一直担忧着今年茶叶的收成。"如果出现病虫害，农民的收入马上就会下降，必须要防住。"

既然还这样放不下心，我问他退休后还会不会继续干。他说他干了一辈子，真的很累了，想休息了。他的表情有些笃定，但我有些怀疑。

"我就是个基层农技员，不是什么大专家。"他摊了摊手说。

确实，在马边农民眼里，余子全就是他们身边的"余虫虫"，不是什么大人物，但有了这个"余虫虫"，他们栽种的植物才会茁壮成长。

森林行路人

马边盛产良木，在清代时就常用为"皇木"，宫廷每有重大营建，均由封疆大吏亲自督办运京。这一特例到后来似乎也没有变，马边又完成了一次特殊的任务——"1976年12月，为修建毛主席纪念堂，工人们打破大雪封山后不进林区生产的惯例，破冰扒雪，伐木运材，保质保量地完成了敬献香樟木这一任务。"[①]

在老一辈人的记忆中，马边的森林茂密、无边无际，一旦走进森林里，树荫蔽日，几天几夜都见不到太阳。马边地处亚热带，地形地貌极为复杂，具有典型的垂直气候分布特点，植物种类相当丰富，有千种以上的树木。其中，有国家重点保护天然、原生珍贵树木28种，如珙桐、高山杜鹃、木瓜红、润楠、银杏、水青树、马边槭、木荷等，俨然是个森林王国。

但近代以来，特别在民国时期，由于大批垦社的涌入，树木被大量砍伐，损失严重。马边有记载的植树造林是在民国时期的1936年，县长余洪先率领民众在马边河两岸种植桤树、桑树等

---

① 《马边彝族自治县林业志》，马边彝族自治县林业局等编撰，内部发行，1991年。

6000余棵，同时又于次年颁布了《实施造林办法大纲》。但像这样有远见的官员实属少见。后来受时代变迁各种因素的影响，植树造林运动并没有得到有效的推广。

中华人民共和国成立以后，百废待兴，植树造林又提上了日程。当时国家有个"农业发展四十条"，又在此基础上提出了一个"十二年绿化祖国"的口号。作为一个森林大县，马边也没有落伍，1956年那年，就计划造林7000亩，并分春、冬两季完成。

接下来的事情却有些曲折。1958年2月27日，"为了加快林业建设，除大力发展民营造林外，并积极发展国营造林事业"①，正式成立国营林场（也称马边河林场）。但在1959年，却遇上了"大跃进"，林业也要"放卫星"，县里突然制订了一个13万亩的造林计划，这比1956年的7000亩任务翻了将近19倍。这年3月2日，召开了全县绿化造林电话会，要求"二天准备，三天突击，一天扫尾"，战斗口号是"人人植树，家家造林"，每人要求种植50—100棵树。②但以当时的条件，几天时间就要完成13万亩的任务根本不可能。相反，因为这一年搞大炼钢铁，为了烧炭，乱砍滥伐，用掉了各种木头10万吨。

由于马边的林业资源丰富，1959年，马边县在国营林场办起了一所林业学校。这是一所招收初中毕业文化程度的、半工半读的初级林业学校，学制为3年，目的是为公社培养林业技术人员。按计划，第一届拟招收学生50名，由各公社保送，并在当年

---

① 1958年3月4日，马边县人民委员会《关于成立林场的通知》，原件存马边彝族自治县档案馆。

② 参见1959年4月14日马边县林业局编《绿化简报》第1期，原件存马边彝族自治县档案馆。

9月开课，学习造林、植物、土壤、化学等专业课程。第一年办学准备不足，只招收了29名学生，老师也只有两名；但到1960年就有了变化，春季就招收学生100名。

这一届学生正好遇上"困难时期"，吃饭成了问题。但林业学校搞"劝工俭学"，育林20亩，种植粮食作物30亩和经济作物20亩。不仅如此，他们还搞副业，种有50亩蔬菜地，养了30头猪、200只鸡，产蜂蜜100桶。在当时的情况下，学校成了一个自给自足的"经济特区"，学生自然趋之若鹜。但可惜在1961年，不知什么原因，林业学校突然就停办了，昙花一现。

从1950年到1978年之间，马边县的林业发展比较缓慢，乏善可陈，但也并非没有亮点。1965年，马边对县城后面的炮台山进行绿化，颇值一说。

炮台山就在马边城旁边，是真武山的一部分，因清朝驻军设置炮台防卫而得名。山并不大，那片地在1959年初测时仅为17.2公顷，但全部为荒山石谷、黏性大、石碟多、土层薄、地被物少，水土流失严重。专家们对炮台山的认识是："一个土壤黏重，瘠薄干燥，砂石遍地、溪沟干涸的荒山秃岭。"[1]

炮台山虽小，却是小城衣冠。为了彻底改变之前荒草遍山的状况，使其成为马边人民身边的公园，就要让炮台山变个样。而且由于它处在城区边上，对于全县植树造林来说，它就是一个样板工程。

接下来，人们便在山坡上大造"三林"（用材林、经济林、薪柴林）和"两园"（茶园、果园），主要种植14种树木：松树、柏

---

[1] 1965年2月6日，马边县林业局《关于炮台山园林化的初步规划意见》，原件存马边彝族自治县档案馆。

树、核桃树、桐树、桄子树、柑橘树、苹果树、桉树、青冈、酸枣树、楠竹、油茶树、香樟、银杏。与此同时还修建了山道：公路1条、大道2条、步道3条。"实现以上规划后，炮台山就可成为一个松柏常青、四季花香、柑橘累累、桐桄茂盛的花果山。"①

如今，站在炮台山上，马边城一览无余，古代的军事堡垒变成了一个绝佳的观光地，这不能不说当年的绿化起到了作用。当然，这仅仅是个点。马边有着广袤的林区资源，怎么去利用、开发和保护它，这才是个大的命题，而人们的眼光早就放在了20公里外的黄连山上。

黄连山林场位于马边靛蓝坝境内，森林总面积3697公顷，其中天然林2700余公顷，它是马边最早开发的国营林场。1956年9月，黄连山林场成立了一个"森林经营所"，但不到一个月就撤销了，经营黄连山的构想只好停下来。这一停就到了1969年，才又在这里兴办马边县伐木场。当时的黄连山林场全为森林覆盖，没有一条路，后来用三个月的时间，在悬崖峭壁上修通了一条简易小道，才在林区搭起了工棚，这标志着黄连山林场的开发正式拉开了序幕。

当时，人们采用"原始的斧砍绳拖的人工生产方式，苦干了三四十天，抢在大雪封山之前，生产了原木188立方米，实现了当年建场当年投产"（1991年版《马边彝族自治县林业志》）。

188立方米的产量仅仅是种象征，真正的发展是在伐木场建起后，而要搞木材加工，修筑林区公路是第一步。

"我参加工作那年18岁，开始就是修林区公路。整个山里都

---

① 1965年2月6日，马边县林业局《关于炮台山园林化的初步规划意见》，原件存马边彝族自治县档案馆。

是森林，非常茂密，边砍边修，每天的工作就是放炮、打片石去铺路。那时候修路很原始，全靠人堆，工具是钢钎、二锤。开山用雷管、火绳爆，炸了以后再用箢箕、箩筐运走。"

颜文是大渡河造林局马边林业分公司的职工，他是当年第一批上黄连山林区修路的工人。说起当年修路的辛苦，他至今还很感慨。

"工区在森林里面，我们是流动工作，林区公路是慢慢推进，路线越修越长，经常看见老熊和野猪。我们每月要在山里待整整23天，才能回家休息一周。生活很艰苦，半个月都吃不了一回肉，顿顿都是清水煮莲花白，吃得开吐！"

颜文说的是20世纪80年代末的事情了。

其实，进入国营林场工作的工人待遇并不差，除了工资，每月的口粮也比一般的人多很多。如在1965年，砍荒整地工每人每月的粮食供应是40斤，苗圃管理工是35斤，而普通成人只有32斤。

林业部门是大单位，几百号人，当年马边的财政主要靠林业这块。那时候，只要有木头砍，就饿不了饭，财政就有钱。但到了1974年后，由于砍伐严重，黄连山林场可利用的树木资源已经耗费了44%，再砍下去就要空了，所以这就需要转变思路，要"以营林为基础"。营造万亩速生丰产人工林，就是这时开始实施的。经过10多年的经营，新生的林子长出来了，到1987年，成林的人工林已有560多公顷，平均树高达到了9米，连绵20公里的林区内一片郁郁葱葱，蔚为壮观。

1987年4月，美国贝京博士观鸟组来到了黄连山林场。他们在那里发现了"四川山鹧鸪"，并认为这是国外没有的一种鸟，极为罕见。当时，贝京博士希望他的发现引起世界轰动，提出了黄连山应该成为自然保护区的设想。

那一段时期，马边林区是国内外动植物专家高度关注的地方，科考活动频繁。为了保护林区，森林管理实行责任制，每个管理人员都要签订管护合同，其中包括森林防火、保护野生动植物等。

"林区里有很多珍贵林木，如珙桐、楠木等，谁都不能动！"颜文告诉我。

谈及森林的护卫管理，就不能不提到马边大风顶自然保护区，其中的工作人员长年累月行走在大山里，被人们称为"走山人"。这个独特的群体吸引了我，为此，我决定专门去走访一下。

吉石小红，一个魁梧的彝族汉子，相貌堂堂，长着一副漂亮的络腮胡，人们都称他"大胡子"。从1988年参加工作开始，他就一直行走在大风顶自然保护区，这一走就是30多年，他就是一个地地道道的"走山人"。

马边大风顶自然保护区建于1979年10月，区域总面积34484公顷，位于四川盆地和云贵高原的过渡地带；保护区最低海拔1200米，最高海拔4042米。日别依皆、黑罗罗沟、万担坪沟和麻咩泽沟是保护区内的四条大的溪沟，也是马边河的主要源头。《马边彝族自治县林业志》中对其地貌的科学描述是："地形陡峻，山高路险、山峦重叠、沟谷相间，平均坡度36度，主要属中深切割的中山地貌。"

1979年11月，大风顶保护区在马边高卓营占地5亩修建了管理所，四川省林业局又拨款购置了巡逻马匹，并修建了微型电

大风顶自然保护区里的巡山队员

站，而第一任所长就是吉石小红的父亲吉石石铁。

　　大风顶管理所的日常工作主要就是森林防火、宣传法律法规和巡山护林，而巡山护林是最重要的工作。吉石小红第一次去巡山是跟他父亲一起，四个人一路，但第一次上山就遇了险，走到中途居然迷了路。

　　当时他们是一直沿着挖黑的方向走，但越走越找不到路，于是决定原路返回。那是在寒冷的冬天，大雪封山，返回的途中他们才发现不妙：他们来时的足印全被大雪掩没了，无法辨认归路。那时候没有任何通信联络工具，四周也没有人烟，如果困在大山里，只有死路一条。这时，吉石石铁抬头一望，万山静寂，上面是黑压压的原始森林，下面是白皑皑一片，就没有一点路的痕迹，而天一旦黑下来，行人很可能要被埋身在大山之中。

　　那时候巡山，随身只带一把刀，食粮无多，体力也渐渐不支，如果继续在山里瞎撞，只有冻死在路上。这时，还是吉石石铁有勇有谋，他说尽快找沟渠，沿着山沟往下走，就能找到有人烟的地方。经过一阵跋涉，他们确实找到了一条沟渠，但乱石林立，溪水已经冻成了冰，而两边是陡坡悬崖，让人望而生畏。险恶万分，却是唯一的生途。为了不滑倒，他们把大衣脱下来，垫在地上，一步一步地挪着走。就这样，天无绝人之路，最后他们终于走出了大山。

　　第一次巡山就给吉石小红上了一课，让他知道了什么叫大山，让他明白了巡山是一件要吃遍人间千辛万苦的事情。

　　那时候，每次巡山一般是两三个人结队而行，随身背着铺盖和途中的粮食，一出去常常就是一个星期。在路上，他们吃的是苞谷粑，住的是塑料纸遮盖的简易篷子，有时也睡在岩腔下，但铺盖常常被雨水打湿。夏夜暴雨突至，露宿于天地之间，无一丝遮挡，一个闪电下来，旁边的大树被拦腰劈断，折裂之声让人心惊胆战。

山里蚊虫奇多，叮咬尤狠，毒气极重，被咬之处常常肿包、发青，数日不散；蚂蟥也是随处可见，手臂、大腿无不是它们的嗜血之地，甚至在人睡觉时扎进他们的头皮里。在树林中穿行，荆棘蔓生，衣服被撕烂刺破是家常便饭，没有针线缝补，每次回来都像野人一样；鞋子穿破，只好用树藤来绑，摔伤、跌伤几乎不可避免，但也只能一瘸一拐，强忍疼痛向前走。

巡山不分冬夏，冬天踩在冰水里走，寒冷刺骨；夏天顶着烈日走，皮肤被晒得开裂。在吉石小红眼中，大风顶最险的地方在万担坪一带，岩壁狭窄陡峭，头颈要仰成直角才能望得到天，稍有不慎，就可能滑入深渊。每次走过此地，犹如进入生死谷，必先祈祷一番。

"有人不小心从岩上摔下来，被河水冲走了！"

这样亡命的工作，没有几个人敢长期去干。吉石小红参加工作的时候，工资很低，才50元一个月，而且是当了很多年的临时工后才转正。但他是个乐观的人，待遇虽不高，薪酬也低廉，工作固然艰苦，但他的骨子里有种"不怕"。

"一个月巡山有10多天，都是分片区走，走完又轮换一次，反反复复地走。我不知道去过多少次大风顶。40多万亩的大山，基本走遍了，再也不会出现迷路的情况了。现在就是有人随便折几根树枝让我分辨，我也能够马上说出它们出自哪里，这真不是吹牛！"

确实，他爱大山，在他的眼里，大风顶就是他永远也看不完的画卷。

在马边大风顶自然保护区内，由于山体高大，地形、气候、土壤和水文条件复杂多样，自然植被的垂直分布比较明显。海拔1500米以下是亚热带常绿阔叶林，香樟、山毛榉等多；海拔1500米到2000米为常绿阔叶林，丝栗、川桂、筇竹等多；2000米到2400米为常绿、落叶阔叶混交林带，有槭树、漆树、珙桐等；海拔2400米到2800米是针阔混交林带，有红桦、枫杨、箭竹、红豆杉等；海拔2800米到3700米为暗针叶林带，有冷杉、岩竹、高山杜鹃等。吉石小红这一群"走山人"长期穿行其间，也同那些植物成了朋友。

因为对大风顶的熟悉，吉石小红被邀请参加过大风顶大熊猫可食竹的调查、马边大型兽类的调查，以及香港组织的科考活动。他多次亲身与那些动植物研究专家一起翻山越岭，同吃同住，听他们讲山中的奥秘。

"过去随便砍几根树子、打几只鸟，没有人管，但现在不行了，要被制止。山上的一草一木都不能随便动，动了就可能犯法。现在在山林里走，经常都能擦着鸟儿的翅膀，它们都不怕人了，好像在跟人打招呼。"

巡山工作很苦，但苦中有乐，吉石小红已经把大山当成了自己的家。越巡山越有责任感，总觉得要自己亲自走一遍才放心。他真的是走出了感情。这山看着让他舒服，他不想丢失任何一件属于大山的宝贝。

如今，吉石小红的儿子也加入到了巡山者的队伍中，在沙腔保护站工作。驻站很辛苦，生活也不方便，没有电，吃不了新鲜的肉。但吉石小红认为现在的条件已经比他们当年好太多了，每次巡山有二三十人，道路也有很大的改善，沿途的乡上还配有护林员，在接应和配套上不用发愁，在巡山的物资保障上已是今非昔比。

"我父亲那代人，工作是兢兢业业的。他干了20多年，对得起这座山，我也继承了他这一点。现在我们是三代人都干着同样的事情，全家都奉献给了大风顶。"

不久前，吉石小红参加了在成都举办的阿拉善大熊猫保护启动仪式。他告诉我，过去在巡山的过程看到很多次大熊猫，可惜那时没有相机，没有拍下来。以后他要是再遇上，一定要多拍一些。

同他分手的时候，吉石小红说他明天又要去大风顶，这一次是四天。他的表情中完全没有丝毫忧虑，相反有种兴奋和乐观。"我就喜欢山，待在山上安逸！"他说。

那一刻，我相信他与大山已经融为一体了，而远处的森林一定在静静地等待着这个彝族"大胡子"。

第七章

在群山之间

在彝茶中，我最喜欢的是彝红茶。一杯褐红的浓浓酽茶，盛满的是小凉山的明月清风，泡出的是红盆地之底的无尽遐想。

一亩茶园百年史

马边出茶，但史载甚稀。翻阅《马边厅志略》，在"物产"中有铜、丝、棉、白蜡等种种，但唯独没有找到"茶"这个字眼。这说明马边的茶在清朝以前并未成为大宗，也未有赋税记载。

但这不是说马边没有茶史，而是史料稀缺，不足推及远古，其中的原因跟马边的地理位置有很大关系。过去，马边是人们眼中非常偏远的边地，交通极为不便，茶叶商贸也迟未形成。虽然马边地处茶叶的远祖起源地，有良好的产茶条件，至今还有上万株野生大树茶，但由于道路险峻、运输困难，商贸落后于内地很多，导致了马边茶千年以来"养在深闺人未识"的状态。所以，虽有农人零星采摘活动，但数量毕竟有限，仅为满足附近乡邑食用，鲜有陆运船载、远图商利的行径。

近代，马边才逐渐开启茶叶商贸，而真正重视茶叶种植是从民国开始的。1937年《马边纪实》中的一段话，是鼓励百姓种茶的，可以作为佐证：

> 马边素称产茶之区，惟均野生，无特为培植者，现令各农村集团种植，种百株者奖铜圆五钏，二百株奖十钏，三百株奖二十钏，照此递加，并成立复兴茶社，从事改良制造。

从品质上讲，马边茶的叶芽、汤色、口感、香味等均为人称许，这背后是有其原因的。马边地处小凉山地区，境内群峦纵横，沟壑密布，云雾缭绕，地理海拔在600到1300米之间，立体气候尤为明显。同时，茶区土壤多为酸性紫色土和黄壤，氮、磷、钾含量丰富，适合茶树生长。"低纬度的炽烈阳光，高海拔的云雾雨露"①是其独特的生态环境，为茶树生长提供了有利条件，使这里成为中国西部最适宜种茶的区域之一。

但马边茶过去主要是野生茶，因为贩运不便，靠民间的零星采摘非常有限，大量成了荒茶。近代以来，藏于深山的马边茶才渐渐被人认识，而在后来大力推广马边茶的人中，毛筠如是非常重要的一位。

毛筠如是乐山牟子镇人，早年在商铺中当学徒，后到成都的四川省茶叶专科学校读书，毕业后到马边大竹堡拓边垦社工作，对马边茶业改良很有雄心，将其当成一项事业。1930年春，他鼓动垦社股东张毅崛、廖旭龄等试办茶厂，改良制茶工艺，制成"龙湖春""凤眉"等，这应该就是最早的马边绿茶。

毛筠如一生颇为传奇。1936年，他被国民政府聘到中央军校成都分校当教官，培养了三批"大小凉山之边民学生"，这对他后来的殖边事功大有帮助。1937年，毛筠如回到了马边，"离校

---

① 刘允枢：《马边茶叶发展的历史与现状》，载2002年4月《马边文史资料选编》。

后，仍从事边区之实际工作，遍历大小凉山，惠及各地夷人，解决边区汉夷之大小纠纷，不可胜计"①。在马边，毛筠如做了不少实际的事情，如"降服历年叛乱马边之水普等四支悍夷，安抚恩扎夷酋……消弭大木干家大举反叛马边而历月不能解决之大患等"②。由于他在边务上成绩斐然，时任国民政府四川省第五区行政督察专员的陈炳光曾说："毛筠如者，实不可多得之边务人才也。"

1940年7月，毛筠如与他的学生李仕安曾带领由张云波、柯象峰等组成的"四川省政府边区施教团"，在马边考察了20多天，收获颇丰。1950年，毛筠如加入解放军的184师，亲自做通了凉山最后的土司岭光电的工作，让其选择了起义，实现了昭觉的和平解放。后来毛筠如当了昭觉县副县长，1977年遇车祸去世，传奇人生由此画上句号。

对马边而言，毛筠如真正的贡献是在茶业上。1936年，余洪先到马边任县长，他在施政中有个三年计划，第一年就要"改良种茶及制茶方法"，第二年要"成立复兴制茶社"和"设制茶所并招生学习"，第三年要在"各区分设制茶所"。他之所以如此重视茶，实际上是毛筠如在后面给他做智囊，因为他的政绩全都体现在《马边纪实》那一本书上，而这本书就是毛筠如协助编撰的。

余洪先首次提出了"提倡茶业案"，相当于出台了马边历史上发展茶业的第一个官方政策。提倡的理由很充分："马边山地倾斜度，多在三十度以上，气候土质，均宜植茶。现产之茶，已

---

① 毛筠如：《大小凉山之夷族》，曲木俉民"序"，1946年。
② 毛筠如：《大小凉山之夷族》，陈炳光"序"，1946年。

有显著成绩，如加以改良提倡，与从事价廉笨重之普通农作相较，更为有利。"（《马边纪实》）显然，余洪先已经意识到开发马边茶业是一项前景光明的事业，这在当时来说确实是功莫大焉。所以，马边说起来有千年茶史，但古代原始制茶形态占据了漫长的岁月，而真正进入现代茶业生产，当从毛筠如、余洪先这代人始。

茶业发展的核心，是要使其商业化。余洪先的办法是：第一，组织茶业公司，股本以10万元计，采取官商合办（"整理旧有茶园，'指导用召刈法，恢复茶势，防除病虫害，四年后，可望增加二千担生产'"）；第二，种植新有茶树，"统一制造包装，齐一货色"；第三，训练技术工人；第四，采用新式小型机械，年达两万担后，专办出口茶业。

这些措施到底效果如何呢？1937年，马边茶叶年产6万斤，最好的卖三四角钱一斤，最差的也能卖一两角钱一斤，商贸逐渐形成，规模效益初显。

这也是马边逐渐产生一批茶商的时期。小商小贩往返贩运，大户便渐渐诞生，石瑾卿、吴宗富、冯纯富等人成了"马边河四大茶商"。他们每年将几千担茶叶运往各地销售，上成都，下重庆，打通了销售渠道。茶商的活跃为马边茶带来了生机，从文化的角度讲，茶商之路就是一条马边人的"丝绸之路"。

1950年后，社会发生了巨大的变化，特别是公私合营之后，茶商逐渐退出市场，私人购销的份额越来越小。如1953年，马边产茶9189担（1担约等于100市斤），其中集体收购8703担，私人收购仅486担，仅为集体收购的一个零头。

也就是从这时开始，计划生产与购销成为主流，政府主宰了市场供应。以1957年为例，从3月开始，马边县就早早做了安排，计划预购细茶1761担，粗茶3548担，投放预购定金29397元；同时为便于收购，又布置了8个固定采购点和6个流动采购点，以便深入产茶地。这一年，马边县的全年任务是计划收购细茶3000担，实际完成了3304担；计划收购粗茶8200担，实际完成了5922担。

搞计划经济，一切围着计划转，茶农的资金需求和生产要事先安排，茶农只需按照政府的要求投入劳动。但没有竞争的市场缺乏动力，其增长速度非常缓慢，甚至还有倒退。如果拿马边30年的茶叶产量来比较，就一目了然——数据会说明一切。从1950年算起，当年产92.5吨，1957年产166.4吨，1962年产56.9吨，1977年产98.1吨，1980年产135吨。1980年仅仅比1950年多40多吨，基本就是停滞不前。

不过，马边的茶好却是有口皆碑的。1959年，正是建国10周年之时，边城人民为了表达情谊，准备把马边茶送到中南海。当时找了10个豆蔻年华的少女去采茶，又到成都请了一个叫范云峰的老先生到马边晒谷坝制茶，最后装了3罐好茶送到了中南海。据说不久就收到了一封信，说茶很好，但路途遥远，以后就不要送了，但鼓励当地大力种茶，发展茶叶种植业。

这件事凸显了马边作为一个茶乡的存在，马边为此大受鼓舞。真正把茶叶作为一个重要的农副产业来对待，就是从这一时期开始的。之前，"丝、茶、笋、桮"为马边四大传统产品，并驾齐驱，到后来，茶叶的比重越来越大，远远超过了其他几个，当之无愧地成为马边的第一特产，并逐渐闻名于大小凉山，成为四川的名茶。

　　2022年5月初，我去了马边劳动镇福来村，据说那里的茶场颇具规模。去后一看果然如此，只见远山如黛，云雾缭绕，四围环翠，茶场散落其间，极为壮观。那天见到了茶场场长李贤波，他出身于种茶世家，祖上连续三代以上种茶。爷爷李祥亏是马边民国时期的种茶能手；父亲李自光是马边茶叶名师，20世纪70年代就是红椿村茶叶专业队的队长，开办有36亩茶树地，后在20世纪80年代承包了这片地，创办红椿茶场，其做的"独芽"采用的是手工龙井工艺，与竹叶青为同一时期所创。10年前，李贤波来到福来村开办茶场，他告诉我，他经营茶场是从小受的熏陶，也是继承祖业，就想为家乡做出"一杯好茶"。

　　李氏三代人所处的时代是不一样的。李祥亏是20世纪三四十年代早期的边地种茶人，李自光是20世纪七八十年代改革开放前后的致富领头人，而李贤波代表的则是20世纪90年代大发展时期出现的优秀经营者。这三代人构成了一部马边近百年来的制茶史。

　　眼前的景象正好反映了马边的茶业发展，一望无际的茶树就是最好的证明。1993年，马边茶的全年产量达到了614吨。1994年，达到827吨，持续增长。而到了2006年，马边茶叶全年产量是2895.7吨，农业人口人均茶叶收入540元，奠定了马边作为四川省产茶大县的地位。从中也可看出，马边茶业的飞跃是在20世纪八九十年代之后，改革开放真正让马边茶迎来了持续发展的春天。

　　这个过程，包括了马边茶的两段历史时期：20世纪八九十年代的小发展时期，这是相对于1980年以前大量增产而言的；进入2000年以后，马边茶正式的大发展时期。

甘勇是马边农业局经济植物管理站站长，也是马边茶业大发展时期的一个见证者。

1991年，甘勇从西昌农专毕业后分配到马边当农技员。他本来学的是水果蔬菜种植，但那时大力发展马边茶业，正好需要人，所以就改行去搞茶叶，这一搞就是26年。

"刚开始的时候，农民的土地很分散，茶树管理也很粗放，每年的茶叶采摘就是看天吃饭。但在2000年后有了目标，先做基地，后做加工，再做品牌，整个马边茶才明确了发展方向。"甘勇说。

在这个过程中，2002至2009年是建基地时期，根据土壤、气候、交通等因素，因地制宜，制定项目，把茶苗无偿交给老百姓种，每年以两万亩的发展速度推进，茶园就这样成面成片地种了起来。接下来是抓加工工艺，通过技术培训和普及，茶叶加工工艺全面提高；同时，进行制茶设备更新和完善，实现了制茶的标准化和清洁化。

2001年前，马边县茶叶种植面积不到5万亩。后来开始大力发展茶业基地，对老茶树进行品种改良，大力发展良种茶，仅仅花了六七年时间，一年一变样。到2021年，全县种植面积已达23万亩，"万亩茶叶乡镇"就有8个：民建、劳动、建设、下溪、荣丁、莐坝、民主、苏坝，其中的苏坝、莐坝、劳动三镇的种植面积已经达到了两三万亩。

最能反映这一变迁的是"森林雪"的发展历程，它是马边最早的茶叶种植基地。

为了实地考察一下"森林雪"，2022年3月底，我赶在清明采茶前去走访了其位于袁家溪的茶叶种植基地。

    "森林雪"的背后有一段颇为传奇的故事。1998年后，国家禁止砍伐天然林，实施"天保工程"（天然林保护工程），大渡河造林局这个一直以来靠"砍木头"为业的大型国有企业因此面临转型，上万职工要寻找新的饭碗。这时候，有人出主意说到马边去种茶，这也许是个出路。于是，大渡河造林局的员工浩浩荡荡地开进了马边袁家溪，开始了他们史无前例的"上山种茶运动"。

    "我们以前就是砍木头，放筏子，从事木材生产。过去是把树子一砍，放到大渡河里就完事。后来就不行了。木头饭吃不成了，就跑到马边种茶来了，但对茶叶一窍不通，要从头学。"张德强说。

    张德强现在是"森林雪"茶叶种植基地的生产负责人，但他还有一个身份是大渡河造林局袁家溪森林管护队的管护人员。

    "我们是1999年进来开荒的，跟袁家溪乡租地，一共征了万亩。成立了指挥部后，就到处抽调人。后来花了3年时间种茶，2004年投产，10多年后才逐渐形成了'森林雪'品牌。但我们不仅仅是种茶，还要搞森林防护，那仍然是我们的主业。"

    建设"森林雪"茶叶种植基地是个艰苦的过程。周俊良今年54岁，是从一开始就来到马边种茶的人。他已经在马边待了20多年，目前仍然在袁家溪基地工作。当年最早进来的那批人已经所剩无几，很多在基地建成后就陆续离开了，而他是留守的人员之一。

    "来的时候有一万多人，远的有甘孜、阿坝来的，大渡河造林局各地的员工都会聚到了这里，漫山遍野都是人。所有人都在山上露营，住帐篷，几个人、十几个人挤在一起睡。当时就是集中开荒，把杂树砍了，把乱石平了，才把地腾出来。很多人是把茶苗种好后才离开的。"周俊良说。

轰轰烈烈的建设结束后，基地建好了，马边的第一个万亩茶园出现了。但建设一完，大量的人要撤走，只留下了少量的管理人员，而他们成了长期坚守的茶场经营者。

"山上的路都是我们踩出来，到处都是稀泥巴，每年要穿烂几双筒靴。过去的生活也比较艰苦，没有电，天一黑就只有数星星；买肉要下山，走一二十里路，常常是海带、粉条一锅煮，顿顿吃，吃伤了心。"周俊良说。

在交流的过程中，我了解到基地平时的工作很繁重，工作人员既要种茶，还要管护森林，一年也回不了几天家，一般要等茶叶采完后才回去休假。但就是在这样艰苦的环境中，"森林雪"茶叶种植基地逐渐成形。

"森林雪"这个名字颇有诗意，其实是"林下有茶，茶中有林"的意思，指的是森林与茶叶融为一体的"林下经济"。袁家溪这一带是种茶的好地方，正好处在一个山窝窝里，光、雾、湿度、高差都非常好，得天独厚。

"我们这里的环境特别好，水都是石缝里冒出来的，烧出来不生水垢，开发纯天然矿泉水都没有问题。"

说起这些，张德强颇有些自豪感。他指着山那边说："你看，山脚到山峰上都是我们的。"

有了这片风水宝地，人们就想用好它。从基地建成后，他们一直都致力于打造有机茶基地，不想糟蹋了这片好地。目前，整个基地的有机茶有3000多亩，但经营成本比常规茶高三分之二。

"种有机茶不能打除草剂，打一次除草剂，土地要20年才能消化，降解速度很慢。"周俊良在旁边说。

张德强给我算了笔账：他们肥地不用化肥，而用的是油枯，2000多元一吨，上山还要请人背、雇马驮，这都是额外多出的投入。全年仅产茶3万多斤，成本决定了价格，这里最好的茶要卖两三千元一斤。

说到这里，周俊良给我泡来了一杯茶。他指着杯子里的茶叶说："有机茶的茶叶很纤细，芽头小，比其他的茶小一半，看起来不肥，但味道绝对不一样。"

我去的那天，正是采春茶的前夕，张德强陪我到茶场去走了一圈，到处是郁郁葱葱的一片。茶叶芽已经冒出了头，嫩嫩的，晶莹剔透，涌动着一股初春的气息。

"你来得正好，采茶的人今天晚上就要来了。明晨天还没有亮，就要开始采今年的第一拨茶。采茶人头上顶着电筒，像萤火虫一样，漫山遍野，相当壮观！"

"森林雪"茶叶种植基地建成后，由于涉及搬迁，在这里兴建了马边最早的彝族新寨。每年的除草、修枝、施肥、采茶都是由当地人来干，勤快的一个月要挣一万多，这个基地就是一个真正的扶贫项目。

其实，在"森林雪"发展的过程中，马边的其他茶叶基地也在同步发展，培育出了不少优秀的茶叶品牌，如"文彬绿雪""白岩迎春""边河玉叶"等，而它们最后都融入了马边茶这个大的区域品牌中，成了百里茶叶产业带上的一颗颗明珠。

在马边茶叶发展的战略定下以后，"马边绿茶"拿到了区域注册商标和国家农产品地理标志，还获得了"四川著名商标"，马边先后被评为"国家绿色示范园区""全国十大生态产茶县"。但酒好也怕巷子深,马边茶已经具备了区域品牌优势,却缺乏"竹叶青"这样的产品品牌,所以在宣传和营销上还要下功夫,还有路要走。

目前,马边茶的主栽品种有"马边绿1号",全县种植面积有6万亩,这是马边县自己培育的茶叶品种;"老川茶",即本地茶,是川茶群体种,有7万亩;另外,还有"福选9号"2万亩,"福鼎大白"5万亩,"名山131"2万亩,"乌牛早"5000亩,等等。这样的茶种布局,考虑到了早、中、晚的品种搭配,缓解了密集型劳动的压力,对采摘时间和消费渠道都有科学的分析和布局。

"我们全县有20多万人,现在基本实现了人均一亩茶园。下一步关键在提质增效。我们要对低效、低产茶园进行改造提升,稳定高产、高效优质茶园在20万亩,这可能是目前马边茶业比较好的状态。"甘勇说。

2021年,马边茶对全县GDP贡献占到了60%以上,产值17.42亿元,是马边县名副其实的主导产业。而下一个目标,是到2025年争取产值超过20亿元。甘勇还告诉我,2020年马边农民人均鲜叶收入4788元,2021年达到了5208元,每年都增长了一点。确实,种茶是马边真正的富民产业。回头看茶乡的诞生,不禁有些惊觉,它已经悄然走过了百年的历程。

红盆地之底的遐想

　　英国著名植物学家威尔逊（1876—1930）是个中国通，特别是对西南地区的自然地理尤为熟悉。他多次到四川采集植物标本，曾经从夔门入川，穿过岷江河谷深入康藏地区，走遍了大半个四川。他和他的先行者们对四川有个概括性的认识，因为沿着盆地周边看到的主要是黏土质砂岩，岩体厚实，且表面呈红色，所以就把整个地区称为红盆地。

　　在威尔逊的眼中，这个红盆地约呈三角形，顶点在夔州府（今重庆奉节），西北角在龙安府（今四川平武），东南角在屏山一带。而从龙安府到屏山一线为红盆地的底部。"长江自西向东流过，河道几与盆地的南缘平行。在此三角形地区内，有大量的居民、工业、财富和资源，水上交通发达。"①

　　如果按威尔逊的描述，马边也正好处于红盆地的东南角，且是红盆地底部最东南的位置上。这就不得不引出几年前我的一段对丹霞地貌的地理考察经历来。

---

① 　［英］E.H.威尔逊：《中国——园林之母》，胡启明译，广州：广东科技出版社，2015年。

2019年1月，正是春节前夕，我随一位地质专家去位于马边和屏山交界的菠坝、中都一带考察。还在路上，他就不断给我普及关于这一带"红"的地理知识。

四川是我国红层分布面积最大的一个省，红层占全省面积约四分之一，这为丹霞地貌提供了广阔的物质基础。位于四川盆地西南的丹霞地貌在岷江以西有大片分布，而菠坝、中都一带的丹霞地貌尤为突出。在地质探查中，专家们发现屏山县中都、沐川县与马边县靛兰坝、菠坝一线，正好处在马边—沐川弧形构造带上，这条弧形构造带由一系列大致呈弧形排列的褶皱组成，背斜陡窄、向斜宽缓。而其中核部正好为早白垩世砖红色砂、泥岩，发育有大量的环形绝壁和丹霞长崖。马边有名的"石丈空"就是一处典型的丹霞长崖。

在四川，丹霞地貌并不少见，但由于地史、岩性、构造、气候等的不同，也呈现了明显的区域差异，发育为环崖丹霞这一独特类型的不多，特别是在一个局部地区大面积出现环崖丹霞更为罕见。沿着公路行驶，菠坝、中都一带在连绵二三十公里内，比较集中地纵列着一系列雄伟的环崖丹霞，或连绵相接，或兀自成峰，或团状横立，人们的目光为前后左右的独特山体所牵引。你会发现，一个接着一个的奇异美景接踵而至，犹如在穿越红色山峦的美学长廊；特别是一些弧形巨崖，山姿极为壮美，清晰的沉积纹理、夺目的巨幅红岩就像把地球神秘的历史展开了一般。

这一带就是威尔逊所说的红盆地之东南角，呈现出激烈的地质演变奇观。由此不难想到，这一带也必然是自然地理非常复杂的地区，气象、水文、土壤、物产均有所呈现，甚至历史在这里都多有神秘之处。三国时期，诸葛亮的南征路线极有可能就是穿

马边周边地区的环崖丹霞地貌

过这片地带，从马边经美姑，到卑水、越西打仗，据说"石丈空"就是一处战场遗址。

这就不能不让人浮想联翩。红盆地之底，顾名思义，四川盆地的精华它必然有所沉淀，而马边得天独厚的自然环境也依托于这一大地理背景的支撑。

马边过去是个比较封闭的地区，远古时期为僚僰所占据，后来又是彝汉杂居，外界对它的认识比较晚。威尔逊去过雅安一带，去过乐山、峨眉山，也可能到过屏山一带（没有确切的史料记载，但他的著述中有提及此地），但他为何没去马边，则永远都是一个谜。

在有记载的考察活动中，最早到马边的是英国人布鲁切尔，那是在1910年。当时威尔逊正好也在四川，他是1911年才最后离开中国的。实际上在对四川的考察之中，威尔逊没有能够顺利进入马边，同当时彝族聚居区的封锁有很大的关系，他走到了边缘上却掉头去了岷江上游，然后进入藏族聚居区。当然，如果他真的能通过马边进入大小凉山，他很快就会在马边发现大面积的珙桐和高山杜鹃，也会看到大量大熊猫等珍稀动物，这一定会给他的中国西部考察之旅带来更多的收获。

由于与这一地区擦肩而过，威尔逊在对四川物产丰富性的认识上存在一些偏差，如在茶叶方面就很明显。威尔逊沿袭了西方一些更早来到中国的植物学家的说法，认为茶的原产地不在中国，而在印度的阿萨姆。但实际上，在中国的小凉山，到处都是野生茶树。这些树长在深山老林中，显然不是人工种植的。威尔逊曾经在中国发现的一些"可能是野生的"茶树位于四川中部偏北的地区，所以他对中国有野生茶树是持怀疑态度的。但事实是，马边就是有大量野生茶树生长的地区。民国时期，一批又一批的科考人员先后进入马边，他们就自有结论，如在《川康边政辑要·马边集》中说："本县为产茶特区，如玛瑙、莜坝、观音、龙凤、靛兰坝、赶场坝、雪口山、下溪及荣丁等地皆盛产，尤以观善为著。又大竹堡，全区遍地山坡，皆有无主野生之茶树……"

关于马边的野生茶，还有一段档案史实可考，这是我在2022年春偶然发现的。1956年，马边的茶树有765650株，而1953年是634038株，3年之中增加了1万多株。那么，这是怎么来的呢？主要是整理旧树来的。所谓旧树，就是过去野生的茶树，大量生长在山区，曾一度被视为"荒茶"，自生自灭，无人管理。但这些野生茶树的量相当大，曾经占了马边茶树总量的大半。在1956年民改中，受叛乱影响，人心惶惶，荒茶无人采摘，导致减产。1956年9月，在当时的乐山专区监察处的一份报告中，就谈到了这个情况：

> 马边荒茶历年占全县产量的60%左右，去年（1955年）收购彝胞的粗茶占总数的48%。今年彝区叛乱后，交通阻塞，彝汉村民不能上山采茶，给收购工作带来一定影响。据了解，走马坪、袁家溪、大竹堡等13个乡，去年收细茶1620担，但今年至9月5日止才收654.5担，估计影响细茶任务的22.7%；粗茶去年收了10300担，今年13个乡受到影响只有1899担，尚应收8401担。[1]

---

[1] 1956年9月，乐山专区监察处《关于对马边采购局今年茶叶收购任务情况的检查报告》，原件存马边彝族自治县档案馆。

"荒茶"恰好证明了马边野生茶的天然存在，它们生长于大山之中，无人采摘，也无人知晓，这是地理的隔绝造成的。但是，独特的地理环境也造就了马边茶的奇异禀赋："马边山峦重叠，雨量充沛，溪水常流，云雾缭绕，昼夜温差大，茶叶在这得天独厚的环境里，终日饮雾吸露，以致芽叶肥壮，质地嫩软，白毫显露。"①

威尔逊的"红盆地"论，有助于阐释马边为何具有如此独特的地理环境。莜坝在马边的东南面，也就是之前说的最靠近红盆地之东南角上，那里盛产莜茶，"以色绿、香郁、味甘、形美四绝著称"。这或许正说明地理上之激越跌宕处，必有奇花异卉的出现。

威尔逊虽然大量时间在川藏地区行走，但仍然有走马观花的疏漏。比如他认为藏茶的主要供应地是雅安，集中在雅州府管辖的如名山、荥经、天全等几个地方，这其实也有局限。当年的藏茶是靠"南边茶"（也称南路边茶）、"北边茶"（也称北路边茶）来支撑的，"南边茶"的核心生产区域还包括乐山的一些地区，如马边就长期大量生产边茶，这是一段被遗忘的历史。

历史上，四川的茶因为贸易对象和销路的不同，分为"南边茶"和"北边茶"。所谓"南边茶"，是指四川南境一带的边茶，雅安地区是其传统的生产中心之一，因为靠近青衣江，可以称为青衣江中心；而马边、沐川、峨眉等地后来也形成了一个生产中心，因为靠近岷江，可称为岷江中心。当然，贸易核心地在雅安，大宗的贸易必须从雅安出关。"南边茶"有一个共同的特

---

① 刘允枢：《马边茶叶发展的历史与现状》，载2002年4月《马边文史资料选编》。

点，一般是以8、9月采摘的粗茶为主，主要供应康藏少数民族聚居地区市场。

　　"南边茶"的历史有多长，这需要专门的考证；但从民国时期开始，马边的"南边茶"生产是比较兴盛的，史证颇丰。1950年后，整个乐山地区均有"南边茶"出产，这几乎成了政府行为，每年省里都要下指令在乐山收购"南边茶"，其中马边的产量是比较大的，任务也重。如在1956年，四川省就要求马边完成8200担，峨眉5500担，洪雅2950担，犍为2650担，夹江1220担，峨边470担。由此也可见，马边为"南边茶"中最重要茶区之一，支援了现代茶马古道的贸易。

　　在过去，茶一般只分细茶和粗茶两种，边茶就是粗茶，与细茶有很多不同。在马边，采茶的时间一般是从3月到9月，一年有六七个月的采茶期。细茶分为青毛茶、烘青茶、炒青茶，每种按质分为五个等级，采茶时间在3月到5月；粗茶按加工工艺分为条茶、金尖茶、金玉茶、做庄茶等，采茶时间在6月到9月。

　　马边茶农有喜采细茶、不喜采粗茶的习惯，虽然政府有任务要求，但积极性并不高。以1957年为例，该年细茶采摘了2830担，比1956年增加了16.6%；而粗茶则下降得很厉害，1956年采摘了8284担，但1957年却下降了28.5%。粗茶的价格低廉、茶农收益不高是一个原因。

　　这样的采摘习惯延续到了现在，马边的夏、秋两季粗茶采摘的利用率仍然很低。在马边，一亩春季鲜茶只有600斤，茶质虽好，但产量低。在3至5月这几个月的采摘期内，春茶采摘的产量只占全年的30%，产值却占70%；而夏秋茶占全年产量的70%，产值却只有30%。所以，不少马边茶农把春茶采了以后就撂下不管了——他们也许觉得经济上不划算，不愿再投入，以致相沿成习。

这里面存在一个被荒置的市场。这个市场有多大？有没有开发的价值和潜力？

本文从威尔逊谈到红盆地，从红盆地谈到边茶，又从边茶谈到市场的前景，话题似乎散漫了一点。但实际上我们没有脱离一个主题：边茶是历史地理的产物，而茶的种植、加工、运输、消费，本身就构成了一部跨地域的物质文化史，同时也是一个经济学现象。因为对外贸易的特性，边茶自身就带有经济和文化基因，它的流通性也把一地之茶带到了更为广阔的市场。但到了今天，它是否还有发展的需要，是否还有市场拓宽的空间？这又是一个可以让我们思考的事情。

2022年初夏，我同乐山市副市长、马边彝族自治县委书记沙万强先生又聊起了这个话题。

"马边茶的历史源远流长，茶的品质有口皆碑，但从全国范围来看，我们的地理品牌效应还需要做大。云南有普洱茶，浙江有龙井，福建有岩茶，安徽有黄山毛峰，江西有庐山云雾，在我们四川，有蒙顶山和竹叶青，然后才是马边绿茶。这里面还有很大的提升空间。"

传统市场的形成有诸多因素，如果还要按照传统思路去走，可能就行不通。要异军突起，只有另辟蹊径。说到这里，现代边茶的概念就浮现了出来，当然，这次不是藏茶，而是另外一个大市场——彝茶。

彝族称茶为"拉"。据凉山彝文古籍《茶经》记载："彝人社会初始，已在锅中烤制茶叶，'女里'时代煮茶茶气飘香，

'社社'时代始用茶水敬献诸神……"这说明彝族茶的历史已相当悠久。实际上，马边过去就是一个茶马互市的地方，南宋李心传的《建炎以来朝野杂记》中有黎、叙一带"夷人常以马博茶锦"的记录。而到了近代，"粗茶则多销售与夷地也"（《川康边政辑要·马边集》）。

沙万强讲起了彝族聚居区饮茶的生活经历。这里一直有茶饮的习惯，来了客人，就泡茶招待。彝人喜欢熬油茶，煮茶的时候要放几颗米，放一点牛羊油一块儿煮。小孩子最贪吃油茶渣，吃了嘴是香的，开心得不得了。彝人走亲戚，走在路上渴了也会问老乡能否给杯茶喝。茶是彝人的日常生活用品。民国时期，彝族聚居区种植鸦片，会拿鸦片去换枪和茶。彝人饮茶的主要方式有烤罐茶、清茶、盐巴茶、打油茶等，自制自食，偶尔也赠送亲朋好友，有其明显的民族特点。也就是说，过去虽然没有彝茶的说法，但彝茶在当地的实际生活中早已经存在。

"你看，彝族有近千万人口，这个市场大不大？马边茶在大小凉山都是最好的，我们能不能推出彝茶品牌去争取这个市场？"他说。

马边是传统产茶大县，早已经形成了一套种植、管理、采摘、加工、销售的体系，只要大力开发夏秋茶，力推彝茶品牌，拓宽产品路子，自然会增加老百姓的收入。茶作为一种饮品，本身就是人与自然融合的结果，我相信好的市场一定是精心培育出来的。

2020年，马边获得了"中国彝茶之乡"称号，发展彝茶是马边茶业新的方向。目前，马边已推出了系列产品：彝黑茶、彝红茶、彝黄茶，并建立了彝茶团体标准。据了解，新开发的"彝黄

1号"已种植了两千亩,而其他的彝茶项目也将陆续推进。

"马边绿茶的采摘在清明前后,但采摘的时间短,量也有限。而马边的夏秋茶可以做出红茶和黑茶,市场前景看好,大有可为。藏茶已经有了自己的品牌,而彝茶没有;但彝族其实也很重视茶文化,也不断在向周边民族学习,通过茶来融入。彝茶也许就是在创造一种新的文化和语言。"沙万强说。

2022年2月底我到马边,正好遇到第一道茶的采摘时期,就听说"马边绿1号"的鲜叶卖到了每斤120元。市场反应是有喜有忧:鲜叶价格高,茶企难;鲜叶价格低,茶农难。每年一到春季,马边茶新出的鲜叶价格陡然抬升,但一到批量上市就回落很快。大家都在争这个稍纵即逝的市场,行情波动实在太过激烈,犹如过山车一般。

这样的情况能否改变?如果提高夏秋茶的产出,努力打造彝茶的品牌,开拓出一个大市场;如果大力发展彝茶加工企业,提高彝茶的附加值,大幅增加茶农的收入;如果朝着标准化和规模化的方向继续向前走,把彝茶真正烙上属于马边的文化符号……

在彝茶中,我最喜欢的是彝红茶。一杯褐红的浓浓酽茶,盛满的是小凉山的明月清风,泡出的是红盆地之底的无尽遐想。

又见烟峰

在马边，烟峰是我特别喜欢的地方，不仅风光秀美，而且也有厚重的历史。6年前第一次去烟峰，那里就给我留下了深刻的印象。在明朝万历时期，烟峰是同马边一起建城的，它们当时是镶嵌在马边山水中的两颗明珠。所以，一走进烟峰，我瞬间就被拉进了一种故事感中。

过去，烟峰是一座城，这与马边同期的"九堡十三墩"（清朝驻军布防点）是完全不同的，它相当于马边城的副城，与马边形成了日月城的概念，与马边城遥相呼应。

乾隆时期，王启焜曾经管理过马边政务，也在烟峰待过。他在公务之余留下了一些诗作，叫《烟峰城杂咏》。通过他的诗歌，能够让我们看到过去的烟峰。

王启焜写道："双双高绾青螺髻，淡远峨眉晕晚霞。"

其实，这个景象现在也没有什么改变，每一个到过烟峰的人最初的印象大体如此，烟峰就处在左右两个"青螺髻"之中，秀美袭人。但它更像是双手张开的怀抱，把烟峰古城搂抱在山峦之中。

烟峰过去是一座防卫之城，这里又有一点边关的意味。王启琨的诗中也洋溢出一种边关的气息：

　　　　湿翠青葱暝色涌，空城寂寞笼轻岚。
　　　　振衣烟草峰前立，积雪连天指剑南。

前面两句是烟峰的日常，湿翠、青葱、轻岚，如今的烟峰依然如旧，似乎千年不变。只是"暝色"中略见仓皇，而"积雪"的场景要等到冬天才有，那时边塞之城的意味更加浓郁。但这更多是文人雅趣，借山川景象来抒发个人情怀；而当我走到这里的时候，自然会去关注历史方面的话题，如烟峰过去到底是怎么样的一个地方，这个城中的百姓是怎样的一种生活状态，它在明清时期的政治、经济、军事、文化等是怎样的一种面貌。显然，诗歌所提供的信息是远远不够的，但它确实又给了我一种巨大的想象空间，让我想去寻找这片土地上的故事。

2022年5月，我再次到了烟峰，想再次去探访烟峰古城遗址，而陪我去的是郑布金姑，一个诚恳而和善的阿米子，她是土生土长的本地人。

那天，我们从彝族新寨出发，途中要翻过一个山坡，古城遗址抬头可望，却大概要迂回走一里左右才能到达。在路上的时候，郑布金姑告诉我，这条路是她小时候读书每天都要走的路，但过去的山路已经用水泥硬化了，走起来也容易多了。

那时候，郑布金姑天不亮就要起来，去割一背篼草，把猪喂了才去上学。路上要跨过两条小溪，有一次涨水，她被冲到了水里，全身湿漉漉地到了学校。老师说这怎么行，快去把衣服拧干再进教室。讲起这些，她笑了起来，觉得是件开心的事情。

山坡上到处是郁郁葱葱的庄稼地，阳光格外耀眼，远处传来几声鸡鸣。正是正午时分，站在稍高一点的地方，就能看见炊烟袅袅，乡村宁静安谧的气息扑面而来。

"我想让侄儿教我骑摩托车，学会了比走山路快，以后就可以到山里面去掰竹笋了。"

说这话的郑布金姑好像还是一个村姑，但她早就是城里人了。她的家现在安在了昆明，有车有房，丈夫、儿女都在那边，就她一个人回到了老家，想在家乡做点事情。

郑布金姑其实已经离开家乡20多年了，当年她离开烟峰是万不得已的事。

当年，这里的孩子读书不易，而郑布金姑是个爱读书的姑娘。她读完初中又到乐山学模具设计，想以后找一份好的工作。但那时家里穷，她放假回家还要帮家里养猪放羊。有一次，她到几公里外的大院子乡场上去卖猪，被当地的一个青年看上了，便通过家支的关系来定亲，后来这件事两边的家庭都同意了。那一年，郑布金姑才17岁。

但郑布金姑根本就没有考虑这件事，认为自己还小。又过了3年，对方要来提亲，郑布金姑这才知道事情严重了。她毕竟在外面读过书，觉得婚姻要自己做主，男女要有感情才能结婚，不能按传统的方式来。郑布金姑无声地反对这件事，但两边都催得紧，她感到自己快抵挡不了了。怎么办呢？她想到了逃婚。

"我不想就这样莫名其妙地跟一个陌生人去生活，所以没有告诉任何人就偷偷跑了，连夜出走。出走那天，山路上黑漆漆的，四周看不到人家，一个大姑娘家，害怕得不得了，但心里很坚决。我走了一晚才走到马边城，看到有炊烟升起来，眼泪一下就流了出来。"

郑布金姑后来跑到一个亲戚家里去借了100块钱，坐车到了乐山，开始四处找工作。之后她去了丹棱县的一家瓷砖企业做销售，正好这家企业在成都有销售点，老板觉得她能干，就把她派到了成都。郑布金姑很努力，也喜欢学习，后来去了一所大学进修，学装饰；在那里，她遇到了自己喜欢的人。

几年后，郑布金姑结婚了，丈夫是她的同学，一个江西赣州的小伙子。他们一起去了昆明创业。2005年，他们通过奋斗挣钱买了房，有了自己的小窝，再后来他们有了一对可爱的儿女。应该说，现在郑布金姑的家庭是幸福的，事业也是平顺的，而她有今天都得益于当年的那次逃婚。

"我在家中是最小的，父母和兄长从小都让着我，所以我的性格比较倔强，认准一件事就会较真。后来他们都想通了，强扭的瓜不甜，其实我也用事实证明了我的选择没有错。"

飞出去的小鸟还会眷恋家乡的山水，如今郑布金姑虽然生活在大城市，但她常常带着儿女回到这个她生长的小山村。每次回到烟峰，她觉得这里一切都好，空气新鲜，景色秀美，四邻和睦，这一切都让她感受到了家乡的美好。

"每年我都要回老家，待着就不想走，感觉连睡觉都舒服。现在农村的住房条件好了，经济也改善了。2013年烟峰修建了彝族新寨，你看那一大片，好漂亮！"

确实，那天我们站在山头上，远远望去，那一片新修的彝族民居，层层叠叠，风格独特，看上去就像是个欧洲小镇一样。

郑布金姑告诉我，她出走的时候，烟峰的乡亲都是稀稀拉拉

马边烟峰彝家新寨一瞥

地散居在山上，这一带还只有草房和泥巴房，连木板房都少。家里没有电器，没有家具，有的家里只有一口火塘。孩子们没有穿的，衣服是大的穿了小的穿。上学只能啃几口玉米粑粑。家里穷的孩子，冬天都没有鞋穿，打着光脚上学。但现在完全变了，连她自己都想回到烟峰去"按彝族的风俗来修一座纯木板房"，快快乐乐地生活在这里，这大概就离海德格尔说的"诗意地栖居"很近了。

那一天，郑布金姑边走边讲着她的故事，我们在不经意间已翻过了那两条小溪，到了她曾经读书的学校。

学校就在烟峰古城里面，但早就荒废了，只剩下残垣断壁，新学校已经搬到了另外的地方。显然，郑布金姑也很久没有到过这里了，她显得很兴奋，不停地讲述她当年读书时的事情。一回到这里，就好像回到了她的小时候。她在当年学校的空坝里东看看、西瞧瞧，好像要找到童年时的痕迹一样。

2020年9月，郑布金姑在马边注册了一家叫阿惹妞的公司。阿惹妞在彝语中是小表妹的意思。她觉得自己从小在这里长大，在家中也是最小的，所以也就是家乡的阿惹妞。

但郑布金姑在昆明发展得好好的，为何要做这件事呢？

这里面有个契机。前些年，郑布金姑回到烟峰，发现马边有很多古树茶、野生茶，但经过长期的砍伐，已经所剩不多。她觉得实在是太可惜了，于是就动了心，因为她长期生活在云南，觉得用云南的红茶工艺来加工马边的古树茶和野生茶，说不定会有很好的效果。为了这件事，她从几棵野生茶树开始，找云南的师傅做了一批来品尝调试；又带人跑遍了整个马边，做了比较详细的考察工作，想研究一下马边野生茶的出路。

"野生茶的产量特别少，整个马边大概有一万多亩，只能做高端茶。野生茶长在大树子上，采摘不易，收购也有难度，如在袁家溪里面，根本就不通公路，运输要靠马驮，但我还是去了。后来人家主动打电话来联系，说明我们的路没有白跑。"

郑布金姑一旦开始折腾一件事，就会很认真，这也许就是她的性格使然——"认准了就要干，且百分之百去努力"。

但是，郑布金姑的丈夫还是有些担心她，怕她一个人受累，毕竟他们的两个孩子还小，还需要母亲的照料。于是他们俩约定，给她两年的时间，如果做不好就回昆明。郑布金姑告诉我，她为了到家乡来投资，本来丈夫要给她买一辆新车的钱都用在了项目上。

其实，回到家乡这一年多时间，郑布金姑没有闲着，她从去年开始就把一家腊肉生产企业建成了。厂房就建在烟峰镇边上，那是一个按照环保规范标准建造的肉类加工厂。去年入秋后他们就开始生产腊肉，最多的时候请了50多个人，把周边的农民带动了起来。

"我们一天可以生产3000斤，大概20头猪的样子。但去年才加工了两百多头猪，还在摸索阶段。不过因为产品质量好，销路一点都不愁，去年乐西高速的一个修建单位在烟峰扎营，他们尝了腊肉的味道，就全买了。"

小试牛刀，让农户有了收益，也让郑布金姑有了信心。为了做好2022年的腊肉、香肠供应，她又与当地的农户签订了协议。目前烟峰有两百多户农户，最多的养了5头猪，养殖的积极性很高。为了保证质量，他们收购的一般都是8个月以上的彝族黑猪，熏制也采用的是山里的青冈木。今年郑布金姑预计要收购加工1000头猪，对当地养殖户有不小的带动。所谓乡村振兴，就是要认认真真地做一件实事。

"我现在就是跟猪打交道。我想的是要找到一种口感好、肥瘦相间的好猪肉，这样市场才会欢迎。只要今年做好了，明年就不愁了。"

郑布金姑好像一切都成竹于胸，方才把事情做得游刃有余，我想这是同她在外面多年的闯荡分不开的。其实，除了前面说的茶叶加工和养猪加工，郑布金姑还在考虑做一些文创产品，她认为当地彝族的文化非常有魅力，但还没有完全走出去，她还想多做一些尝试。

那一天，我同郑布金姑在烟峰古城里转了一圈，看到了很多遗址上的断砖残瓦，我告诉她这些也是非常有价值的东西，烟峰古城本身就是一块宝，值得好好去研究和挖掘。

在下山的路上，郑布金姑不断同遇见的老乡用彝语打招呼。她好像同当地人都非常熟，人缘很好。在烟峰，她就是家乡一个普普通通的女儿，只是她确实已经走出去，见过世面，现在又回来了。

那天，站在一个山坡上，我问郑布金姑，如果她没有离开烟峰，现在会是怎么样。

她笑了起来。我明白这笑中的含义。

她指着山下的烟峰新寨说："烟峰就是个围起来的聚宝盆，缺的是有人来捡宝！"

我突然就想起了王启焜的一句诗："年年十月来山市，争卖青盐换麝香。"我想，当年的烟峰就是一个边贸繁荣的地方，在几百年后的今天，或许又将会有一番新景象呢。

第八章

莲花山上的云

他们站在村头送我。他们真的就是两个地地道道的村夫村妇，当年的成都知青已经与那片土地深深地融到了一起。汽车开出村口的时候，我回头望了一眼他们变小的身影，眼中突然一涩，又想起了那首忧伤的歌曲。

桥：一生漫长的回忆

　　谢永煌出生那年，他的父亲在马边西郊一个叫桢楠树的地方买了块地，依山傍水，有菜地和山地数亩。后来，又买了一块河坝，产权以河心为界，外人在河里打鱼，如有收获就得分一部分给谢家。这一年是1930年。

　　谢永煌是在马边河边长大的。他对水边的生活记忆很深，在他老了的时候，他还常常回忆起童年时期在河边的很多乐趣。那时候，一到春夏天，正是满河桃花鱼的季节，他们成天就在水里"按鱼"，那几乎是他人生中最开心的时刻。

　　"桃花开时，小河头大家去按白甲鱼，热闹极了。有时看见一条鱼在河里游，连衣裤都来不及脱就跳下水去按。我们家的地盘上有一个小河出大河口，称为'濠鸡口'。每年四月桃花一开，或者秋天桂花飘香，西街的蒋治才就在那里做个架子，鱼一到那里，就滚到'濠鸡口'里去了，每年都要按上千斤的鱼。"

　　天气一凉，下河"扳澡"就少了，但河边的活动并没有减少。那时候正是收割后，山上砍了苞谷秆，草枯了，打屁虫就飞到了河坝上，钻进了石缝里。谢永煌只要一放学就去鹅卵石下捉虫子，装在竹筒子里，回去倒锅里炸，香得满院子的人流口水。

　　谢永煌是家中的独子，姐姐妹妹有好几个，所以父母从小就宠他，他的童年时光基本是在无忧无虑中度过的。1957年，他高中毕业，正好这年马沙公路开始搞测量，需要施工员，他就被招了进去。

　　"当时什么都不懂，施工要懂得一些公路的基本知识，从来没有培训过，也没有师傅带。我就找了一些公路路面知识书来看，想搞清楚什么是基础工程，什么样的石头叫承重石，什么是碎石，什么样的质量才符合建筑标准等。"

　　不久，谢永煌就通过书本结合实际，慢慢对路面操作有了认识。仅干了几个月，他就被抽调去修桥，那是一条跨径8米长的圆弧拱桥。修桥的施工员叫潘宿萍，是一个从西藏退伍回来的军人，当过炮兵，会用经纬仪、水平仪，跟着他跑，谢永煌才算长了见识。

　　"我同队长和施工员比较合得来。他们对修桥的技术和质量的要求很严格，安一个桥台需要多长多宽，都要将它算好，要保证一块不多一块不少。但这就有难度，让那些技术好的石工都吃不下，讨不了好。有些狡猾的石工一看费力，就悄悄溜了。"

　　后来潘宿萍调走了，组织上决定由谢永煌来顶替，这对他来说是个机会。从那时开始，谢永煌就开始认真学修桥了，但当时他就是个"毛桃"，边学边干，技术要靠自己摸索。

　　接手的是一座小桥，但对谢永煌而言，却面临着一个巨大的考验。

　　"修桥用的拱架是就地砍树来做的。当时在技术上、施工上没有经验，拱架尺寸虽然做得很大，但在稳定方面没有考虑，在安拱架那天遇上了暴雨，暴雨引发了山洪暴发，隐患就出现了。"

水退之后，修建继续进行，但就在木工去安装拱架时，一排拱架顺着拉绳的方向倒了下来。幸好谢永煌反应很快，倒塌之时，他迅速往水里一跳，侥幸逃脱。但那些木工就没有那么幸运了，头被打破，腿被摔伤，其中一个姓汪的木工门牙被撞掉了两颗。好在没有死亡和重伤，但这件事给他上了一堂活生生的安全课。

虽然遭遇了险情，但修建还得继续进行，水退之后，又重新开始施工。当时谢永煌还担负着一个政治任务，上面要求这座桥必须要在7月31日前完成上拱，向"八一"建军节献礼。时间非常紧迫，要争分夺秒干才能完成，后来是通过施工队里认真的研究和讨论，集中所有的技术力量，决定31日那天开始上拱。通过一晚上的奋战，到第二天凌晨，上拱任务终于完成了。

在这个过程中，谢永煌一直是在惴惴不安中度过的。

"在后半夜加班时，听见拱架不断地响，石工们都害怕了，不敢继续在拱上施工，士气非常低落。后来迅速召集石、木匠的班头们开会，决定由我和队长拿起电筒在拱架下面仔细检查，确保没有问题，才继续往下干。8月1日下午，拆掉了拱板上的木楔子，拱石撑立起来，填上灰浆，终于完成了上拱石的任务。"

那座桥因为是8月1日竣工的，所以取名"八一桥"，这也是谢永煌建桥生涯中的第一座桥。那一年，他还不到30岁。

1961年，谢永煌到了马边县公路测量队，他们负责沐马公路的测量。"大年初一那天，筑路连队在分水岭有岩的地方打上炮眼，想一起放，以放炮来迎接新年的到来。可是天不凑巧，在

1977 年，正在修建的马边双溪大桥。

三十晚上下了一场鹅毛大雪，工地被雪压了一寸厚，到初一早上都没有放成。"

炮没有放成，但瑞雪兆丰年，这一年沐马公路正式通车。那些年中，谢永煌一直在公路和桥梁之间跑，需要修路的时候就去修路，需要建桥的时候就去建桥，他的建桥经验就是在这个过程中慢慢积累起来的。1974年，马边至双溪的公路修通，但公路被马边河分隔开来。一桥之隔，阻碍着两边的交通。这一回，谢永煌被派上了大用场，他要去修双溪大桥了。

"马边河一旦涨洪水，就撑不了船，几天都看不到报纸，信息也不通。农业生产上用的种子、肥料不能及时运到，影响了农业生产的发展。尤其是人得了重病，需要送城区医院，却因为过不了河而只好等死。所以，双溪大桥是非修不可。"

但这不是一座小桥，桥净跨为55+20米，全长为100米，可以载重20吨的汽车，桥型为等截面悬链线石拱桥。

问题来了，桥梁设计单位只负责设计和指导，不负责具体施工。当时，马边只修过一些小河沟上的小桥，像双溪这样的大桥还从来没有修过。这也是横亘在马边河上的第一座大桥，要耗资20多万元，这在当时是一笔巨资。

谁去负责修桥呢？县里的领导想来想去，觉得谢永煌是最好的人选——虽然他不是科班出身，但却是个实干家，有修过十几座小桥的经验，可以信赖。

这件事决定了以后，县工交部部长温守教就找谢永煌谈话，做他的思想工作。这时谢永煌已经40多岁了，家中一堆妻儿老小，负担很重。他知道一旦承诺下来，就要担很大的责任。成了不说；要是修出了问题，会在马边留下骂名！所以他在思想上非常犹豫。

"温部长是带兵打仗出身，性格很直，脾气也怪，动不动就批评人，毛了还要骂人。他说了以后，我就埋着头不吭声。"

这时，温守教就耐心地开导他，说："老谢啊，我知道你没有修过这样大的桥，但是就要你去闯。马边是少数民族聚居地区，交通不便，就别谈发展！我们要在马边河上架起一座彩虹，我们就是要干马边前人没有干过的事情！"

这一席话后，谢永煌就想通了，"架起一座彩虹"那句话还是让人热血沸腾的。况且，干不干由不得他，只有硬着头皮干，没有退路。

1976年2月1日，双溪大桥正式破土动工。

修石拱桥有四个关键工程期：基础工程、拱架搭设、上拱、拆拱架。如果把握好了这四个关键期，桥就会大功告成；如果忽略了其中一个，必定失败。而在这四个工期中，拱架搭设是最重要的，因为拱架要承重千吨的拱石和上拱时几十号人的操作走动。稍有不慎，就会出现重大伤亡，前功尽弃。

为了保证拱架搭设的稳固，谢永煌真是拼了命。当时，他一人手拿着红旗在桥下指挥，亲自负责吊装木笼，这是一个非常关键的地方，也是最为危险的地方。在吊装的时候，确实是惊险异常，两岸的木桩下面的泥土都崩裂开了往外涌，说明吃力不小，"看得人屁股都夹紧了"。

第一个木笼的吊装就失败了。返工之后，又经过了两次吊装才成功，谢永煌站在桥下早已是大汗淋漓。

在安装拱架的时候，他们请来了老木工郑志洪。像这样大的拱架，一般的木工不但没有安装过，连见都没有见过，所以整个安装过程，主要靠老郑一人边教边做边安装来推进，而其他木工也是提心吊胆地操作，每个木榫都是细心地检查了又检查，不敢稍有闪失。

老郑当时已经60多岁，在拱架上走上走下，毫不畏惧。很多高难度的安装都是他亲自悬空操作，虽然惊险万分，但他镇定自若，游刃有余，一时被传颂为神人。而正是有了这样的神助，才让谢永煌多次化险为夷。

寒来暑往，在修建双溪大桥的过程中，极端天气也是工程建设的大敌。当时正是数九寒冬，山里常常下雪，第一天上拱的时候就落了大雪，马边河两岸白雪皑皑。这种情况下，工程只好停工。工人们在拱石上搭好谷草，又烧来开水进行养护，这些工作都做得很细致，通过20多天的奋战，拱石终于上完了。到了夏天，正在桥梁工程顺利推进的过程中，洪水季又来了，河水迅速上涨，波浪翻滚。当时大桥已经竣工在即，为了确保安全，拆卸拱架必须争分夺秒，如果不能在预期的时间内拆卸完主拱架，会给桥梁带来巨大的安全隐患。

1977年6月1日，马边河上的第一座大桥——双溪大桥顺利通车了，这是马边桥梁史上新的一页。那一天，桥两岸人山人海，热闹非凡。有20多辆车停放在大桥上，但大桥纹丝不动，稳如泰山。

"开竣工大会时，我坐在主席台上，但心里很不平静，仍然有些不踏实，不时跑到桥的拱底下面去看几眼，看看拱圈有没有异常情况。就在那时我都是提心吊胆的，生怕出点什么问题。"

双溪大桥的修建成功，给以后马边河上修建大大小小的桥留下了宝贵的施工经验，谢永煌也通过这座桥"练了胆"。他认为

"只要按科学原理，实事求是精心设计、精心施工，马边河上的所有大桥的修建我都可以胜任"。

确实，仅仅休息了几天之后，就有人找上门来，要谢永煌在西门外修一座中桥。

他过去一直生活在西门一带，对附近的水情极为熟悉。这一带每到涨水季节，经常有人落水，死人的事情常发。有一次，他的女儿过河去读书，差一点就从石板上滑下去，幸好有人把她拉了上来，一家人大惊失色。所以，这桥必须修，他心甘情愿地接受了这个任务。

修西门中桥，谢永煌用的木匠和石匠仍然是修双溪大桥的原班人马，轻车熟路，一年就完工了。对他而言，双溪大桥都修过了，这座桥是小菜一碟。那么，桥修得如何呢？1998年马边河涨大水，百年不遇，岸边的一棵大黄葛树被连根拔起冲走，波浪都盖在了桥面上，但桥安然无恙。

谢永煌用自己的一件件实绩，证明了自己是马边的桥梁专家，也由此得来了一个外号——"谢拱桥"。但奇怪的是，直到1981年，他都还是工人身份，后来才根据相关政策转为国家干部，而之前他干了23年的"以工代干"。这一年，他已经51岁。

西门中桥完成后，谢永煌又修建了河口大桥、西泥沟大桥、下荣桥。不久，他被评为国家工程技术人员，评上了助理工程师。谢永煌虽然经历了半生艰苦的修桥岁月，享受的仍然不过是中级职称待遇，但此时的他感到国家尊重知识、尊重人才，心里充满了荣誉感。

时间不饶人，谢永煌渐渐老了。但从1985年以后，马边公路建设进入了黄金时期，多年未修成的马沙公路，在积极的政策、资金推动之下很快也修通了，这是马边又一对外的交通枢纽干道。不过问题是，公路通了，车却仍然开不进城里，因为车到马边河畔只能停在对岸等船，一桥之隔仍然是马边城的交通隐痛。

修建南门大桥的动议就是这时候产生的，这是当年马边交通的头等大事。修桥上的事又自然落到了谢永煌的身上。

南门大桥最早设计是20米一孔、共10孔的钢筋混凝土平板桥。这是进马边城的第一座大桥，谢永煌两次到省交通厅去守图纸，回来不久后就准备动工。但修建之初，他们才在河中修了一个石墩，就发现这个设计工艺太复杂，也非常耗资，暂时停了下来。就在这个过程中，谢永煌他们认为马边盛产石料和木料，可以大加利用，因地制宜搞建设，便建议把桥改为石拱桥。后来经过重新设计，南门大桥改为了6孔石拱大桥，跨河两孔30米跨，岸上4孔20米跨，全长182.5米。

1985年11月1日，南门大桥正式动工。谢永煌负责主理工程，而他的老五谢顺明也加入到他的队伍中，在项目中担任施工员。子承父业，谢家又有了修桥人，按现在的说法就叫"桥二代"。

但修建南门大桥并不顺利。本来工程是按照设计的要求迅速推进的，先是修建4个20米的跨拱，可在修建基础桥墩时，已经到了汛期前夕，人们想把两个拱的拱架和拱石安装赶在洪水来临前完成。可是，洪水居然比往年提前了20多天来临，河水突然暴涨，让人措手不及。

"如果按往年的情况一点问题没有，但洪水提早来了。7月10日早上8时许，桥墩出现歪斜，一个拱的拱圈掉下，相应地影响到了第二个拱圈。当时我就在上面，再多两三秒的时间，我就只有与大桥同归于尽。"

1987年南门大桥竣工后，谢永煌还一直为这件事耿耿于怀。他认为干工程绝对不能冒险，对天气也要有充分的预判，不能盲目去干，这次事故是个深刻的教训。有人说谢永煌是福大命大，修了那么多的桥，做了那么多的好事，在过去就叫功德无量，命不该绝。

1990年，谢永煌满60岁，但他仍然没有停下来。这一年他的儿子谢顺明接手了雷打石大桥的修建，负责分期计划和阶段施工，场地的设计和运输路线的设计还得到了上级部门的嘉奖。这个工程还是父子俩一起搞施工，最后"保质保量地完成了任务"。实际上他是当顾问，真正做事的是谢顺明，他想把自己丰富的修桥经验传给儿子。

修好雷打石大桥之后，他们又开始修建金土地大桥。这是一座用28米的大八字撑拱架来支撑70米大跨的拱桥。而在桥修好后，这也成为一项科研成果，对解决马边河上架桥，特别是在减轻由于河水湍急造成对桥冲击的问题上，提供了一个创新思路。

修完金土地大桥之后，谢永煌又着手修菠萝大桥，这已经是1995年了，他也已经65岁。按道理，他也到了退下来好好休息的时候了，但交通局的领导让他做技术顾问，这一顾问又搞了3年多时间，直到把沙匡大桥修成。其间，他还为屏山县西泥河设计了一座大桥和一座中桥，继续发挥着余热。他一直干到了70岁。

2002年，谢永煌彻底不再过问修桥的事情，安安心心度晚年。但他依然闲不下来，做了一件对儿孙们有益的事，把自己的一生回忆了一下，写成了本小册子，封面有个郑重其事的名字：父亲的回忆录。他在扉页留下了一段话，希望儿孙"从中可以知道前辈在艰难的岁月里，是怎样度过他们一生的"。这本回忆录主要写他一生修桥的经历，是一本关于桥的回忆录。谢永煌的一生以桥为梦，他当之无愧是马边的"桥之子"。

"过去马边河上的桥，可以说都与我父亲有关，很多都是他亲自主持修建的。他一生在35年之中为马边建了30多座大大小小的桥！"

2022年初夏的一个晚上，我与谢永煌的老七谢顺涛坐在马边河边喝茶聊天，聊的就是他的父亲一生修桥的故事。而就在我们的旁边，河风吹拂，灯光闪烁，南门大桥依然矗立在马边河上，仿佛在讲述着昨天的故事。

知青小屋：那些飘逝的岁月

"我1945年生于成都，今年78岁，是1964年到马边的第一批知青。"

坐在我面前的老人叫张志毅，他说这是身份证上的名字，他真正的名字叫张致毅，是致字辈，但落户的时候被搞错了，一直没有改，就只好错到底了。

我们谈话的地方是在张志毅的家中，马边来龙山下，一块离马边河不过百米远的沙滩地上。一眼望去，四周是郁郁葱葱的农地，种满了庄稼和蔬菜，附近有不少农家，形成了一个小小的村落。张志毅的家是个普通的农家小院，院子正中有棵一抱大小的黄葛树，我们就坐在树下聊天。

"这个地方过去没有任何房屋，全是河滩地，遍地是鹅卵石，我来后才第一个在这里盖了房子，开始在这里种地。后来有人跟着我在旁边建房屋，慢慢才变成了现在的样子。"

旁边的那排房子看上去已经有些陈旧了，这是48年前修的，一个穿斗结构的四川民居。为了修这个房子，张志毅一个人砍竹子、锯木头、和泥巴、盖屋瓦，是从头到尾、一手一脚弄出来的。他看上去很瘦弱，个头也不高，高度近视，戴的是1000多度的眼镜，怎么也不像能够做这种事的人。确实，他一直在大城市长大，以前从来没有干过农活，只会用"独肩膀"（挑东西换不了肩）。就是这样的"知识青年"，他会的这些活路都是硬生生地给磨炼出来的。

"那时大儿子才几岁，小儿子刚出生不久，一家人要住房，没有办法，只有自己想办法。"

张志毅来落户时，单身一人，原来住在山上，跟知青住在一起，七个人住仓库，大家挤在一起，倒也有苦有乐。他们当时的生活场景跟李伏伽写的一首古体诗《知青舍》相似，不妨来读读，这是当年马边知青比较真实的写照：

> 茕茕知青舍，一字列三间。
> 土墙畸且裂，茅檐朽欲穿。
> 知哥四五位，合住在东端。
> 桤木搭通铺，铺长亦颇宽。
> 可以翻筋斗，杂耍开笑颜。
> 可以打扑克，拱猪到夜阑。
> 中间是堂屋，炉灶杂磨盘。
> 瓢盆锅碗盏，锄镢桶筐箪。
> 门内遍垃圾，门外尿成滩。
> 煮饭烧柴火，尽屋烟雾漫。
> 白日情绪恶，高卧梦邯郸。
> 夜深恒苦饥，偷菜去前湾。
> 清水煮一锅，聊且解肚馋。

后来张志毅结了婚，就不能跟其他人一起住了，只好单独在山上修了间简易的土墙房子，割茅草盖屋顶，暂时可以避风雨。

但这间房子没有住多久，张志毅就不敢再住了。1971年闹地震，地动山摇，连煤油灯都摇倒了，差点引燃了草房。第二天起来一看，土墙裂了好大一道缝。

"我就下了决心，要修一间穿斗式的木结构房子，不怕摇。要是再有地震，土墙房子非得把一家人全部压在里面不可。"

但在当时，要找一块地建房也非易事。后来，他看到马边河畔有空地，没有人看得上，就决定在那里建房。但那就是块光河坝，下面全是鹅卵石，一棵树都不长。当地的农民都说不能在那里修房子，是块绝地，风水不好。但他觉得那里平坦，不需要平屋基，就决定在那里建房。

修建的时候正是大热天，太阳直晒，找不到一点阴凉的地方，"热得不得了，打着光胴胴干，晒得皮开裂"。房子终于建好后，张志毅一家才算有了自己的窝。

"有首歌叫《知青小屋》，当过知青的人都会唱，写的就像我这里一样。"

回去后，我专门从网上找了这首歌来听。确实，歌中有对那段艰难岁月的深情回眸，是一首让人忧伤的歌。关键是，这歌写的真的就像是我眼前的这个小屋，旁边是弯弯的小河，一切跟歌词中描绘的竟然如此相似：

> 梦中有个温馨的屋
> 茅草的屋顶黄黄的泥土
> 弯弯的小河从屋后流过

啊，那是我知青的小屋

小屋虽破能挡风雨呦

劳动归来心灵的寄托

闪闪的灯火把屋内照亮

油灯下谁又在娓娓倾诉……

1964年5月，从成都来的知青621人下放到了马边，张志毅就是其中之一。所有的知青被安排在马边郊区的4个公社插队落户，他被分了劳动公社来龙四队。

"其实，我是自己来的。我家住在成都纱帽街，是十七中63级的高中生，毕业那年才18岁多点。我半岁时母亲就去世了，从小是奶奶带大的，家庭非常困难，七个兄妹，谁也照顾不了谁。我不想给家里添负累，但那一两年国家也困难，在成都无法就业，就打算到外面去找事情做。那时候，我二叔下到了西昌，写信回来说那里可以自食其力，所以我很想走他的路，就自愿下到了马边。"

当时，为了响应党的号召，很多中学刚毕业的学生，抱着"我们也有两只手，不在城里吃闲饭"的信念，去了艰苦的农村安家落户。但到了马边后，几乎所有的知青都感到了巨大的失落，因为那里太穷了，太荒凉了！

1971年插队到马边的知青罗士成曾在文中写道："在大货车上颠簸了近两天，一百余名知青娃娃混乱地拥挤在马边河畔。在等候过渡的惶惑与焦急中，我举目四周亘古般的苍莽与荒凉，感到难言的惆怅，知哥知妹堆里不断的啜泣声给心绪倍添沉重，报名上山下乡时'男儿有志在四方'的雄心似乎一下给剪断了翅

膀。"（《我的马边河》）

张志毅来之前根本不知道马边是什么地方，听都没有听说过，当时找了张地图来看，觉得马边比西昌要近些，认为回去看奶奶要方便些，就选择了马边。其实当时他可以去米易的，但不知道米易在成昆线上，通火车，而且还能够吃上大米。

到了马边后，他才知道马边其实离成都很远，中间常常要翻山越岭走三四天才拢，而且这里也吃不上大米。当时下放到马边的几名女知青，刚到生产队时，迎接她们的是桌上的一大篙箕苞谷粑。她们在城里吃惯了米饭，咬了半口，"哇"的一声就哭了出来。

一个才十八九岁的年轻人，什么都不懂，就被扔到了大山里。但在这样的地方，你再怎么哭闹，再怎么伤心，最后还是得面对现实。

在当时到马边的知青中，还有一些城镇居民，他们也是自愿来的，就像张志毅的二叔去西昌一样。他们比一般的知青的情况要复杂一些，一是年龄要大些，二是拖儿带女，全搬到了马边。

马祖俊就是1969年从成都下放到马边的城镇居民，家住成都西御河街。他当时已经结了婚，还带着个两岁的儿子。他到马边的目的不得而知，但他肯定是抱着求生的愿望到的马边，想到这里来解决生计问题，甚至想过一种田园牧歌似的生活也未可知。

但是，情况并非马祖俊想象的那样。城镇居民下放到了农村，就要按农民的标准对待，必须要出工挣工分，才能有口粮分。但马祖俊其实根本不会下地耕田，他下放的民主公社光明大队对他的介绍是："是一个近视眼，没有劳动能力，一直未出过工；他烧的柴都要社员照顾，只有一个小孩，才两岁。现已跑回成都，每年回队分口粮。"

实际上，跑回成都的马祖俊过得更惨，因为他成了黑户，没有户口就没有口粮，吃饭都成了问题。直到1977年7月，他还在为自己的户口问题奔走。马祖俊在给当时的县委领导王国荣的信中写道："由于无粮无户，我们父子克服了难以想象的困难，过了一些你们难以理解的生活，我们父子的身心受到了严重的摧残。"①

张志毅的情况就不一样了，他不仅真正在马边扎下了根，而且在那里开了花结了果。

"当时我们大队上来了个回乡女知青，她是68级的高中生，马边王沟头的人，我们一起在大队开会，就认识了。"

张志毅说的这个女知青叫王永香，才18岁，他一下就喜欢上了，偷偷给人家"写条条"。但是，王永香想的是"要嫁就要嫁街上的，有城镇户口的"。她毕竟是高中生，毕业前还到北京去参加过红卫兵大串联，看到过毛主席，所以眼光自然就要高一些。不过，王永香的母亲听说后，就找人打听。生产队的人对张志毅评价不错，说他吃得苦，人也老实，而且从不参加打架斗殴。于是，她便觉得这个成都来的知识青年不一样，没有城市青年的习气，是个踏实人。

但王永香的母亲还是不放心，毕竟是嫁女的大事，不能马虎。于是，她又找人去看张志毅的房子，看他家里有没有吃的——这在当年是件重要的事情，如果连吃的都没有，怎么可能讨老婆呢？但回来的人给她带来了好消息，说看到了一包谷子，

①　1977年7月22日，马祖俊致王国荣信，原件存马边彝族自治县档案馆。

1965 年马边县兴隆四队知青小组出工场景

还有几袋豆子，这才让她放下了心。其实，那是生产队的种子存放在张志毅的屋子里保管，那人误认为他是有余粮的，居然歪打正着。

那一年，张志毅回成都探亲，回来的时候，拿了一块"饼子那么大的"毛主席像章送给王永香，这就成了他们的定情物。1971年，张志毅与王永香结婚，那是他到马边的第七个年头，而此时他真正与马边连在了一起。

有了孩子后，他们又重新盖了房子。盖好后不久，张志毅在屋前插了一根黄葛树的枝条，居然成活了。小树慢慢地长大，如今已经可以遮住整个小院了。那天，我与张志毅、王永香夫妇就坐在那棵树下，摆着他们过去的故事。

我问张老先生："你为什么喜欢王阿姨？"

他的回答很自豪："我老婆年轻的时候漂亮！"

说着，他就把藏在手机里的一张黑白照片翻了出来。确实，王阿姨年轻时真的很漂亮。但我想的是，难道因为她漂亮，他就愿意留在这个穷山沟里？

当地俗话说："锄把三尺六，抵到牙巴骨。"真实的生活不可能虚饰，他们其实过的是一段非常艰苦的日子。

结婚后，他们有了三个儿子，都是张志毅自己接的生，农村没有进医院的条件。二儿子出生的时候，因为是冬天，剪刀消毒出了问题，结果被感染，得了破伤风。后来孩子在床上瘫了几年，最后还是夭折了。

"想起就伤心。没有办法，留不住他啊！"王阿姨说的时候，眼圈红了起来。

张志毅看起来文弱，干农活却是一把好手。在生产队，他总是出满勤，抄田、耙田，驾起大水牛来得心应手。那时候，靠生产队分点粮，自己再种点菜，一家老小不会饿肚子。为了让家里的生活好过一点，张志毅自己还偷偷喂了猪。过年的时候，他把猪杀了，腌成腊肉，这样可以吃上一年。但在当时，猪肉是计划供应，私宰毛猪是违法的，这还得了！生产队的杨支书就说"把张眼镜捆起来"。后来张志毅补交了六块钱的税钱，才算走脱了路。

因为是高中生，生产队觉得张志毅是"文化人"，便请他去当会计。后来村上办学校，他又去当民办老师，一个月十几块钱，但这对他的家庭却是一笔大收入。所以张志毅是又当会计，又当老师，又挣工分，算盘、粉笔、锄头一样都没有落下，按他的说法是"拳打脚踢"，样样都来。

那时候，学校在河对岸，张志毅每天都要撑船过去。"天天过河，来来去去很不方便，一涨大水就回不了家。每到放假，就要赶紧把田抄完，没有一天休息。我教了30多年的书，当了50多年的农民。"

张志毅告诉我，他小时候的身体非常差，半岁母亲就去世了，没有吃过一天的奶。刚来马边的时候他非常不适应，有一次打摆子，差点死了。他认为是劳动改变了自己，他的身体逐渐强壮起来，能够为妻儿老小遮风挡雨，他很感谢这块土地。

在我们交谈的过程中，我突然问张志毅："那时候你想过回成都没有？"

他的回答是当初想过，成都毕竟是他的家，同他一起来的那批知青都先后回了成都，也想方设法解决了工作，只有他留在这里。当时，成都的亲戚也劝他回成都，就说哪怕是摆张台球桌也能吃饭，但张志毅不能接受。全家几口人回成都，他妻儿的户口怎么解决？张志毅觉得不现实，就打消了这个想法。其实，自从他与王阿姨结婚以后，特别是有了子女以后，他就没有想过回成都，也就打算一辈子扎根马边了。

对于过农民的日子，很多人觉得苦，但张志毅已经完全适应并心甘情愿地投入到了其中。1981年国家搞包产到户，他分到两份地，活路他一人干，挑粪浇灌，自得其乐。有一次，成都方面来招工，希望他回去到一所学校代课。一个叫李毅的人很热情地做他的思想工作，说机会难得，其实是同情他的处境。张志毅犹豫了几天，想着大城市跟村上的学校究竟不一样，自己就是个民办教师，可能在讲台上站不了几天，以后只能去当后勤，还不如在这里教当地的孩子，可以尽一份力，就婉拒了对方。当然，他后来也就再也没有这样的机会了。

在张志毅的辛勤劳动下，他的家很有生气，四周菜地种满了菜，一片郁郁葱葱。受他的带动，附近又先后增加了十几家农户，散落着一些农舍，他们都跟着张志毅在河滩这一带建房住了下来。正是初春季节，乡村到处是一片生机盎然。张志毅告诉我，有一年，附近有块一亩多的地，是别人不愿种的，他便去补了农税，捡来自己种。结果，这块地又被他种活了，现在他种上了各种各样的蔬菜，一家人根本吃不完，还经常送人。"自产自销，自己高兴。"他说。

那天，张志毅夫妇带着我去看他们种的地，出小院门口就看到一棵核桃树，他说来的时候还是一株苗，现在树干已经有一抱粗了，每年树上要结好多核桃。我们又走到他的地里，他顺便摘了些蔬菜给我们，说这是大粪浇出来的，不是大棚栽种的，绝对纯天然。

站在地里，老夫妻俩就是地地道道的农民。如今张志毅已经快80岁了，但身体看上去还没有大的毛病，这一点他特别自豪。"我们当时来的那拨知青都回去了，有些都去世了，我现在还在搞劳动。"他说。劳动给他带来了充实的生活。

退休后，张志毅夫妻每年都在到处旅游，他们走了很多地方。每年把庄稼种了，就出去旅游，回来收庄稼，收完又走。

"上半年一趟，下半年一趟，到过东北、黄山、新疆等地。地不用看，庄稼要长三个月，把草薅了，小春种了又出去旅游。上一回出去要了两个月，回来一看，小鸡都抱出来了。每年我还要喂两头猪。肉吃不完，去年的腊肉生了霉，只好当柴烧。"

教了几十年的书，张志毅也是桃李满天下了。后来张志毅在老屋的基础上又多盖了一间房子，为的是儿孙们回来有住的，学生们就来给他出力，安窗帘、铺地砖。张志毅告诉我，他的学生在当地有当镇长和书记的，年纪大的都当爷爷奶奶了。

"学生来看我，顺便去河边钓几条鱼，回来陪我喝三杯酒。"

如今，张志毅虽然在城里有了房子，但他还是喜欢住在乡下，因为他要照料他的庄稼和蔬菜，他对土地有一种最朴实的热爱。他的两个儿子都在外地工作，很少回来，但这里仍然是他们的家园。前些年，孙女到国外读大学，临走时一家人还在屋门前合了影。当时，张志毅曾对孙女说："你回来就到爷爷这里来住，这个房子以后就留给你。"但孙女说："我不想回来，我也不要这个房子。"

也许最后留下来的还是二老。三间房、一个小院，这里已经容下了他们的一生。

　　那天告别张志毅夫妇的时候，他们站在村头送我。他们真的就是两个地地道道的村夫村妇，当年的成都知青已经与那片土地深深地融到了一起。汽车开出村口的时候，我回头望了一眼他们变小的身影，眼中突然一涩，又想起了那首忧伤的歌曲：

　　　　梦中有个温馨的屋
　　　　茅草的屋顶黄黄的泥土
　　　　弯弯的小河从屋后流过
　　　　啊，那是我知青的小屋……

最后的乡村放映人

见到匡培昌是2022年的3月底，乍暖还寒，他戴着顶鸭舌帽。

见面的时候，他在打电话，为顶替儿子放电影的事情在不停地与对方交谈。匡培昌想多争取一点放电影的机会，他的儿子得了癌症正在治疗，需要钱。

匡培昌是1955年生人，今年已经67岁了。从1979年参加工作开始，直到今天他都是一名乡村电影放映员，他已经整整干了43年的放映工作。

老匡是马边茨坝人，中学毕业就回乡当了知青。他读书时是名好学生，在学校里担任宣传委员，回到村里后又担任团支部书记。那一年，公社招收电影放映员，要招身体好、政治思想好的年轻人，他就去报名，一下就考上了。

"那时候，放电影不仅仅为了娱乐，更重要是个宣传工作，跟下田种地当农民是两回事。"老匡说。

考上后先要培训三个月，放电影是门技术活。培训就是学两门课：一是学发电，那时乡村没有电，都是自己发电；二是要学放映机的维护保养，坏了要能自己修，必须过关才能上岗。

"放电影并不简单，把幕布扯平都要手艺。放映员有级别，要一级一级地考，最高是考上六级放映员。我现在是放映技师，是最高的职称。"说起这点，老匡有些自豪。

当上放映员后，人家就开始喊他匡师傅，每月能够拿到24块钱的工资，下乡每天补助两毛钱，一个月大概有30块的收入，比起那些还在地里干活的同龄人就好多了。但是，他们的身份其实还是农民，比起那些体制内的国办放映队放映员差得远。人家是从财政上拿工资，旱涝保收；而他们属于社办放映队，是乡上办的，经费由公社发，没有保障，这在后面就显现了出来。区别还不止于此，"国办队"只负责城区放映，在大礼堂里放，都是在室内，不会日晒雨淋；"社办队"是跑乡下，就靠"甩火腿"，而且是放坝坝电影。当时匡培昌负责莜坝四个乡的放映，只有两个人，所有点跑一遍要花一个月。

乡村放映员自然要辛苦很多，单运输放映设备就是件困难的事情。最早的时候全靠人背，翻山越岭，风雨无阻。发电机、放映机、胶片都是笨重的家伙，加起来有几百斤，至少要三个壮汉来背，一般要四个人才稍微轻松一点。从这个村送到那个村，没有汽车，很多路都还没有通，全是在羊肠小道上盘旋，后来才有了马驮。

放坝坝电影，常常苦于天气变化。那时的天气预报不准，跟八字先生差不多，算不算得准全靠猜测。所以看起来是晴天，但放着放着就下雨的情况很多，而且遇上大暴雨的情况也不少，得赶紧拿油布盖机器，同时疏散人群。所以在他们的行装中，雨衣、雨伞、电筒这些是必备品。全部的人走完了，他们还得守在那里，慢慢把设备搬到房屋里。自己淋湿不要紧，机器、胶片一点都不能打湿，那等于是他们的身家性命。

到了放映地，一般是背起铺盖走，住在就近农户家里，农户家里有床就睡床，无床就打地铺。有的农户卫生条件差，睡一晚上惹一身虱子，搔得全身稀烂。在老乡家里搭伙，早饭给一角钱，中午一角五，晚上一角钱，每天三角五，不能白吃。那时农村最缺的是粮票，没有粮票寸步难行，在馆子里买个馒头都需要粮票，所以他们每月会向公社多争取一点粮票补贴，目的就是给寄住的农家一点。但他们很受人尊重，农家对他们也很热情，经常推豆花给他们吃，最好的还会下一碗鸡蛋面。在那个时代，一个鸡蛋就代表人间真情。

在乡下看电影无异于是一件喜讯，比打牙祭都让人高兴。但乡下不通电，也没有电话，村与村之间的通信都是靠带字条。村里一旦得到放电影的消息后，就在大喇叭里播放，全村都沸腾了，奔走相告。

到了放映那天晚上，晒坝里早早就占满了小板凳，山坡上、谷堆上、房瓦上，连幕布的背面都挤满了人。天一黑，周边的山上还不断地出现一片奇特的景象：漫山遍野的"萤火虫"迅速连成了一条条线，在山峦里流动起伏。那是老乡们打着火把来看电影了，小路上都是火把、电筒，远远近近地跳动，充满了暖意。

"村上的人都来了，除了走不动的老人，再远都要来。那种热情现在见不到，真的让人很感动。"

说起当年放电影的情景，老匡好像忘了刚才为儿子操心的事情。实际上，就在我跟他谈话的过程中，老匡又跑到一边去打电话，一打就是半小时。但走廊里的回声很大，全部传到了我的耳朵里，说话的内容无非就是求对方能够通融，让他多放一点电影。

这个过程，让人有点尴尬。但回来后，他很快又回到了之前回忆的讲述中。

那时候，他们每到一地放电影，特别受人欢迎，人们都盼望他们到来。小孩子们好奇地望着他们，觉得他们就是孙悟空，会把那些装胶片的铁盒子变出不知多少稀奇的东西来。确实，匡师傅每次都会带来新的影片，那就是每次必然要在正片前播放的两部纪录短片《祖国新貌》。

"《祖国新貌》最受欢迎。那时很多人没有走出过马边，能够看到马边之外的事情，新奇得不得了，看得眼巴巴的。"

电影开始前，匡师傅要拿着话筒讲半个小时，"主要是宣传党的方针政策，要跟社员同志们讲国际、国内的形势"，这需要口才，得头头是道。这是匡师傅每场电影前的必修课。当年招收放映员，就要求有这样的基本素质，放映员就是宣传员，宣传员就要能说会道。但社员同志们最想的是看电影，他讲话的时候，坐在大坝子里的婆姨媳妇小孩们早已按捺不住了，嘤嘤嗡嗡一片。

突然，银幕上闪出一道光，人群喧哗了起来。电影开始了！有人兴奋得把手伸进光束里乱晃几下，但人们很快就静了下来，只听见胶片转动的沙沙声。那时候，匡师傅每晚要放映四部电影，科教片两部（也就是《祖国新貌》），十五分钟一部，正片两部，要放三到四个小时。一共四卷胶片，四十几多斤重，全部放上一遍。

遇到冬天黑得早，电影也要早放，晚上11点就能够放完。但冬天冷，寒风吹，站在空地上几个小时，常常冻得手脚发麻。后来，乡里特别照顾，专门给匡师傅发了件军大衣。

夏天就不一样了，天黑得晚。过去放映灯的亮度低，只有100多流明，要等天黑尽了才能放，不然看不清，所以经常放到12点以后，甚至到凌晨一两点。但乡亲的兴致特别高，从头看到尾，不放完不走，就像喝汤把锅底都要舔干净一样，完了还恋恋不舍的样子。

那个年代，根本就没有娱乐，天一黑就只有数星星，农村能够看一场电影，比杀年猪还要安逸。过去的农村是公社化管理，都是集体生产，统一出工收工。劳动期间一般是早上、下午都要歇两气，歇一气大概是20分钟。有时晚上放得太晚了，匡师傅就说，大家还要赶路回家，干脆少放一部，但人们不干，连村干部也不答应，说："匡师傅，放嘛放嘛，最多明天上工我们少歇一气！"

在匡培昌的印象中，他放过那个年代所有的电影，如《南征北战》《地道战》《地雷战》《红色娘子军》《闪闪的红星》《洪湖赤卫队》等。最火的是《白蛇传》，他从来没有遇到那么让人疯狂的电影，上下两集，要放三个多小时，人们看得如痴如醉，"吃鸦片也不过如此"。

老匡还记得，当年在进步村放《白蛇传》，放完已经晚上10点过了，机器都还是烫的，廖叶坪村的人就等着来背机器，要当晚把他请去再放一场。匡师傅说，还要赶几里路，太晚了，明天再放不迟。但廖叶坪村的人说："匡师傅，腊肉都煮起了，放完我们请你喝烧酒！"确实，他一去，村民还真等在那里，早就翘首以盼了。那一次去了后，什么也不说，直接就放，前面的宣传讲话不搞了,《祖国新貌》也省略了,放完已是深夜两点过。

"20世纪80年代的电影太红火了,每到一地,老百姓把我们当成座上宾。"老匡说。

但也就在这段时间中,匡培昌想离开放映工作,因为那时的每一个有志青年都想寻求新的生活。1977年,他参加了全国高考,只差了一点,不到10分。"其实我的成绩不差,但天天都在村上放电影,哪有时间复习?"

当时,同匡培昌一起考的另外两个同学都考上了,刘二娃后来留学美国,贾某某成了华西医大的教授,都混得人模人样的。他不甘心,第二年又准备考,结果中途得了肺结核,医了半年,就错过了。

但他还想寻求改变自己的机会。那时候,在乡村里有所谓的"八大员":广播员、林业员、水利员、农机员、赤脚医生、民办教师等,都是临时工性质,不是国家编制内的人员,但因为都有一定技能,可以通过考试转正。但奇怪的是,唯独放映员不能考正式的工作人员。这是怎么回事呢?老匡不信,想:这不是歧视吗?便去问,有关单位就翻出文件说:"你看嘛,这是文件规定了的。放映员是重要的宣传岗位,工作性质就决定了不能考。"

老匡觉得委屈,又去找公社书记,说不想放电影了。但书记说:"小匡呀,乡政府对你的期望很大,放电影不是随便哪个都能干的。你能说会道,拿起话筒就能讲,这是本事,必须要留下来。一句话,你要好好干,我们根本不会批准你走!"

匡培昌就留了下来。按他现在的话说,那就是命。

但是,进入90年代后,乡村放映开始走下坡路。匡培昌很早就感受到了这样的变化。承包到户后，农民去看电影的热情没有那么火了，每次放电影也逐渐来得晚了，因为他们要打理自家的庄稼，要把农活忙完才出发，而过去是提前收工，一早就去占位子。

其实，真正改变的是乡村的环境。

首先是在交通上，乡与乡之间开始通公路。以前是靠走路，靠马驮，翻山越岭；现在有了拖拉机，可以顺道去接他们，轻松了不少。

其次是电也通了，很多乡上也能够自己发电，办起了小型发电厂。但电压不是很稳，时高时低。"电压低的时候，拖不动机器，放出的声音懒声懒气的；电压高的时候呢，声音又尖声尖气的。"老匡说。

但自从有了电后，对电影的冲击很大，因为有些村民家里开始有了黑白电视机，娱乐方式发生了变化。也有人开始经营电视，5分钱一场，看东芝彩电，放日本的电视连续剧《血疑》，人头都攒在那里去了。老匡他们花了3000块钱买了台烟灯，想改善放映条件，让投影的效果更好一点，把看电影的人留下来。"花那么大笔钱，也是花了血本的，就是想把观众留下来。"

但熬到了2000年后，很多放映员就不干了。撤区并乡建镇之后，行政建制发生了很大的改变，放映队没有人管了，只有自谋出路。过去马边全县有30多个乡，每个乡都有电影队，放映员是招的，政府有补贴，但后来都散了。"我当时有三台老式放映机，都是人家不要的，当废铁处理，几十元就卖了。我就捡了起来，觉得当破烂可惜了，不如做个纪念。"老匡说。

匡培昌当时已经是四十几岁的人了。放了二十几年电影，没有其他技能，怎么办呢？他思来想去，做生意没有本钱，改行没有优势，下蛮力比不上年轻人，还是只有放电影。

实际上老匡等于是失业了，生活也没有了着落。那时候，他只好一个人去跑"牛牛场"。他买了辆二手摩托车，又买了部二手手机，专门跑电影。因为在乡间穿梭，也顺便倒腾点茶叶，帮补点收入。

没有公家的电影放映，只有私人办生朝满日、红白喜事，才能派上用场，老匡脑子好用，倒也能养家糊口。但跑电影就跟过去大不一样，要让主人高兴，一般是放通天亮，烧两堆火，一晚要放四五部电影，有没有人看不要紧，只要声音响着就行。

放的影片是过去电影公司淘汰了的，老匡收了几十部，倒也能够应付；机器就是那几部老式放映机，没有几个人再能够折腾那些笨重的家伙了，但他还行，依然熟练地使用。那时候，老匡长期在外，十天半月回趟家就为了洗个衣裳，耽搁一天，又出去找活路。这一干，就干到了2007年。

按照老匡的想法，干到60岁就不干了，按国家标准自己退休。

2007年的一天，他的手机突然响了——文化局的易科长找他，就问他一件事，还想不想放电影。老匡说："我一直就在放呢。"易科长说："不一样，是国家出钱给你放。"老匡不相信："哪来那么好的事情！电影都在打烂仗了，难道天上掉馅饼了？"易科长就说："你就年底等通知吧。"

果然，到了年底，易科长就打电话来了，希望他去放公益电影。每年4到11月之间，去每个村轮流放电影，要求每个村放7.2场，每晚只能放两场，每一场都有补助，那个0.2是平摊计算的结果。这真是意外之喜，老匡的条件正好合适，50出头，还可以出把力。

其实，那时候能够放电影的人真不多，很多放映员早就转行了。关键是放映员是自带机器和影片，有这个条件的人更少，只有他匡培昌齐全——家中有三台老式放映机，又积攒了上百部影片。那都是电影公司垮了后没人要的东西，他当时当捡回的破烂堆在家里，哪知道山不转水转，居然又有了用场。

有一天，易科长问老匡，能不能把他多出的机器租出来给别人用，因为另外有两个放映员没有机器。老匡很慷慨，说："不用租，拿去用就是了。"于是他就把机器送到客车上，主动给那两个人送去。

很快，匡培昌忙活了起来，还找到个徒弟跟着他放电影。但等他们放了几个村后，易科长的电话又打来了，说那两个人根本操作不好放映机，经常烧片，幕布也拉不伸，下面看的人吼黄，所以要把机器退回来。其实，就是要他去给那两个人擦屁股。那一年，匡培昌师徒俩扛了大头，放了三分之二的乡镇。

不久，老匡的儿子当兵转业回来，找不到好的工作，说不如跟着放电影。老匡也想不出其他办法，就同意了。其实他不是很愿意，干了一辈子，这个工作没有什么前途，幸好公益电影开始了，儿子可以暂时有碗饭吃。

但是，当他们父子俩带着那台老机器到处跑的时候，数字机出现了，那是在2009年。

数字机操作简单多了，老匡说相当于是傻瓜照相机。他经历过三代机器：第一代8.75毫米的胶片机，银幕小，清晰度差；第二代16毫米胶片机，银幕大了一倍，亮度也高，但仍然需要人工操作；第三代是数字机，1000多流明的亮度，白天在墙上都可以放，播放器就是台电脑，里面可以储存20部电影，而老式的放映机才带4部，差距太大了。

他的老式机器确实该淘汰了。期间发生了一件事。那一年，老匡到民主乡三河去放电影，由于在山区，对方牵了匹马来驮设备。结果，那天下起了雨，他们在山道上翻了一坡又一坡，路上滑了几跤。老匡就说，路太滑了，不走了，等路干了再去。对方的人说，不行呀，要赶时间，逮着马的尾巴走就好了！这样就安全了。老匡照着他说的办，但走到一个下坡的地方，老匡就拖不住了，马往下面急速滑去，直落谷底。他们下去一看，马摔死了，机器也摔烂了。

那个村民要横，找他扯皮，要他赔马，说马驮的是老匡的机器。但老匡说："是你们找我去放电影，来运我的机器，马死了，跟我有啥子关系？"两边争执不下，老匡跑到山顶去打电话，找来了当地的虞乡长。虞乡长一看，就说，马死了就算了，机器烂了自己修，各管各。老匡就不干了，说："我是被请去放电影的，机器被白白摔烂了，我以后咋个办？"虞乡长就把他拉到一边说："算了，老匡，你的那个破机器值不了几个钱，我晓得。"

从那时起，匡培昌只好把他的老式放映机淘汰了。其实他是被动淘汰的，他还是有些舍不得。但老匡用起了数字机，也就跟老放映机时代彻底告别了。

不料，坏事居然变成了好事。2010年，老匡在山区驮马放电影的事情在网上传播了出去。有一天，省电视台的范记者突然出现在他的面前，她是被他的事迹感动了，主动联系上了他。回去后，采访报道就在电视上播出了，很快就引起了反响。不久中央电视台也来采访，说要在新闻频道上播出。

"整整放了三分多钟。过去觉得没有做啥子嘛，电视上一说又觉得做了点啥子。"

不久，老匡被通知到成都开会，住在了金牛宾馆，他被评为省劳模。2011年，他又被评为全国劳模，通知他要到北京开会。但老匡说不去了："北京那么远，不知道车费报不报？"他就没有去，结果奖章、相册、文件一堆东西寄回来了，他把它们扔到了一边。下半年的时候，县工会打电话来，说全国劳模有个待遇，每月有400元的补贴，但需要文件证明。老匡说："啥子文件，我不晓得啊！"工会的人让他回去好好找找。后来，老匡果然在那一包东西中找到了一份文件，他之前压根儿都没有打开看过。

劳模的待遇，对老匡还是有不少帮助。"儿子得病医了30多万，啥子钱都医完了，到处借钱。后来县工会得知我的经济困难，过年时给了2400元的慰问金，又发了1万元的困难补贴。"他说。

本来，匡培昌到了60岁后就不想干了，但这些年放学生电影又需要有资质的放映员，他感觉身体尚好，也就继续干着。如今他一学期要到40多个学校放电影，仍然是忙得不亦乐乎。

就在我同老匡见面的那天晚上，他还要去白家湾小学放映，下午就要过去。他说，今年开学早，他已经放了二十几个学校了。

临别的时候，我问老匡："您已经67岁了，还准备放多久？"

　　他叹了口气，说："儿子马上又要去医院做化疗了，我得替他顶着，没有办法啊。"

　　那一天有点冷，老匡戴着顶鸭舌帽。

第九章

边地尘梦

2017年6月，『苏苏』因年老去世，活了34年，成了成都大熊猫繁育基地寿命最长的大熊猫。因为『苏苏』的曲折经历和旺盛的生命力，它把发生在遥远的马边的一段传奇奉献给了世界。

马边大熊猫往事

1975年5月底，马边县政府收到了四川省林业局的一封函件，要求捕选两只体重在100市斤以下的健壮大熊猫，并务必在7月底之前完成。这件事情对远在西南边区的马边来说，是一件特殊的政治任务，因为大熊猫将作为国礼送给新建交不久的墨西哥，"是毛主席革命外交路线的具体体现，在国际上具有重大的政治意义"[①]。

时间只有两个月，实际上在马边县将任务安排下去时，已经是6月5日了。马边县在得到上级指示后，迅速安排三河口区立即组织专业队，在药子山、实笋岗坪等地实施捕捉工作。很快他们就组织了两个组，每个组7到10人，队员要求是"政治觉悟高，责任心强，又有一定捕捉技术能力的社员"[②]。

这次行动的经费开支有详细安排，队员有误工补助，还有粮食补助，按森林勘调标准，每天补助半斤粮票。捕获工具如望远

---

① 1975年6月5日《马边县革命委员会关于立即组织捕捉大熊猫的通知》，原件存马边彝族自治县档案馆。
② 同上。

镜、绳子、笼子等在当地购买，凭票报销。对捕捉方法也有要求，不能炮炸、枪打或者硬物袭击，总的来说就是不能伤害大熊猫。另外，捕捉以后要求立即电告，以便安排组织运输和管理饲养。

时间紧迫，前期工作紧锣密鼓。但人们要问，四川是熊猫的故乡，有大熊猫的地方不少，这么大一件事，为什么偏偏会选到马边县来做？

这就得从马边的独特自然条件说起。马边过去是一个山高林深、人烟稀少的"塞外王国"，在复杂的地貌和地热条件之下，土壤肥沃，植被茂密，生长着大量的珍稀动物，其中大熊猫的数量居于周边山区之冠，是我国地理纬度最南端的大熊猫数量最多的县。

大熊猫以食竹为主，马边是它绝佳的食物基地。在马边山区，海拔1400到2000米的常绿阔叶林带中生长着大量的竹类，如大风顶南麓的大节竹、罗汉竹，笋期在4月间；药子山、鸡公山等地则以方竹为主，笋期在八九月，俗称"八月笋"，味道最佳，是当地山区有名的山珍之一。这一带正是大熊猫的"美食餐厅"，它们春季在这里吃大节竹的竹笋，秋季采食方竹笋，冬季则以大节竹和方竹的梢枝、茎秆和竹叶为食，食材非常丰富。

大熊猫又有食溪水的习性，喜欢在沟谷、窝凼、谷坡、山腰平塘等活动。也喜欢晒太阳，爱在山脊上游荡、玩耍、"躺平"。在马边发现熊猫的地方，有40%的地方都是在沟谷之中，50%是在山脊上。马边境内溪流纵横、山峦连绵，马边河主要支流和大小溪沟联结构成了一个水系贯穿全境，这正是大熊猫生存的世外桃源。

不仅如此，马边的大熊猫与其他地方的大熊猫情况还有很大的不同。一般来说，大熊猫的活动区域基本都在2600至3600米的高海拔地区，而马边的大熊猫则生活在低了1000米的地方。1977年，四川省珍贵动物资源调查队对马边的大熊猫进行了为期4个月的勘察，发现在1400至2000米海拔地区有大熊猫36只，在2000至2400米海拔地区有大熊猫19只，而在2400至2600米海拔地区仅发现了4只大熊猫，这就证明了马边大熊猫主要栖居在海拔1400至2000米的地区。这是什么原因呢？调查队在《四川省马边县珍贵动物资源调查报告》中这样分析道："马边县大熊猫主要分布于县境西部界山，山势高峻，沟壑纵横，山高谷深；山腰河谷气候温暖湿润，雨量丰沛，多云雾，原始常绿阔叶林带保存较为完整，灌木层中又以多种竹类占优势。故马边县大熊猫活动习性与全省各山系差异很大，海拔很低，当年以亚热带常绿阔叶林为其主要栖息环境。"

马边县大熊猫的分布，主要在马边河及其主要支流的沟尾，阴湿多雾、原始植被保存较好、林深竹茂的西部边界山区。所以，当马边县在接到捕捉大熊猫任务时，迅速集中到三河口区来实施，就是基于上面的调查资料。

值得一说的是，三河口区境内药子山一带在六七月后盛产方竹笋，大熊猫最喜觅食，其行迹极有可能出现在这一地区。实际上在两年后的1977年，四川省珍贵动物资源调查队就在三河口区的挖黑口、涉水坝、宪家普等地发现了29只大熊猫。这些地区是马边境内大熊猫最为密集的地方。所以，这次捕捉行动在茫茫的深山中进行，要想在短时间内有所收获，就得精准出击，人们把目标锁定在了三河口区一带。

　　两组人马很快就进入了工作之中。他们按照大熊猫出没的规律，寻找大熊猫的粪便、足迹，以及民间亲眼所见者的线索，分头行动，耐心地等待着大熊猫的出现。队员们行进在没有道路的悬崖峭壁上，风餐露宿，不能动烟火，只能吃干粮，晚上在隐蔽的地方搭帐篷睡觉。为了不惊扰大熊猫，他们小心翼翼地穿行在云雾缭绕的密林中，但将近一个月过去，除了零星地看到一些痕迹，一无所获，人们不免有些焦急起来。

　　7月5日，成都市动物园的两个人突然来到了马边，带头的人叫加守珍，手持四川省林业局的介绍信，他们是来协助完成大熊猫捕捉任务的。这两人马上就加入了捕捉组，他们在对大熊猫的习性、活动行迹等的知识和经验，以及捕捉的方法上都是行家，有了他们的帮助和指导，提高了捕捉的成功率。

　　也就在这个过程中，突然传来一个不幸的消息，一只大熊猫被炸死了。

　　原来，就在7月12日，三河口区工作人员匆匆赶到马边城里，向县政府汇报了一件事情，说他们在村民罗日罗者、阿六拉井的家中搜到了一张大熊猫皮。而罗日罗者是宪家普的，阿六拉井是涉水坝的，他们正好就是这次大熊猫捕捉目标地中的村民。据两个村民交代，他们是不久前发现有老熊在山里，怕它继续吃地里的庄稼，于是在附近竹子上挂了炸药，三天后听见一声炮响，跑去一看，有头"白老熊"已被炸死。后来他们就把熊皮剥下来据为己有，但坚称当时死的是"白老熊"，而非"峨曲"（大熊猫的彝语称呼）。但大熊猫皮就摆在那里，确凿无疑。这件事最后的定性"系无意杀死了珍贵兽类"，处理结果也略显荒唐：没收大熊猫皮；两位村民在接受批评后只写了张不足百字的检讨书，就被放回了家。

在马边历史上，猎杀大熊猫的事件发生过很多次，已很难追溯。1910年，英国人布鲁切尔在马边大院子山区获得大熊猫皮一张，做成标本后在大英博物馆展出，轰动一时，这是马边最早猎杀大熊猫的记载。

过去，民间猎杀大熊猫的事件非常普遍，原始的狩猎也被世人视为理所当然，"野物无主，谁猎谁得"，不会觉得有什么过错，所以直到国家禁止猎杀珍稀动物的法律颁布后，也未能做到令行禁止。这种事情一直延续到了20世纪70年代。在马边县执行捕捉大熊猫任务的1975年的前两年中，就有4只大熊猫被猎杀，其中1973年在大竹堡鹿耳池炸死一只，1974年在涉水坝炸死一只，1975年在宪家普先后猎杀两只，而上面说的就是其中一次。

马边变成了狩猎者的乐园，关键还在于猎杀的手段极其野蛮，一般是采用地弓、毒药、炸药、阎王碓、绝后窖、枪支追猎等方法，致使大熊猫的数量不断减少。所以在1975年6月28日，马边县发布了《关于认真保护和合理利用野生动物资源的布告》，要求"形成保护珍稀动物光荣，乱捕滥猎可耻的社会新风尚，使珍稀动物资源的恢复和发展沿着毛主席的革命路线胜利前进"。在这张布告中，明确地规定严禁猎捕大熊猫等国家一类珍稀保护动物，违者严惩不贷。

有了法律的规定，这就为任意猎捕大熊猫的历史画上了句号。

当这张布告出现在马边的大街小巷之时，为外交选送国礼的大熊猫捕捉行动正在进行之中。经过两个月的搜寻，终于在马边的苏坝捕捉到了一只符合要求的雄性大熊猫，它在通过一段时间

马边大风顶上的大熊猫

的人工饲养后，逐渐适应了脱离自然界的生活。1975年9月，这只取名叫"贝贝"的大熊猫被送到了墨西哥的查普特佩克动物园，这成了当年墨西哥最为轰动的事件。与之同去的还有一头叫"迎迎"的雌性大熊猫，一年后，"迎迎"和"贝贝"在异乡产下了它们的孩子"托维"，墨西哥人为之欣喜若狂，专门为"托维"创作了歌曲《查普特佩克的熊猫宝宝》，唱红了整个墨西哥。如今，"托维"的女儿"欣欣"仍然在接续着大熊猫的海外传奇，而这一切的因缘就来自于中国西南一个叫马边的地方。

这件事不仅让马边县扬了名，也让人们意识到马边大熊猫需要认真保护。1976年2月28日，马边县接到了省林业局的通知，告之四川省珍贵动物资源调查队将到马边开展野外调查工作，以便摸清马边珍稀动物的情况。

为这件事，马边县抽调20多位精兵强将，准备分为8个组来开展工作。那时是物资非常匮乏的时期，但为了工作需要，所有的参与人员都配备了当时看来比较"丰盛"的物资："食油每人每月0.5斤，黄豆每人每月2斤，腊肉每人每月3斤，酒每人每月1.5斤，肥皂每人一连，电池每人一对。如有花生果，每人配一斤花生。"[1] 关键是，口粮上也有优待，凡抽调人员，每月粮食为41斤，比当时四川省规定的调查队每月定粮35斤又多出了6斤。

这次调查的重点对象是大熊猫、羚牛、鬣羚、小熊猫，这些都是国家珍稀保护动物，调查地点主要集中在马边大院子区、三河口区、大竹堡、雪口山、袁家溪等地。3月中旬，由胡锦矗、毕凤洲、田兴茂、刘克志等10人组成的专业团队才来到了马边，

---

[1] 1976年2月28日，马边县农林局《关于省珍贵动物资源调查队来我县开展工作的有关问题的请示报告》。

他们由各地的博物馆、高校、专业研究机构人员组成，有丰富的野外科考经验。再加上马边方面组织的后勤、民兵、猎人等20人的辅助团队，一共30人分为了4个分队，开始了为期4个月的调查工作。

这次调查大致摸清了马边主要珍稀动物的家底，发现了一级保护动物大熊猫77只、羚牛近80只，二级保护动物鬣羚18只、小熊猫200只以上。就凭这些珍稀动物的存在，划出禁猎区已是势在必行。调查工作结束后写出了《四川省马边县珍贵动物资源调查报告》，系统地总结了马边的自然条件与珍贵动物之间的生存关系，并得出了成立马边大风顶自然保护区的必要性。这也是马边历史上第一份珍稀动物考察文献，其意义和价值巨大。

值得一说的是，参加调查团队的胡锦矗教授从此与马边结缘，长期扎在马边进行大熊猫的科研调查工作。1983年6月，他与世界野生动物基金会专家组组长乔治·夏勒博士来到了马边，考察了大熊猫的生态环境。后来他与学生在1991年到1993年期间在马边大风顶自然保护区设点，对大熊猫的生态进行了为期三年的研究，他们的站点就设在白家湾暴风坪的丝彻拉打。

1977年8月上旬，也就是在四川省珍贵动物资源调查队完成任务，刚刚离开马边后，大院子区白家湾公社的地盘上突然出现了一只大熊猫。当地社员马罗证发现后，便纠集了一群村上的人将大熊猫捕捉了起来。这件事迅速传到了当时的公社负责人谢火那里，他马上就意识到了事情的严重性，知道禁止猎杀珍稀动物的布告才张贴不久，擅自捕获大熊猫是违法的，于是马上就挂通了长途电话，请示四川省林业局的意见，希望动物园能够收留。但对方闻讯后，就一句话："马上把大熊猫放了！"

于是，大熊猫被放返大山，重获自由。在这一天多中，大熊猫一共吃了75斤羊肉、20斤粮食，舒舒服服地饱了口福，快快活活地补了补营养。而捕获它的人不但邀功不成，还因为当时动用了40多个人去围堵大熊猫，耗了一天的工，颇有些怨言。后来，他们以误工为由，请求补助。最后马边县农林局认为其无伤害大熊猫之意，且捕捉手段比较友好，就同意报销27元钱的粮食费和误工费。但这件事不能鼓励，而是需引以为戒，"若再有此类事情发生，不但不付任何费用，还要追究责任，严肃处理"①。

其实通过这件事，可看到人们对捕猎大熊猫的态度的转变，而马边大熊猫开始得到人们有意识的保护，与人和平相处，也就从这时开始了。

1986年，马边发生了一件事：有只雌性大熊猫跑到山下来，不小心掉到苏坝乡的一块冬水田里，眼受重伤，生命垂危。被当地村民救起后，这只大熊猫迅速被送到了成都动物园救治。经过生死一劫后，大熊猫终于慢慢复苏，为此人们给它取名叫"苏苏"。1992年巴塞罗那奥运会开幕时，"苏苏"产下一只幼崽，国际奥委会主席萨马兰奇得知后非常高兴，就把那一届奥运会吉祥物科比（Cobi）的名字送给了这只熊猫小宝贝。其实，"苏苏"也是2008年北京奥运会吉祥物熊猫"晶晶"原型的祖母，这只被意外救起的马边大熊猫与奥运结下了不解之缘。

曾被授予"大熊猫文化全球推广大使"的成都摄影家周孟棋，于1992年为"苏苏"拍过一张很有趣的照片，取名叫《母子情》。

---

① 1977年8月20日，马边县农林局致白家湾公社革委会信函，原件存马边彝族自治县档案馆。

　　"'科比'满月那天，'苏苏'和'科比'正躺在地上睡觉。我一直在外面看着它们。半个多小时后，它们突然醒过来了，'苏苏'翻身坐起来把'科比'搂到怀里，舐犊之情充溢而出，真的是母子情深。我来不及去架脚架，迅速抓拍到了这个瞬间。"周孟棋回忆说。这张照片成了他一生最爱。

　　2017年6月，"苏苏"因年老去世，活了34年，成了成都大熊猫繁育基地寿命最长的大熊猫。因为"苏苏"的曲折经历和旺盛的生命力，它把发生在遥远的马边的一段传奇奉献给了世界。

寻找《山城》

李伏伽是教育家，也是一名作家，一生勤于著述。

早年的时候，李伏伽有一段报纸编辑生涯，这同他的文学追求是相关的。1936年8月至1939年1月期间，李伏伽分别在重庆《星星报》《星渝日报》《西南日报》当过副刊编辑，写了不少的散文随笔，如《在轰炸中》《战争论》《前方与后方》《为人民呼吁》等。特别是他写的长篇报道《到灾区去》，刊登了四十几期，是他一系列深入到四川各地的深度采访报道，可以说是一篇对抗战时期四川社会的考察报告，颇具研究价值。

那是李伏伽创作最旺盛的一段时期，30岁左右，精力充沛，思想活跃。但后来他突然转到了内江乡村师范学校任教，从此与教育结下了不解之缘。从1941年到1950年，李伏伽辗转回到马边办学，直到1950年5月，李伏伽到乐山工作，才离开马边。

临行前，李伏伽将他过去发表剪存下来的各种作品两百余篇，连同日记、信件一并装入一口提箱，存放在了他母亲的家里。其中，还有一部30万字的长篇小说《山城》的手稿也放在了里面，这基本上是他在40岁以前所有的创作成果。

　　1960年，李伏伽的母亲去世，"所有房屋、家具、衣服全被城关镇接收，我这口箱子也下落不明"①。

　　这件事情对李伏伽而言非常无奈，他前半生的所有文字积蓄全都在那口箱子里，如今箱子不见了，这对他而言是个不小的打击。1960年是个特殊的年辰，粮食极度匮乏，到处都在闹饥荒，他可能也没有太多心思去想这件事。最关键是他母亲在1950年后被划为了地主，所有东西被"接收"，李伏伽的文稿自然也被视为地主财产的一部分。其实，在当时的政治形势下，他也不可能去讨回，他也许想的是，以后再找机会去寻找吧。

　　关于李伏伽的母亲，李伏伽在自传《旧话》中写道："我的母亲姓何。她的父亲是清军驻防马边镇边营的一个哨官。她幼年时住家在守备衙门内，曾在衙内的专馆私塾上过两三年学，读过《小姑娘》和《女儿经》，认得些字，能念'善书'和《柳荫记》《四下河南》这一类唱本。她的女红针黹也不错；还会照着花样子描绘枕头和蚊帐的檐子，在当时的马边也要算个'才女'了。她的个子很矮小，只及我父亲的肩头，性格也善良而软弱，在人前不大说话，显得很腼腆……"

　　李伏伽的母亲命很苦，16岁结婚，丈夫在她23岁就去世了，年纪轻轻就守寡，在家族中很受歧视，"我母亲的脸是阴沉而悲哀"（李伏伽《故乡》）。但她很能干，"她二十多岁守寡，分家只得五石租谷，拖着我给人做针线活路，以后摆摊卖血旺子，

---

① 1984年10月7日，李伏伽致乐山地委统战部部长郭慎三信，原件存马边彝族自治县档案馆。

挣了钱，买了七石租谷的田，共十二石。"① 就是这十二石租谷的田，让她成了地主。

母亲去世后，李伏伽的创作进入了一个丰产期，他在1962年前后连续在《四川文学》上发表了《师道》《曲折的路》《夏三虫》《灯》等作品，而这些作品的出现却让他的命运变得曲折起来。从1965年开始，《四川日报》连续刊登了五篇文章，批判其小说《师道》是在宣扬资产阶级教育思想，是"大毒草"。李伏伽与徐中舒、卿希泰同时被列为四川"三家村"，成了四川文化界的重点批判对象。在一场轰轰烈烈的批斗之中，李伏伽经历了长达四年的劳动审查，最后被定性为反革命分子。

关在牛棚的日子里，李伏伽写到过他这段经历："妻子愁何在，亲朋绝不通。乾坤一反覆，炼狱火熊熊。"（《牛棚》第一首）

1970年冬，李伏伽被下放回了马边，成了一个"在额上刺上无形'金印'的罪人"（《故乡》）。他到了水碾坝公社接受劳动改造，住在半山腰的一个牛棚里。那里老鼠成群，饥饿且凶狠，曾啃伤过他的脚趾。他在诗中写道："开帐蛇盘枕，挑灯鼠跳梁。暮寒风破户，遥夜月窥窗。"（《牛棚》第七首）

有一次，女儿来看他，父女相见，不禁相拥而泣。父亲挨斗，子女也抬不起头，一家人都被一种凄苦和悲伤笼罩着，前路茫茫：

凄其岁聿暮，娇女来山隈。

---

① 1984年10月7日，李伏伽致乐山地委统战部部长郭慎三信，原件存马边彝族自治县档案馆。

> 恸汝韶龄蹇，嗟予老病摧。
>
> 范滂未作恶，张俭岂云归。
>
> 休问人天理，吾生本细微。

范滂和张俭都是东汉时期的著名谏臣，却因为党锢之祸，遭受诬陷，获罪下狱。李伏伽拿他们作比，可见他的内心中藏着多少冤屈和苦痛。"恸汝韶龄蹇，嗟予老病摧"，因为家庭成了黑户，女儿不仅没有能好好享受青春，而且受到了牵连，他自己已60出头，身体虚弱，每天还要出工劳动。写这首诗时，李伏伽的心中是流着血的，这也是他人生遭受巨大灾难时留下的感愤之作。

打倒"四人帮"后的1978年6月，李伏伽被彻底平反，恢复名誉，一洗之前的所有罪名，还了他的清白，但此时他已经年满70岁。四川作家履冰在《老枝新花迎春开》一文中写到他当时见到的李伏伽："一九七九年春，省里给文艺界几位负责同志和知名人士彻底平反的时候，我欣喜地看到了李伏伽同志。他不仅活着，而且从表面看去，七十一岁高龄的老人，竟然面腴丰润，动作灵活。经历了那么多难以忍受的精神与生活的折磨，竟然像一株苍劲的青松，经受了狂风暴雨的袭击，依然峥嵘挺立。"

也就在李伏伽70岁平反这一年，他写了一首《"落实"后寄介平》的诗来表达自己的复杂心情：

> 七十艰虞劫后身，无端得丧总难论。
>
> 舞台世事歌还哭，春梦人间假亦真。
>
> 九曲黄河终入海，十年枯木又逢春。

平生风义兼师友，何日青山共卜邻？

李伏伽又开始写文章了，他那支曾经惹下大祸的笔并没有搁下，相反更加犀利和老辣。1982年，他的文集《曲折的道路》由四川人民出版社正式出版，这里面就收录了他1961—1962年与1978—1980年两个阶段的文章。前一阶段是他在"文革"中获罪的那些旧作，如《师道》《夏三虫》《双丰收》等，因被广泛批判也成了他的"成名作"；后一阶段是他平反后新创作的作品，如《三见梁彦芬》《煤》《油菜》《樱桃红了》《故乡》《小咪》等，这是他"归来的歌"。这其中，我个人认为李伏伽写得最感人的是《小咪》，写的是他曾经在最困难时养的一只猫。这只被他呼作"小咪"的猫是他死去的儿子留下的，也是女儿坐了几百里的车给他送来"防鼠"的。李伏伽与"小咪"相依为命，其间的患难之情早已超越了人和动物的界限，读来让人几欲落泪，唏嘘人世命运之辛酸。

这本薄薄的小书，就是李伏伽走向新世界的一份见证，充满了疼痛、呼喊和控诉，也是一段珍贵的生命记录。但这里面有一个问题：他早年的作品，一篇也没有收录，因为它们都被装进那口箱子中，失踪了二十几年了。

但是，就是在1982这一年，一个偶然的事件，让那些失踪的文稿浮现了出来。

1980年，马边县编史修志委员会收集地方文史资料，在展品中居然出现了李伏伽那口箱子中的部分手稿。相隔二十几年后，它的神秘出现说明那口箱子并没有丢失，而是被藏起来了。失而复得，李伏伽欣喜万分，连忙四处打听下落。他写了很多信去追寻，但都没有任何答复。这件事竟然在两年之中毫无进展，变得扑朔迷离。

1982年的一天，李伏伽的一个学生突然告诉他，那些文稿是从马边县档案馆里找出来的，数量是76件。那时没有复印件，他的学生自告奋勇，愿意为他抄一份。

但李伏伽以为不妥，本来就是他自己的东西，就该归还他，即便档案馆要想保留，也应该抄录一份给他，而不是靠私人关系去处理。所以，他就写了一封信给当时的乐山地委统战部部长郭慎三，请他帮助"落实政策"。

值得一说的是，2016年夏，我到马边县档案馆查寻资料的时候，在民国档案中看到过李伏伽的几篇剪报和一篇叫《枫叶吟》的手抄诗稿。这些都是20世纪40年代前的东西，其中的《枫叶吟》写于他刚接手马边中学后不久，我曾将它拍摄下来放在了《昨日的边城》一书的插图中。显然，它们就是李伏伽所说的那口箱子里的东西。当时我就很纳闷，怎么个人文稿会在档案馆中出现，这其中肯定有不寻常的际遇。

郭慎三看到信后很重视，就在信上做了一个批示，要求有关部门彻底认真清理文稿，退还李伏伽本人。信转到了马边县委统战部。

但这件事的办理并没有想象的那么快，直到1984年11月，才算有了一个结果。在李伏伽遗失的文稿中，找到了76件剪报，是县公安局移交给档案馆的，已经成了档案资料；还有一些书信，由于属于私人物品，也全部退还了李伏伽。但问题是，那部30多万字的长篇小说《山城》仍然没有下落，石沉大海。

李伏伽最看重的当然是这部手稿。试想，没有几年的辛勤劳动，是不可能完成这么大体量的写作的，尤其是在没有电脑的年代，光誊写一遍也得花上两三个月的时间。关键还在于，这部长篇小说也许是极有分量的文学作品，一旦问世，很可能在读者中形成比较大的影响。为什么这样讲呢？根据李伏伽在1950年前的创作轨迹来分析，这部书稿应该是写于他在重庆时期，也是他创作的最佳时期。李伏伽当时在重庆生活的经历非常珍贵，《山城》应该是部反映抗战时期山城社会以及芸芸众生的精心之作，而像这样的作品其实直到现在都非常少，艺术价值姑且不论，单根据它所反映的风土人情、时代风云，都可能是一部丰富的战时大后方的社会历史记录。可以说，《山城》或许能够成就李伏伽一生的文学高度。

李伏伽在1950年前没有出版这部书，可能有两个原因：一是他1941年2月就回到了马边，投身到了办学之中，无心再思考书的出版事宜；二是认为文稿还有修改余地，放置数年。哪知后面世事变幻，社会环境大变，错过了出版良机。当然，一部书稿的命运有时也就是一个时代的命运。

就在寻找《山城》的过程中，李伏伽做了一件让人想象不到的事。

1984年4月，李伏伽把他母亲遗留下的房屋卖了，得到了5000元钱。这在当时是很大的一笔钱，因为一般机关工作人员每月的工资收入才三四十元。但他将其中的4500元捐献给马边中学购买图书，另外的500元分给了侄女李光荣、李光华两家，而他自己一分钱都没有留下。显然，李伏伽以慷慨和无私回馈故乡，他真的是内心磊落坦荡。

1985年1月16日，在马边县委统战部的组织下，召开了一次

"为调查李伏伽同志手稿问题的预备会"，参加的人有8名，由吴振主持会议。这次会议确定一件事，就是要把"文革"中查抄材料的人找出来，让他们回忆当时的情况，找到线索。会中，据马边县公安局管理档案的童开明回忆，查抄是在"破四旧"社论发表后，是一些红卫兵干的。当时查抄的东西多，都堆在马边中学的教室里，后来又清理到了公安局。

1985年7月18日，马边县委统战部专门组织有关人员，围绕手稿《山城》召开了一次落实政策座谈会，有14人参加了会议。会中赵德锐发言，他参加过查抄物品的清理登记工作，对当时的情况比较了解。他回忆说：

> 红卫兵查抄物资，那个阵势很大，他们是到过北京串联的那批红卫兵，是王公元他们带起红卫兵干的。口号是"大破大立，破四旧立四新"，干得凶，（我们的）压力也大。抄的东西很多，金银铜铁、珠宝玉器、陶瓷制品，各种书刊、衣物，种类不少，有些堆在马中（马边中学），有些堆在民建镇。按照县里的意见，清理也很认真，我记得是一件一件进行登记，《康熙字典》有几部，瓷罗汉也多，好看的东西不少。那时，我们只登记贵重的、值价的物资，一些自认为不贵重的被丢在了一边。清理后，金银珠宝等值价的部分上交财政局去了，记得财政局进行过折价处理，还拿到街上变卖过。清理时我们看到纸张一类的东西太多了，并没有当成好贵重的宝贝，实在无法清理就倒在一边去了。除拿了一些走，其他的都一把火烧了。好多罗汉、菩萨，稀奇的东西，药书也多，不是烧了，就是打坏了，倒在北门河头去了。李伏伽的《山城》手稿，很可

能揉来揉去给揉烂了，当成废纸一起烧了。①

会中，还有一个叫代万安的人也补充了一点重要的信息：

> 我回忆中，你们说的李伏伽剪集《成都晚报》上登载的稿件、文章，这一本我好像看见过。我还看见过有一本立起写的稿子，字有点多，可能是李伏伽的手稿。其他人也看了一阵，胡光银（时任文教科科长）同志讲，没啥子用，是毒草。何兴友（时任军代表）讲，拿毒草来干啥子！烧了，烧了！也不知道这是不是李伏伽的手稿，最后是烧了。②

　　这次会议并没有找到确切的手稿信息，但对当时红卫兵查抄的情况有了一点轮廓。于是马边县统战部就决定有针对性地寻找当年的红卫兵，因为他们是查抄事件的直接参与者。

　　但最后的结果是仍然没有找到手稿，音讯全无，也许它真的被当成一堆废纸给烧掉了。《山城》的遗失给李伏伽留下了永远的遗憾，这是一个时代的痛。

　　1985年12月，经过一番认真的调查后，县委统战部决定按照落实知识分子政策的有关规定，将找到的76件剪报、书信等退还李伏伽，但建议档案馆复印一份留存，作为本县"精神财富"。1986年1月9日，乐山地委统战部派人亲自上门，把已经离开了李伏伽长达30多年的东西送还给了他。

---

① 1985年7月18日马边县委统战部召开落实政策座谈会会议纪要，原件存马边彝族自治县档案馆。
② 同上。

在后来的日子里，李伏伽再没有提起过这部文稿，他好像真的把它忘了。在1991年出版的自传《旧话》一书的最后一句，他这样写道："1950年5月末，我们到达乐山，我才结束了我前半生的噩梦。"

当时的情况是，马边正处于战争状态，李伏伽为了躲避叛乱，仓促之间把那只装有《山城》手稿的箱子放在了母亲的家中，时间正好是1950年5月末，这与他上面的讲述完全吻合。而他万万没有想到的是，后面的人生竟然如此跌宕起伏，这竟成了他后半生又一个噩梦的开始。

小城饮食撷忆

每到一个地方，人们问得最多的，总是当地有什么好吃的。马边也不例外，由于它地处小凉山区，更带有一种异域色彩，常常引来人们的美食好奇。

盛夏的一天，在马边河畔，我与立克石波先生在一起喝茶聊天。他现在已经70多岁，是马边彝族名门之后，10岁就到了马边城里，对老马边的风土人情非常熟悉。

我们的谈话就是从"好吃的"开始的。

"以前，西街口有个朱瞎子，他的洗沙叶儿粑是一绝，又糯又香。南门庙子里有个金和尚，做的发粑也好，一大早那股淡淡的米糟味就弥漫在街上。还有马边中学旁边的猪血旺，血旺在锅里煮一天都不老，不知道有什么秘诀。赶场的人要一碗血旺、一块粑粑吃了，才心满意足地回家。邱麻子的点点鸡也有名，麻辣鲜香，煮得恰到好处，但鸡皮不脱，嚼起来有滋有味……"立克石波说。

摆起这些，马边的饮食历史就在活色生香中漫延开来了。

过去，有关马边饮食的记载不多，在1994年版的《马边彝族自治县志》中仅有几句话："解放前，城区的私营饭馆和饮食摊点有三十多家。较大的三家可以承包宴席，其业主为吴海清、何淮坤和李启恩。小食店中，以灯楼子的醪糟和正中街的肉苞谷粑颇负盛名。"

这还不如立克石波先生讲得多。显然，寥寥数语不足以反映马边的饮食历史。

饮食业的繁荣是同城市商业联系在一起的。《东京梦华录》上有那么多丰富的饮食记载，是因为北宋都城汴京有当时其他城市都没有的繁华。马边地处小凉山区，经济落后于内地，不能与那些商贸发达的城市比。这里的饮食业虽然乏善可陈，但这并不影响其在一些地方美食上的独特之处。其实，我同立克石波先生所聊的，正是那些藏在记忆深处、曾经勾起过人们垂涎却又已经失传的美食。

马边的饮食业过去多是"幺店子"，更多是小商小贩的沿街经营，主要卖些简单的吃食。要说像样的馆子、拿得出手的宴席不多，就算有，这也是一般民众不敢奢望的。所以，过去马边大众意义的餐饮业并不繁荣，甚至可以说就没有真正发育和形成。

马边的饮食成为"业"，可以从1973年说起。

1973年5月7日，马边县"革委会政工组"发出了一份通知，决定成立马边县饮食服务公司，由李文华任主任。这一纸通知，标志着马边有了国营性质的饮食服务团体，这个团体包含了马边的所有国营餐馆，汇聚了马边最好的厨师和烹饪技术。在那个时代，私人餐馆荡然无存，全部被"斗私批修"了，因为1957年后，通过对私营餐饮业的改造，全部变为了"合营饭店""合作饭店""合作小组"。所以，你纵有一身庖厨功夫，只要不

"合"在国营食堂里，也只有空怀绝技而无用武之地。

马边县饮食服务公司成立后，后来又成立了一个工会，在首批进入工会的会员中就有当年的一些厨师。如生于1928年的喻树成，他是当时年纪最大的厨师，尽管也才40多岁；也有白案师傅李佑涛、余世明，还有内厨张光敏、曾和春、雷凤仙等人，这些人的年龄均30出头，他们就是马边20世纪70年代国营食堂的第一批厨师。

那么，他们会做什么拿手好菜，有什么烹饪真功夫吗？

要回答这些问题确实有些困难。我也寻找过当事人，但因人事杳渺，竟一无所获。不过且慢，事情后来居然有了转机，因为查找档案资料的缘故，我无意中看到了一份1977年马边饮食服务公司制订的《马边城区饮食服务价格表》，上面罗列了11大类200种左右的菜品，可谓是琳琅满目，让人大开眼界。好了，这不正可以一窥那些厨师的烹技吗？

价格表中的菜是每天按规定份数制作的，明码实价，仅为内部人员掌握。如每天要做炒鱼香肉丝10份、火爆肚头10份、回锅肉10份、十全大补汤110份、清蒸蹄花6份、粉蒸肉5斤、熏羊肉26份、杂酱面100碗，等等。也就是说，那些厨师每天都要做出大量的菜品，来保证他们的工作量。而供应量是按需而定，供求必须是平衡的，这恰好能反映当时马边县城的消费状况和经济水平。

这个价格表实际就是一张菜谱，通过它也能看出当时马边的饮食风貌来。

总体而言，菜品以大众菜为主。在炒菜类中，包含了不少家常的菜品，如一般的炒肉丝、肉丁、肉片等，稍微难做的是火爆双脆、酱肉丝、熘里脊等。菜品之间，因为工艺不同，价格也不同，如同样是炒肝片，鱼香炒肝片就要难做一些，前者卖三角五，后者就要卖四角，贵出的五分钱就是工艺的差异。懂烹调的人都知道，鱼香味是最能代表川菜的独特味型的，咸甜酸辣兼备，葱姜蒜香浓郁，考厨师，这道菜是必考科目，所以那五分钱也是手艺的附加值，是用勺子掂出来的。

餐馆也卖时鲜菜，如椿芽炒蛋要卖五角五，而回锅肉仅卖三角五，两者竟差两角钱之多，事实上这又能够多吃一份炒肉丝了。

既然是国营食堂，一般会以大众菜肴为主，如红烧类的红烧圆子、烧什锦、烧三鲜、烧杂烩等；又如凉拌类的凉拌白肉、白水猪蹄等；再如蒸菜类的豌豆粉蒸肉、香碗、清蒸蹄花、粉蒸大肠、咸烧白、八宝饭等。但也有一些不常做的菜，如荔枝鱼，菜品颜色微红，看起来赏心悦目，而微微的酸甜恰似荔枝的味道，当时一般老百姓家里做不了这道菜，就连吃过的也不多。

除了以上这些菜品，最常见的多是面食、小食类。这也是供应量最大的。面食有臊子面、杂酱面、排骨面、清汤面、炒面等，最有特色的是"味精素面"，全靠酱油、味精、辣椒、麻椒调味，俏头仅为一点芽菜，但鲜味尽出。这道面其实并不好做，调味很重要，多放一点或少放一点都会味道大变，而面条也一定要手工擀制，才能吃出小麦的香味来。小食类有馒头、稀饭、油条、抄手、蒸饺、粽子、汤圆、凉糕等，最受欢迎的是咸包子、甜花卷、三合泥、豆腐脑。白案师傅就是对付这些饮食的。前面提到的李佑涛，最早就是从白案做起，最后成了马边有名的师傅。

在所有的菜品中，卖得最贵的是芙蓉鸡片，要八角钱一份，这是因为除了鸡肉贵，还要熬熟的猪油二两、四个鸡蛋的蛋清作调料，这在那个年代几乎就是最奢华的菜品了。当然，芙蓉鸡片看起来洁白如雪，口感清淡滑爽，自有一番雅致的美味，这也未必是肚子都没有填饱的人所喜爱的。

值得一说的是，那时候能够进国营食堂吃席的人不多，普通人家能够切半斤卤肉、烧一份豆腐、端一笼粉蒸肉就很不容易了。确实，那时候什么都紧缺，赶场的老乡饿了能够买两个馒头吃就不错了。

这也就可以说明当年消费量如此小的原因。马边国营食堂的大多数菜品一天销售仅10份，说明老百姓没有购买力，只能敬而远之。真正为大众接受的只是那些价廉物美的面食和小食，这在那份价格表中就展现得很充分，如一碗肉汤圆才7分钱，一个洗沙包子6分钱，一块油糍粑4分钱，而一碗豆浆稀饭仅2分钱。那才是老百姓天天可以亲近的饮食。

在物资极度贫乏的年代，国营食堂就是人们向往的美食天堂。但在温饱问题没有得到解决之前，所有对美食的想象都是"瘦骨嶙峋"的，一般家庭有米、油、糖就不错了。在我们小的时候，酱油拌饭都觉得是美食。所以在20世纪80年代以前，餐饮业没有发展起来，街上看不到馆子，人们对厨师这一职业是陌生的，甚至很多人还不知道烹调为何物。

古人说"食不厌精，脍不厌细"，其实那是在物资丰盛之后才有的事情，在贫穷时代是不可想象的。我曾查阅过档案记载，1951年时，马边全县食糖的销售量只有3吨，食盐是145吨，白酒也才38吨，分摊到当时马边县每个人的头上分别是0.06斤、2.9斤、0.76斤。而在1960年前后的"困难时期"，粮食更为紧俏，猪肉供应实行票证制，每人每月只有半斤肉，看不到油水。

不得不说，马边的饮食业活跃起来是从改革开放以后，这从一家国营饮店的命运中可以看到其间的变迁。

国营红专食堂是马边1956年通过公私合营成立起来的，位于马边县城正街上，正处在过去最为繁华的地段。在人们过去的记忆中，这家店的咸烧白、甜烧白、红烧肉做得很有特色，好吃又实惠。

由于是公私合营，最早进入红专食堂的人员中有老师傅，有学徒，还有私方人员，其中有不少"成分不好"的。如杨采莲就是地主成分，在"文革"中还被抓去批斗过。而这家店的负责人严隆发也并非"又红又专"，他是红专食堂的组建人之一，是一个从"旧社会"转变过来的商人。

严隆发，1916年出身于马边一个小手工业者家庭，仅读过三年私塾，10岁就到乐山和昌商店当学徒，1939年到马边洪太祯烟店当店员，后受资方委托经营此店，1950年后被划为"资方代理人"。但因为"有较丰富的商业服务工作经验"[①]，1959年严隆发被选为马边县工商联主任，这也是因为他在公私合营中起到了作用。由于长期的商界历练，经营有方，严隆发一直在马边饮食行业担任管理工作，在国营红专食堂干了24年之久。

实际上，到了20世纪70年代后期，马边饮食业整个都逐渐红火起来。社会正在酝酿大的变革，这从饮食业中也能感受得到。1977年，马边县饮食服务公司向县商业局申请招收24名合同工，

---

① 1981年12月14日，中共马边县委统战部《严隆发同志考察材料》，原件存马边彝族自治县档案馆。

原因是"积极扩大销售，做好市场供应"①，这个理由成了市场化的一个信号。这里面还有一个关键的变化，以前饮食业人手不够，一般是招"临时工"，而这次是"合同工"，这里面的待遇和政策要求是不一样的，这也是在顺应市场的需求。

严隆发离开红专食堂是1980年，这一年他被平反，摘下了"资方代理人"帽子，身份改为了劳动者，还当上了县政协副主席。但他一走，这家饮食店就处在了动荡之中，而这最先是从一场房产纠纷开始的。

红专食堂的房屋系木结构中式建筑，其中有一部分是公私合营时的私人产权。1982年6月，原户主鲁昌其要求退还房屋，而如果退还房屋，原来的房屋面积将大大缩水，给经营带来巨大的困难。尽管后来红专食堂想方设法尽力安抚户主，给出一些优惠条件，暂时平息了这场纷争，但这并没有真正摆脱困扰，因为更大的危机又出现了。

1982年9月，党的"十二大"顺利召开，掀开了中国改革开放的新一页，全国开始推行经营承包责任制。打破"铁饭碗"，不吃"大锅饭"，克服"平均主义"迅速成为时代潮流，当时整个乐山地区有237个饮食服务门店，其中有235个搞了承包责任制，红专食堂也不例外，很快就加入到了这股洪流之中。

李佑涛就是这时从马边餐厅出来，去承包了马边张坝食堂。当时马边就只有两家大的国营饭店：马边餐厅和红专食堂。此时的李佑涛已经成了马边比较有名的厨师，他是马边餐饮业中级技术培训的教员，还是马边餐饮业职称评定委员，这都是因为他的

---

① 1977年9月4日，马边县饮食服务公司《关于雇请合同工的报告》，原件存马边彝族自治县档案馆。

烹饪技术优异。也就是说，他完全可以通过自己的一身厨艺致富，而在当年这是国家政策大力鼓励和支持的。

当时的张坝食堂并不出名，但在承包以后就变了样。在1983年的经营中，它就体现出了跟过去不同的面貌，受到了行业表扬："马边张坝食堂的厨师利用晚上休息时间，上门给公安局、林业局办团年席。两局干部反映良好，说'今年过年吃得好、花钱少，过了个闹热年'。"①这段话反映的是张坝食堂已经活了，它是私人餐馆闯荡市场的一个例子。

我听一些老人讲，李佑涛的菜做得很精细，口味尚清淡，带出了不少厨师。过去，最好的厨师都在国营饭店里，煎、炒、炖、蒸样样都拿得下，这是经过长期练出来的，所以他们一出江湖就有不凡的身手，搞个体经营有不少优势。也因为此，由于民营经济的放开，个体经营成为一股势不可当的潮流，饮食业可以说是最早解放出来的行业之一，也是最早的受益者。

20世纪80年代到90年代是马边饮食业变化最大的时期。那是一个从单一变得逐渐丰富的过程，各种饮食店堂林立，招牌花样百出，菜品推陈出新，当然也竞争激烈。仿佛一夜之间，城区就冒出了很多家大大小小的餐馆，新的饮食消费方式大量地涌入这个偏远的边城。可以说这个小城的物质生活变化，饮食业是最为显著的。

饮食业的包容性很强，没有条条框框，只要有市场，拿来就用，这其中包括厨师的引进、菜品的吸收、调料的增添、厨具的改良等。各地菜系的融汇也在这一时期，如20世纪八九十年代火

---

① 1984年2月8日，乐山地区工矿贸易蔬菜水产饮食服务公司《一九八三年饮食服务工作总结报告》，原件存马边彝族自治县档案馆。

起来的火锅、粤菜就是最为典型的外来餐饮，而马边独特的彝族美食也开始走向大众市场。我们常常可以在一桌菜肴中看到中西、川粤、彝汉美食的同时出现。菜中可以品出味觉的变迁，也可以看出社会的精神面貌。

马边盛产娃娃鱼，在境内马边河36公里的河流中，"蕴藏着大小娃娃鱼万余条，重量在2万斤以上，按照娃娃鱼生长繁殖的特性推测，每年繁殖增长4000斤以上"[①]。1984年3月，马边县蔬菜水产饮食服务公司就提出要捕获一些娃娃鱼，这是因为"娃娃鱼肉质洁白细嫩，营养丰富，味道鲜美，来川的港澳同胞和国际友人，希望能品尝娃娃鱼佳肴，外事和旅游部门多次向省水产公司提出要货"[②]。于是，他们计划捕获3斤以上的娃娃鱼2000斤上调，完成外事任务。这件事放在现在绝对不行，因为娃娃鱼是国家二级珍稀保护动物，非法捕获就是犯罪。但那时没有这条法律条文，人们的动物保护意识还非常淡薄，而从另一方面，却反映了马边人对山珍海味的概念在逐渐形成。

也许，娃娃鱼作为美味佳肴，可以成为一个历史性的话题。过去，马边当地人是不吃娃娃鱼的，人们听见它的叫声像婴儿，就有种本能的拒绝；实际上一般人也吃不起，因为没有油和调料，就烹不出美味来。当年马边河遍河都是娃娃鱼，人们是习惯性地不吃它，只有在社会的物质条件改变后，再加以厨师的出现，才让这道鲜美的食材摆在了餐桌上。据说李佑涛做蒜烧大鲵堪称一绝，为人津津乐道，这就不难想象厨师的作用。大概一个

---

① 1984年4月24日，马边县蔬菜水产饮食服务公司《关于计划捕获娃娃鱼的报告》，原件存马边彝族自治县档案馆。
② 同上。

小城里没有几个像样的厨师，就像《射雕英雄传》中没有郭靖和黄蓉一样乏味。

饮食业遍地开花，民间成了美食的大舞台。现在的马边到处都是各种各样的馆子、店子和铺子，让人目不暇接，而就在它们中间，自然而然地涌现出了一批美食来。在中国，美食才是最自由的表达，美食的诞生需要买卖双方的认同，体现了厨师和食客之间一种公正而民主的关系。

在马边，我们随时都能体会到一个好饮食的美名是如何被人传颂的。30年前，马边西街口有个卖凉拌猪耳朵的，师傅姓梅，人称"梅耳朵"。据说他片猪耳朵是一绝，刀工极好，号称"马边第一刀"，片出的猪耳朵又薄又大片。当然，"梅耳朵"的功夫是苦练出来的，他是墩子匠出身，据说手上有一大块厚茧，那是刀柄硬生生地给顶出来的。

"马鸡肉"在马边也很有名。据说20世纪80年代就在城里推个小车卖，真正是属于"引车卖浆者流"，但他做的鸡肉麻辣鲜香、味道好，卖着卖着就出了名。那时，家里请个客，来了个朋友，最简单的招待就是去宰半斤"马鸡肉"，切一盘"梅耳朵"，提上几瓶啤酒，喝得个脸红筋涨。

这些民间的美食散落在马边的大街小巷，让我们想起了20世纪40年代的"侯鸡肉"，我不妨来说说它，让时空稍稍穿越一下。民国时期，"侯鸡肉"也是马边的一道美食，侯师傅做的块块鸡和大头菜饼子堪称一绝。"他每天一大盆鸡肉，一大盆大头菜饼子，用一个大提篮提着行走在街上或者赌场上，不到半天就全部卖完"（唐建光《忆四十年代马边的美食》）。但那毕竟是遥远的事了，"侯鸡肉"早已不在，而"马鸡肉"的出现仿佛填补了它的空缺，这说明街巷里永远不乏美食，只要我们有一个温情的人间。

说到这里，我又不得不再说到红专食堂，它后来的情况如何了呢？

1988年4月，马边县蔬菜水产饮食服务公司给县工商局打报告，申请将红专食堂转行：

> 红专饮食店由于缺乏有组织能力的组长，经营管理混乱，1987年在市场竞争中处于劣势，无法继续从事饮食经营。近年来城区市场饮食店大量开业，根据供应状况分析，饮食业趋于饱和。为了有利于统筹兼顾，安排好市场，经公司决定并请示商业局同意，将红专店经过培修、改造，拟转行改为从事批零皆营的购销业务，店名改为"综合经营部"①。

这个经营了30余年的国营餐厅正式关门歇业，不由得让人一声叹息。

不久，马边城里又办起了两家新潮的饭店：一家是做火锅的御马大酒店，一家是搞中餐的惠美餐厅。显然，这些后起的餐厅档次更高，服务质量更好，也千方百计地迎合食客的口味。又过了几年，马边的国营饭店便彻底消失了，全都是个体经营，但马边餐饮的真正繁荣也从这个时候开始了。

---

① 1988年4月1日，马边县蔬菜水产饮食服务公司《转行申请》，原件存马边彝族自治县档案馆。

后　记

　　写完这本书是今年最热的时候，气温高达40摄氏度，持续了近半月的时间，溽暑难耐。实际上，在整个写作过程中，由于受疫情影响，一直有种种不利因素在搅扰着写作的顺利进行。但是，书终于写完了，长喘了一口气，如释重负。

　　写《昨日的边城》是在5年前，当时的情景仍历历在目。那是一段比较愉悦而充实的写作时光。这5年当中，马边发生了不小的变化，尤其是在交通方面，高速公路已经修通，行路难已经成为过去。每次行走其间，常常感触良深。我曾想：《昨日的边城》只写到了1950年，后面的70多年能不能接着写？

　　不得不说，太近的历史难写。历史犹如重重叠叠的峰峦，这70多年无疑也是一座山，有山峰，有山谷，起起伏伏，你无论站在哪一个角度，视线都可能存在着身陷其间的局限。

　　但是，我还是想尝试一下，因为挑战本身就充满了乐趣。后来，在大量的采访和考察的过程中，我接触了很多人，也去了不少地方，收获颇丰。在我的日记中，记下了第一天到马边的情况，值得留在这里作为一个纪念：

　　马边河仍处在枯水期，但很清澈，河中有人在钓鱼。上下午分别与相关人员探讨采访对象，确定工作步骤，交流甚多。晚饭后沿江边到北门桥，又沿新建街步行回酒店。街上行人不少，商家仍开门营业，灯火通明。沿途有不少卖鲜花的人，也有卖闪光发夹的、卖气球的，荧光闪闪，颇为璀璨，才知道今天是情人节。见此情景，忽想起写《昨日的边城》的那段时光，不禁感慨万千。回到宾馆始整理今日所见。从明天起，工作将正式步入正轨。

　　这是一段个人意义的记录。因为从这天起，《边城新纪》的前期工作就已经开始了。在我的观念中，不是正襟危坐地坐在电脑旁才算写作，而是你一旦踏上马边这片土地，就已经是在写作之中了。

　　在马边行走的过程中，有几个地方印象比较深，值得一说。

　　首先是雪口山镇。这是一个非常秀美的小镇，分为旧镇和新镇两部分。从新镇到旧镇走上一圈，就像走进了两个不同的时代。那天，我在镇中心小广场看到不少彝族老人聚集在一起闲聊，他们吧嗒着叶子烟，晒着太阳，享受着河风的吹拂。其中一位告诉我，他过去住在山里，一下雨就泥泞不堪，遍地是蚂蟥，出门要穿筒靴，而现在他住在新镇上，生活舒服多了。说话时，他的背后是金银河。那是一条穿镇而过的小溪，清澈、湍急，哗哗流淌。两个月后，这条小溪上搞起了漂流项目，游客云集。关键是，人们看到了彝族小镇建设的新貌。

　　其次是马猴部落，坐落在荣丁镇马脑村，正好在一个山窝里。那天在山道上盘旋了一阵后，我们下车沿着山腰参观了猕猴桃、山桃等种植园，足有千亩规模，登临高处，俯瞰之下极为壮观。总经理吴太全很精干，他边走边为我讲解，看得出他颇负雄心，但人很谦逊，自称是"返乡农民工"。其实，这个时代就需要这样能够造福乡梓的引领者，他的种植基地就是乡村振兴的一个样本。

然后是花间刺绣合作社。主人乔进双梅是一个铁匠的女儿，但从小喜欢彝绣，她带领马边的绣娘们创业的故事为人称道。彝家妇女绣织的情景也颇为励志："背着娃娃绣着花，养活自己养活家。"那天，我在其展示厅里看到了不少精美的绣品，商业价值就不说了，它已经得到了市场的认同和青睐。但它的民族艺术价值更值得推崇，我看到了那些普通乡村妇女的奇思妙想，在彝绣中闪耀出了别样的光彩。

再就是民主乡雪峰村的养牛场。主人是彝族小伙子立克拢拢，他过去在大城市里闯荡，后来回到了家乡引进西门塔尔肉牛养殖，开启了一段新的人生。6月中旬，我去参观了他的养殖场。去的途中，我在路旁看到了茂盛的象草——一种外来的草种。它们最早就是立克拢拢引进马边来种植的，据说是喂牛的好饲料。现在全村有40多户人家都在养牛，这个偏远的小村庄兴起了养殖经济，一粒致富的火种能够照亮山村。

毫无疑问，这些都是马边的新气象。在我的走访中，常常感到眼中一亮，也有一种强烈的气息在心中鼓荡。

也就在这个过程中，我的写作思路逐渐形成：以人物记叙为主，尽量用一个个人物故事来呈现历史和现实的丰富性；在不同的章节中展现不同的城市和乡村的生活面貌，而由此搭建一个既有宏观视野，也有微观细节的非虚构叙事文本。对马边而言，它不一定是本面面俱到的书，但它可能是有所揭示的书；它不一定是本深刻的书，但它可能是本有观点的书。而其他的，就只有等读者去评价了。

最值得一说的是，我在书中继续保持了对历史的观察角度，这是与《昨日的边城》一脉相承的。丰富的史料、众多的口述、实地的考察，增添了写作的新内容。当然，由于写作时间紧迫，很多故事不能一一展开，这也请读者朋友多多谅解。

不管怎么样，《边城新纪》这本书终于与大家见面了，它与《昨日的边城》构成了姊妹篇，反映的是马边的昨天和今天。一个小城的历史轮廓，在这两本书中有了勾勒。

在此，我要感谢对这本书多有奉献的朋友和各界人士，是他们的支持和信任，才让这本书得以面世，这是我应该永远铭记于心的。

2022年9月3日于成都